Herzlichen Dank an M. Haller und A. Abberger
für die einzigartige und wundervolle
Covergestaltung.

Bibliografische Information der Deutschen
Nationalbibliothek: Die Deutsche
Nationalbibliothek verzeichnet diese Publikation
in der Deutschen Nationalbibliografie; detaillierte
bibliografische Daten sind im Internet über
dnb.dnb.de abrufbar.

Herstellung und Verlag:
BoD – Books on Demand, Norderstedt

ISBN: 9783746076805

Esctoile

Dieser Name ist ein Begriff, der nur bei Euch eine Bedeutung hat. Weil Ihr es seid, weil Ihr alle hinter diesem Namen steht, unzählbar viele. Dieses Wort gibt Euch eine Bestimmung, einen Sinn, nach welchem Ihr alle strebt. Das Leben mit all Euren Sinnen auszukosten ist Euch nur anfangs gewährt, aber Ihr verliert die Lebenslust über die Milliarden von Jahren die an Euch vorbeiziehen. So viele Jahre wie an Euch vorrübergehen, lassen Euch vergessen und Ihr werdet Euch nicht mehr bewusst sein, wie das Leben sein kann, wenn man alles auf sich zukommen lässt. Jeder Neue der mit Euch das Leben teilt, verführt Euch, weil er das Leben spürt. Jeden Laut den er von sich gibt, jedes Gefühl welches er mit seinen fünf Sinnen am Körper spürt, saugt Ihr aus ihm heraus, weil es für Euch nichts Schöneres gibt, als zu spüren. Lebendig seid Ihr nicht wirklich, weil Ihr nur noch denkt und handelt. Und doch ist das Erbarmen von dieser Welt zu verschwinden nicht das Eure, Ihr wartet auf Irgendetwas und wisst nicht, bis zu dem Tag an dem das Schicksal entscheidet, dass es nun vorbei ist, ob ihr Euer Ziel erreicht habt. Doch das, was Ihr seid, macht Euch zu einem einmaligen, bewundernswerten, schönen Geschöpf, welches die Menschen „Stern", nennen.

Aufgriff

Manchmal springt man um zu vergessen, was gewesen ist. Weil Traurigkeit einen zerfrisst als sei sie etwas was unbezwingbar ist. Denn was soll man tun, wenn alles unter einem zerbricht. Wenn das was man hatte, plötzlich in einem anderen Licht schimmert, weil man sein Leben nie aus der Sicht eines anderen betrachtet hat. Aber vielleicht will man das auch gar nicht. Vielleicht will ich das nicht? Jemanden ansehen und versuchen das zu fühlen, was er fühlt wenn er mich sieht? Aber dann schaue ich ihr in das Gesicht, wie sie schlafend in meinen Armen Schutz sucht. Ich habe sie aus ihrem Leben gerissen, ihr nicht mal Zeit gelassen, alles zu verarbeiten und klar im Kopf zu werden, ich habe sie in eine neue Welt gezogen. Als sie zu wimmern beginnt, ziehe ich sie näher zu meiner Brust, dann schaue ich empor. Dort über uns strahlt der dunkle Himmel, langsam sehe ich wie das Feuer am Horizont zu brennen beginnt, bald würden wir da sein.

Ewig war ich so nah an ihr und habe nie bemerkt, dass ich lebe. Das der Atem der über meine Lippen streicht wirklich meiner ist. Gedacht habe ich immer, dass es der Atem einer vergangenen Zeit sei, der sich wie ein Schleier über meine Gedanken gelegt hat.

Meine Welt ist so ewig schwarz gewesen, undurchdringbar, leblos, kalt und verlassen. Aber nur weil ich nicht den Mut fand wieder zu leben, mir einzugestehen, dass ich das durfte.

Ohne sie.

Dennoch habe ich mich davon entfernt etwas Längeres zu beginnen. Jede Frau habe ich versucht glücklich zu machen und vergessen zu lassen, aber in

Augen mit langen, schönen Wimpern eine Zukunft zu sehen, habe ich mir selbst verwehrt. Keinem Blick wollte ich mehr versprechen auf ewig der seine zu sein. Wie konnte ich jemandem ein gutes Leben bieten wenn ich selbst den Glauben an das meine verloren hatte? Aber bei ihr war das anders gewesen, kaum habe ich sie gesehen, habe ich alles wieder gespürt.

Mein Leben war da in ihr. Plötzlich schien ich in ihr meine Seele zu finden, das gute Gefühl und mein Wohlbefinden. Alles reizte mich, jeder Nerv in meinem Körper reagierte überaus angespannt wenn er auf ihre Anwesenheit traf.

Aber was wäre passiert, wenn ich keine blauen Augen hätte? Hätte sie mir je vertraut, hätte sie mir den Tod verziehen? Den Tod den ich an ihrem Freund begangen habe um sie am Leben zu halten und wohl auf. Aber ich weiß nicht was sie gefühlt hat, als sie mich angesehen hat und gespürt hat, dass ich anders bin. Vielleicht war sie berührt von der Art wie ich mich ihr gegenüber verhielt, keine Ahnung wen sie in mir sieht, aber ich will alle Ansprüche die diese Person ihr gegeben hat auch erfüllen.

Sanft streiche ich ihr über das braune Haar und lasse meine Finger darin verschwinden. So selten hatte ich mich verstanden gefühlt, es ist, als müsste ich mich niemals von ihr verabschieden, als würde alles was wir erleben nie enden. Doch unsere Liebe steht am Anfang, und hoffentlich ist das Ziel noch unendlich weit entfernt. Tausend Mal dankbarer wäre ich wenn es nie eintreffen würde. Das Ende.

Wer weiß wie sie auf meine Welt reagiert, auf die Art die dort herrscht. Mein Leben ist so anders als das ihre, so komplexer, so geheimer und so überaus gefühlskalt. Ob sie das verstehen würde? Weil ich zurückkehre, mit einer neuen Frau an meiner Seite, ob sie mich wieder lebendig sehen werden oder ob ich mich einfach nur täusche?

Sicher bin ich mir nicht, will ich leben oder will ich einfach wieder in meiner Hülle versinken. Ich hatte die Wahl, aber ob sie richtig gewesen ist, werde ich erst sehen, wenn ich sie spüren lasse, das sie alles ist um was mein Leben sich dreht.

Vorsichtig lege ich meine Lippen auf ihre Schläfe, schließe die Augen und atme tief ein und aus. Sie regt sich nicht. „Du bist so wunderschön, Racquel", ein Lächeln stielt sich auf ihre Lippen, die roter sind als alles andere was ich je gesehen habe.

Wie konnte sie hier neben mir liegen, so unbeschwert, wenn sie doch weiß, dass hier ein neuer Lebensabschnitt für sie beginnt. Ohne ihre Verstorbenen. Ohne diesen Jungen mit dem braun gelockten Haar und den grasgrünen Augen und ohne seine kleine Schwester?

Ich bin einfach nur überaus froh alle wieder zu sehen, und vor allem Levke wieder in die Arme schließen zu können. Ich konnte wieder zurück in mein altes Leben schlüpfen, sie konnte das nicht, dieses wunderschöne Mädchen neben mir musste alles aufgeben, das Einzige was sie besitzt ist ihre Liebe zu mir. Ob das für sie wohl wertvoll ist? Mich zu lieben und mit mir ein gemeinsames Leben zu starten, weit weg von ihrer Vergangenheit?

Manchmal frage ich mich, womit ich sie verdient habe, wenn ich doch nie wirklich darauf aus gewesen bin? Plötzlich ist sie da gewesen und sie wollte mir nicht mehr aus dem Kopf, sie wollte einfach nicht mehr aus meinem Leben. Ich hatte sie einmal gesehen und nie wieder vergessen können.

Genau das was ich jetzt habe, wollte ich unbedingt: sie sicher in meinen Armen wissen. Sie atmet langsam und ich streiche mit meinem Zeigefinger sanft über ihren Arm, der bloß an der Luft liegt. Dann sehe ich die Gänsehaut auf ihrem Körper. Somit greife ich nach dem Hasenfell und ziehe es über ihre schmale Schulter, sofort kuschelt sie sich an meine Brust und ihre zarten, kleinen Finger liegen auf meinem linken Schlüsselbein. Ich würde alles darum geben, dass unser Weg über das Wasser unendlich ist. Aber Wünsche sind Hoffnungen die, wenn man zu fest daran glaubt, zerbrechen.

„Ich verspreche dir hiermit, dir die schönste Zeit deines Lebens zu schenken, wenn du bei mir bist. Weil du mir so wichtig bist, weil ich dich liebe und hoffe, dass es lange so bleibt. Das erste Mal als ich dich sah, wollte ich all das hier erreichen, dich in den Armen halten und dich sicher in meinen Armen ruhen sehen. Um beruhigend in den Armen eines Menschen einschlafen zu können, benötigt man viel Vertrauen in die Person. Und ich hoffe, dass es nicht nur an meinen blauen Augen liegt, sie sollen dir zwar Vertrauen schenken, aber sie sollen dich auch anlächeln, strahlen wenn sie dich sehen und singen wenn sie dich küssen oder berühren dürfen. Und meine Hände sollen dir Halt geben und dich in Sicherheit wiegen, du sollst jeder Zeit in sie fliehen können, in eine Welt, die dich beschützt und umgibt und dich nie verbannt. Meine Brust soll dir der liebste Platz zum Schlafen sein, mein Inneres soll dir die schonsten Gedanken und Träume bescheren. Meine Finger sollen deinem Körper eine Form verleihen, denn du bist ein Hüter zweier Seelen. Meine Lippen sollen dich daran erinnern, dass du zu mir gehörst, weil wir uns ergänzen und zusammen passen. Du bist der Mensch, der das hat was ich haben will. Ein Mensch bei dem es scheint, als sei jedes Gefühl, dass er spürt, stärker als alles um ihn herum. Und einzig und allein das macht dich zu einer starken Frau, weil ich weiß, dass es wohl nicht einfach ist so viel zu fühlen. Aber ich würde das auch gerne, das Leben so auskosten wie du es kannst. Jeder Duft wird anders wahrgenommen und jede Minute anders bestrahlt und ebenso schöner ist es mit dir Momente zu erleben und Erinnerungen zu teilen, weil du die Geschichten so wunderschön in deinem Kopf behältst", ein Zucken versetzt ihren schön geschwungenen Wimperkranz in Bewegung, bevor sie einmal kurz blinzelt und gleich wieder ihre Augen schließt.

„Guten Morgen", wispere ich.

„Hm?" ganz leise erhebt sich ihre Stimme und sie reibt sich vorsichtig über die wunderschönen, verschlafenen, träumerischen Augenlider.

„Gut geschlafen?" sie kuschelt sich gleich wieder an meine Brust und sucht blind nach meiner Hand und als sie diese findet, verflechtet sie meine Finger mit den ihren.

„Vielleicht", ich lächle und begebe mich in eine andere Position, um es für sie gemütlicher zu machen.

„Ich habe dich eben gehört", flüstert sie plötzlich ganz leise nur und als ich mich aufsetze dreht sie ihr Gesicht, um mich ansehen zu können. Sie hat mich gehört?

„Da-das ist mir jetzt aber überaus peinlich", räuspere ich mich und spüre die sachte Röte auf meinen Wangen. Sie legt ihre Handinnenfläche auf die errötete Stelle und sieht mir tief in die Augen. Lange Minuten verstreichen und ich kann einfach nicht reden, sehe sie einfach nur an und frage mich warum sie mich so wunderschön ansieht.

„Das muss dir nicht peinlich sein, weißt du, es hat mich sehr berührt", als der erste Sonnenstrahl über das Floß huscht, spiegelt er sich kurz in ihren Augen wieder und ich sehe die Tränen darin.

„Das willst du wirklich alles für mich ausstrahlen?" will sie wissen und legt sich hin.

„Natürlich. Und noch viel mehr, weil du so viel verdient hast und ich hoffe, dass ich dir all das schenken kann was du dir für ein erfülltes Leben vorstellst. Ich strenge mich an", glaubt sie mir nicht? Oder warum hat sie nachgefragt? Dann zieht sie mich herunter und gibt mir einen flüchtigen Kuss. „Ich glaube dir, aber …", ich kenne sie bereits gut genug um zu wissen, dass sie diese Pause einlegt um mich überlegen zu lassen, was sie nun sagen könnte. Wie sie diesen Satz beenden könnte. „…du weißt hoffentlich, dass du nicht mehr brauchst, als du selbst zu sein um mich zum glücklichsten Menschen auf Erden werden zu lassen", und schon wieder schafft sie es mir ein Grinsen auf die Lippen zu zeichnen. Wer weiß wie die Geschichte weitergehen wird. Zwischen uns.

Wir kommen an. Das kleine Boot, welches für uns eine Zeit lang unsere eigene Welt gewesen ist, bleibt stehen. Wird vom Wasser, welches uns getragen hat, an Land gespült. Irgendwann mussten wir weitergehen, aber ich wäre unheimlich gerne noch da geblieben, auf diesem Boot, in unserer Welt. Sie lächelt und sieht mich an und mir entgeht nicht wie sehr sie endlich sehen will woher ich komme. So niedlich wie ein kleines Kind, welches vollkommen unter seiner Neugierde gefangen ist und nichts anderes kann, als sich zu wünschen, endlich etwas Neues in der großen weiten Welt zu entdecken, zappelt sie unter dem Hasenfell. Das Einzige was ich kann, ist still und starr, reglos und vollkommen unbewegt sitzen zu bleiben. Wohin wenn sie gehen will, wenn ihr die Wahrheit zu viel ist?

„Stimmt etwas nicht?" nach einem Blick in ihre Augen, welche leicht zittern, schüttle ich den Kopf. Noch ist alles okay, meine Schönheit. Aber wer weiß wie es in ein paar Minuten steht. Langsam stehe ich auf, nehme sie auf meine Arme und schreite mit ihr an Land. Racquel lacht, nachdem ich sie gespielt fallen lasse.

„Denkst du wirklich ich würde das tun. Jemals", gebe ich empört zurück, aber sie hört die Ironie heraus, doch um es ihr zu beweisen, lasse ich sie wirklich ganz sacht zu Boden sinken. Mit ihren Händen zieht sie mich mit sich zu Boden und ich lasse es zu, obwohl ich auch stehen bleiben könnte. Aber manchmal tut es einfach nur gut sich in sichere Hände fallen zu lassen. Dort sitzen wir also, auf dem staubigen Boden und sehen uns einfach nur an. Ich nehme ihre Hand und streiche darüber, was ist wenn sie das hört, was ich ihr sagen muss, und ich nie wieder ihre Hand in der meinen halten kann?

„Ich muss dir etwas sagen… glaube ich", doch irgendwie kann ich den Blick nicht heben, nichts bewegt mich dazu ihr ins Gesicht zu sehen. Dann macht sie es, den Kontakt herstellen, zwischen uns. Geschickt legt sie sich auf meinen Schoß und sieht mich an. Offen und mit voller Feingefühl.

„Egal was es ist, du kannst mir vertrauen".

Weil sie keinen mehr hat, dem sie das Geheimnis erzählen könnte, egal wie schwerwiegend und wie hässlich es wäre.

„Hass mich nicht", und ich meine es ernst, genauso wie ich es sage, und auch wenn sie mir einen verwirrten Blick zuwirft, nickt sie. Nachdem sie vorsichtig ihre Finger auf meine Wange gelegt hat beginnt sie zu flüstern: „Ich kann dich nicht hassen, egal was du mir sagst. Liebe färbt sich niemals schwarz und strahlt als sei sie Hass. Denn Liebe ist das Gefühl, was alles übersteht. Was über allem steht", wenn ich weinen könnte würde ich es tun, einen Tropfen auf ihre blutroten Lippen fallen lassen und dabei zusehen, wie er zwischen ihnen verschwindet.

„Wenn ich dir sage, dass ich anders bin als du geglaubt hast, was löst das in dir aus?" Racquel schluckt und entfernt die Hand von ihrem bisherigen Platz.

„Was ist wenn ich dir sage, dass ich ebenso anders bin?" ich schüttle den Kopf und sehe sie entgeistert an.

„Du auch?" will ich wissen und sie nickt nur, sofort beuge ich mich zu Ihr nach unten und küsse sie. Genieße das Gefühl, mit dem Gedanken im

Hinterkopf und im Herzen, dass sie kein Mensch ist. Obwohl es mich verrückt macht und wahnsinnig werden lässt, will ich sie nicht ausfragen, sondern dieses Geheimnis kurz bewahren. Als sei es das Schönste auf der Welt, wie der Moment mit den Tautränen. Bei diesem Gedanken lege ich meine Hand auf die Kette und streiche mit meinen Fingerspitzen über die schön geformten Blätter und der Tropfen im Inneren scheint zu strahlen. Er erweckt zum Leben, sobald wir zwei uns berühren. Weil ich denke, dass in diesem Moment unsere Liebe geboren wurde, näher waren wir uns erst wieder, als wir uns küssten.

Sie sieht mich an, nachdem unsere Lippen sich entfernt haben. Ein Blick der sofort mein Herz erweichen lässt und mit diesem Glücksgefühl, welches ich herzlich willkommen heiße, so trifft auch die Angst herein, zu vergleichen mit einem Blitz am hellblauen Himmel. Tief atme ich durch, ich kann ihr das nicht sagen, zu viel Angst habe ich davor, dass sie verschwindet und für immer fort ist, was ist wenn mein Geheimnis viel schlimmer ist als das ihre?

„Du schaffst das schon", ein Lächeln tanzt über ihren blutroten Mund, bringt ihr Gesicht zum Strahlen.

„Ich weiß", Sicherheit begrüßt mich und verlangsamt meinen Herzschlag für einen Moment, bevor er zu rasen beginnt und ins Unermessliche steigt, als ich mir meine Worte im Kopf zurechtlege.

„Zuerst musst du wissen, dass ich dir dieses Geheimnis noch nicht offenbart habe, weil ich mir unsicher war und bin", sie setzt sich auf und sieht mich an, ich wünschte ich könnte ihre Gefühle wahrnehmen, aber ich kann ihre Stimme in ihren

Gedanken erahnen. Schlimmer als der Tod an Kalkew kann nichts sein.

„Weil, ich einfach davor scheue, dass du mich verlässt und ohne dich kann ich nicht leben", Ehrlichkeit währt am längsten, rede ich mir ein, während ich versuche nicht vor Peinlichkeit rot anzulaufen. „Ich bin kein Mensch", spucke ich es einfach aus und lasse ihr kurz Zeit um meine Worte in ihrem Gehirn ankommen zu lassen, doch ihr Gesicht verändert sich nicht, sie lächelt immer noch und lässt ihre blaugrünen Augen strahlen.

„Sondern?" will sie wissen und ich schwenke kurz zurück, genieße den Gedanken an die Vergangenheit. Wie *sie* mich angesehen hat, und nur gelacht hat, *sie* war nicht schockiert, sondern interessiert an allem was ich *ihr* über mein Leben erzählte. *Sie* konnte sich kaum vorstellen einen normalen Menschen zu lieben, hatte *sie* oft genug zu mir gesagt, weil ich normal geworden sei. Natürlich, natürlicher als alle anderen Menschen auf der Welt. *Sie* hat mich aufgebaut wenn ich daran verzweifelt bin, wenn ich nicht verstand warum ausgerechnet ich dieses Leben führen musste, aber *sie* war alles für mich und deswegen lebe ich, weil *sie* mal hier gewesen ist. Und solange ich atme, wird auch *sie* es tun, durch mich. Doch zu gerne würde ich *sie* in meiner Nähe wissen aber, dort wo *sie* ist wird *sie* gut aufgehoben sein. Denn dort wo *sie* sich aufhält, seit so vielen unzähligen Jahren, gibt es kein Unglück und keine Verluste. *Sie* kann befreit leben und glücklich werden, fröhlicher als *sie* es mit mir jemals hätte werden können.

„Wir nennen es Esctoile, ihr nennt es Sterne. Einfacher gesagt, die leuchtenden Dinger am

Himmelszelt", kurz kann sie sich nicht fassen und ihre Kinnlade fällt runter.

„Ein Stern?" sie sieht mich an als hätte ich irgendetwas Wundervolles getan oder gesagt.

„Ich habe mich immer gefragt ob Sterne Namen haben", Racquel scheint überaus angetan von diesem Geheimnis.

„Und was machst du dann hier auf der Erde?" will sie voll Euphorie wissen und dann sehe ich, wie sie sacht meinen Arm berührt und nichts scheint ihr peinlich zu sein.

„Ich lebe hier tagsüber und nachts siehst du mich dort oben am Himmel um die Wette strahlen", ungläubig starrt sie zur Sonne und kann ihren Blick nicht mehr von meinem zweiten Zuhause abwenden.

„Bist du so auf die Welt gekommen?" ich nicke und nehme sie in den Arm, wende ihren Blick von dem Zelt über uns ab. „Das hätte ich niemals erwartet. Ein Stern auf Erden, der hier lebt und mich liebt und den ich berühren kann. Da oben, das scheint als seist du unerreichbar, aber eigentlich bist du hier", ich streiche ihr über die Wange und hauche ihr einen Kuss auf den Scheitel. „Bin ich jetzt dran?" nachdem ich genickt habe, atmet sie tief durch und verdreht ihren Kopf um meine Reaktion zu sehen, die nach ihrem Geständnis folgen wird.

„Ich gehöre dem Stamm Darja an und wir sind Elfen", sagt sie, ganz leicht, als koste es sie keinerlei Überwindung.

„Mit Flügeln und spitzen Ohren?" will ich ganz leise wissen und sie lacht, ich glaube über meine Frage.

„Nein, ich habe weder Ohren noch Flügel", vollkommen geschockt sehe ich sie an, doch als sie nun zu prusten beginnt, weiß ich, dass sie mich angelogen hat.

„Danke, sehr nett. Meine Unwissenheit auszunutzen", Racquel setzt sich auf und verflechtet meine Hand mit ihrer.

„Wie fühlst du dich?" frage ich und sie steht auf, zieht mich nach oben und wir setzen uns in Bewegung. „Ich fühle mich dir näher. Aber ich glaube, dass wir noch viele Jahre haben um das alles aufzuklären", ich verschließe meinen Mund sofort wieder nach dem ich ihn geöffnet habe. Denn in diesem Punkt täuscht sie sich, so einfach ist das Ganze nicht.

„So viele Jahre wie du kannst und willst", Racquel umschließt fester meine Hand und bleibt stehen, zieht mich somit zurück und ich suche sofort nach ihren Augen.

„Warte", wispert sie und wendet ihren unklaren Blick von mir ab, sieht bedrückt zu Boden, strafft die Schultern um zu kämpfen. Gegen sich selbst. „Immer werde ich warten", nachdem ich sie gefragt habe, ob ich sie in den Arm nehmen soll und sie nicht so aussieht als hätte sie meine Frage gehört, drücke ich sie an mich. Und sie beginnt zu weinen, sanft wiege ich uns hin und her.

„Du darfst solange mit mir leben, wie dein Herz es will. Niemals musst du gehen, weil ich dich liebe, Racquel. Und den, den ich einmal in mein Herz geschlossen habe, den lasse ich nie wieder gehen. Nicht mal wenn er wortlos geht, erst wenn er mir ins Gesicht sagt, dass ich von ihm ablassen soll. Aber auch dann vergesse ich dich nicht, doch ich hoffe, dass du dich nicht dafür entscheiden wirst mich los zu werden. Denn ich habe dich mit hierher genommen, damit du mit mir ein neues Leben anfangen kannst.

Das du versuchen kannst, die lebenden Bilder deiner Vergangenheit, leblos werden zu lassen. Ich will, dass du lachst, ehrlich und aufrichtig ohne einen Gedanken daran zu verschwenden ob du überhaupt fröhlich sein darfst. Kalkew ist fort, hinter diesem See, er ist in deiner Vergangenheit und auch Jason und Rya leben hinter dir. Du kannst nicht ewig dort leben wo du aufgehört hast zu existieren, denn wie sollst du dich dann wiederfinden. Verstehst du?" sie schluchzt und drückt ihr Gesicht an meine Brust, in das Hemd, in welchem unzählige Erinnerungen stecken. Ich war nicht besser als sie, auch ich flüchte mich nicht in Zukunftsträume sondern immer in die Vergangenheit. Versuche zu leben, in den Momenten in denen ich mich wohl und angenommen gefühlt habe.

Herr meiner Gefühle, die damals noch unheimlich stark waren, meine Empfindungen die mich echt gemacht haben, aber über die vielen Jahren hinweg bin ich das geworden was mein Schicksal von mir verlangt hat. Jemand den ich immer verachtet habe, aber kämpfen gegen seine eigene Natur ist nicht möglich. So bin ich und so werde ich geliebt, vermisst und behandelt.

„Danke", ich hebe sie etwas von mir weg um ihr ins Gesicht sehen zu können, diesem Mädchen, das ich liebe. Ich sehe kurz in ihre blaugrünen Augen, nachdem diese sich verändern und in einem warmen braun zu strahlen beginnen. Ich schüttle meinen Kopf, nicht jetzt.

„Vergiss nicht, niemals, dass ich dich liebe und will, dass du glücklich bist. Das ist, das einzige Ziel das ich zu erfüllen habe nichts anderes hat mehr Priorität als dieses Vorhaben. Ich habe dich aus deiner

Vergangenheit und deinem Leid geholt um all das wieder gut zu machen, was andere dir verdorben haben. Und ich werde nicht aufgeben, bis du zu mir gesagt hast, dass du wieder leben willst", sie legt ihre Hände auf meine Schultern und ich senke meinen Blick, betrachte eingehend ihre vollen Lippen. Dann beuge ich mich hinab und küsse sie, lege meine Hände auf ihre schmalen Hüften.

„Du bedeutest mir so viel", wispert sie kurz und steigt dann wieder in den Kuss mit ein. Wir bleiben so stehen, auch nachdem wir aufgehört haben uns zu küssen, wir sehen uns tief in die Augen.

„Bist du bereit?" ein Lächeln breitet sich auf ihrem schön geformten Gesicht aus. „Schon lange", dann übernimmt sie die Führung und verflechtet ihre Hand mit der meinen. Ich teile ihr mit wohin wir müssen und genieße es, nach langer Zeit mal wieder diesen mir vertrauten Boden unter den Füßen zu spüren. Zeitgleich denke ich an meine leicht verletzlichen Füße, sie waren schon seit langem ein Hindernis, aber daran ändern konnte ich ebenso wenig wie an meinem Schicksal. Was bestimmt ist, ist nun mal bestimmt. Nicht immer hat man die Wahl selbst zu entscheiden, man kann seine eigene Meinung zwar äußern und vertreten, aber ob sie gehört und akzeptiert wird ist eine andere Frage.

Mit einem Grinsen registriere ich mein Zuhause, das riesige Schloss welches sich vor uns auftut, Racquel holt sich die Bestätigung in meinem Blick ab.

„Dagegen ist meine Hütte ja gar nichts", flüstert sie und saugt die komplette Kraft unseres Hauses mit ihren Augen ein. „Willst du das Innere sehen?" sie schüttelt zu meiner Enttäuschung ihr schönes Haupt.

„Noch nicht. Bitte. Lass mich diesen Anblick kurz genießen", die Balkone strahlen in einem glatten weiß, welches mein Herz erquickt. Abhängigkeit. Also stelle ich mich hinter sie und lege die Arme sanft um ihren Körper. „Das ist unglaublich. Was für ein Tag. Meine Liebe ist ein Stern. Und ich soll für die nächste Zeit in so einem riesigen Haus wohnen. In dem meine Stimme untergehen wird, in dem meine Seele sich verlieren wird, so wie mein Verstand wenn ich in deine blauen Augen blicke", sie lehnt ihren Kopf gegen meine Schulter und schließt kurz ihre Augen. Sie hat Recht, ich muss mich ebenfalls erst daran gewöhnen, dass ich eine Elfe hier in meinen Armen halte. „Kannst du mir später, wenn wir alleine sind deine Flügel zeigen?" will ich neugierig in Erfahrung bringen und sie lacht leise. „Natürlich", dann atmet sie tief ein und aus, nickt und löst meine Arme von ihrer Taille. „Wir können los", somit nehme ich sie an der Hand, pflücke eine weiße Blume für sie und befestige sie in ihrem Haar. „Schrecke nicht zurück vor den anderen Esctoiles", flüstere ich ihr noch schnell zu, bevor ich die Tür öffne, aber sie scheint das nicht gehört zu habe.
Die riesige Tür schwenkt auf und lässt uns ein, als sie wieder ins Schloss fällt, scheint es als würden wir verschluckt werden.
„Ich traue mich gar nicht laut zu reden", wispert sie leise in mein Ohr, nachdem sie sich auf ihre Zehenspitzen gestellt hat.
„Gemma ist da!" schallt eine tiefe Stimme durch das Schloss.
„Beath, musst du das immer so offiziell machen?!" lache ich und bin dankbar, als er mich in die Arme schließt. Racquel sieht relativ geschockt aus. „Oh,

hallo, Entschuldigung, ich bin Beath. Besser bekannt als Aldebaran. Anhänger des Stiers", zu viel Information für meine kleine Elfe.

„Schon gut, du kannst ihm die Hand geben wenn du willst", da sie gut erzogen ist, streckt sie ihm die Hand hin. „Blaue Haare und orangene Augen, von Natur aus?" argwöhnisch betrachtet sie seine Auffälligkeiten. „Für meinen Sektor gehört sich das so", grinst er breit und Levke kommt um die Ecke gehuscht.

„Gemma", sie strahlt über beide Ohren und drückt mir einen Kuss auf die Stirn. „Wie wunderschön, dass du wieder da bist. Ich habe erst vorhin noch dein Bett gemacht und durchgelüftet. Skyler hat dich unheimlich vermisst", sie kann gar nicht von mir ablassen, aber das liebe ich so an ihr. Zerbrochene Menschen, suchen sich ihr Kissen. Und ich bin froh, dass sie mich dafür auserkoren hat, sie aufzubauen und auf sie acht zu geben. „Die Sache ist, das ist Racquel. Meine Freundin, sie ist darin eingeweiht das wir Esctoiles sind und hat damit keinerlei Probleme, über einen gewissen Zeitraum hinweg werde ich sie über die Chroniken informieren. Das heißt, keine Auffälligkeiten oder übertriebenen Gesten, ich kenne euch, aber lasst sie davon mal außen vor", ein trauriges Nicken macht die Runde.

„Und wo treibt sich meine Skyler so herum?" will ich wissen und sehe Levke an, die sich nun endlich von mir lösen konnte, somit ziehe ich Racquel in meine Arme. „Das kann alles überaus beängstigenden wirken, aber daran gewöhnst du dich schon noch, meine Liebe", ganz beiläufig hauche ich ihr meine Worte ins Ohr.

„Nicht zu sprechen", gibt Levke mir als Antwort und ich tue so als hätte ich diese drei Worte nicht gehört. Skyler ist alles was ich auf der Welt habe, wegen ihr weiß ich wie sich Leben anfühlt, wenn man es genießt. Aber nicht zu sprechen heißt, dass es ihr gesundheitlich wieder schlechter geht. Immer wieder bin ich die Medizin die ihr auf die kleinen Beine hilft, aber wer weiß, ob sie nicht irgendwann dagegen immun wird und sie nichts mehr heilen kann. In dieser Welt zu leben für einen Stern, wie sie der Art angehört, ist wohl schwerer als jedes Leid das wir mit uns herum tragen.

„Ich würde sagen ihr setzt euch erst mal und ich hole euch was zu trinken und ein paar Früchte", Racquel sieht sich aufmerksam in der Eingangshalle um und ich führe sie zu dem Sofa auf dem wir uns dann nieder lassen.

„Faith ist mal wieder losgegangen", Beath sieht mich an, mit einem genervten Blick, ein Stöhnen entfährt ihm. „War das nicht vorauszusehen", der Aldebaran nickt nur schwach und freut sich als Levke mit den Früchten zurückkehrt. Geschickt stibitzt er sich eine Traube, die er schnell in seinem Mund verschwinden lässt. Ich gebe ein Wasserglas weiter, welches Levke mir überreicht hat. „Gemma?" flüstert Racquel mir zu, als ich ihr eine Erdbeere in den Mund schiebe.

„Mein Sternenname. So werde ich hier eigentlich nur genannt. Dustin ist für die Menschen, die mich neu kennenlernen. Levke heißt Nusakan und Beath, der Kerl mit den abgefahrenen Augen, ist der Aldebaran. Ich sagte ja, ich führe dich in unsere Chronik ein und im Handumdrehen weißt du über alles bescheid, meine kleine Elfe", sie grinst breit und klaut sich eine Traube, so vorsichtig wie sie das Glas mit ihren

Fingern umschließt, scheint es, als habe sie noch nie so etwas in ihrer Hand gehalten. „Hat Beath dir die Sache mit Faith schon erläutert", ich schüttle den Kopf und wende mich nun Beath zu. Faith hatte einen Grund?

„Er meinte wir sperren ihn alle ein, unsere Gedanken seien ihm zu viel, es sei grausam, dass wir meinen wir würden alle ein anderes Leben verdienen, also hat er sich mit seiner Kraft auf und davon gemacht. Angeblich hat Skyler gesagt er kommt in ein paar Tagen wieder", ich nicke, natürlich liegt es nahe das wir Esctoiles flüchten, weil jeder sich aus dieser Bestimmung befreien und los machen will. Egal wie toll es auch ist ein Stern am Himmelszelt zu sein, so grausam können die ganzen Verantwortungen sein. Eigentlich würde ich Racquel ebenso von dieser Welt fernhalten, aber sie gehört zu mir, so wie der Stern in meinem Körper. „Wenn Skyler das sagt, dann sehe ich in der Sache kein Problem. Wenigstens ist mal einer ehrlich hier in diesem Haus", ein tiefes Lachen dringt bis zu mir und erfüllt die ganze Eingangshalle. „Das sagt der Richtige", zuerst sehe ich nur die geschlossenen Augen und das gleißende, weiße Haar. „Etwas mehr Freude über meine Rückkehr wäre angebracht zu diesem Zeitpunkt", seine Belustigung erfreut mich dennoch, er öffnet seine Augen und ich sehe das vertraute Blau entgegen strahlen, zwischen seinen anderen Augenfarben, und die schwarzen Strähnen in dem weißen Haar. Dann schwenkt sein Blick über zu Beath. Enttäuscht und auch mit einem Beigeschmack von Eifersucht sehe ich wie das orange in seinen Augen pulsiert und wie die schwarzen Strähne sich nun blau färben. „Das ist Racquel, Sirius".

Sternenname

Ihr alle habt etwas in Euch zu bewahren, das was Euch ausmacht, denn ein Name enthält all Euer sein. Ohne Ihn wärt Ihr nur eine leblose Hülle, aber noch wichtiger sind die Namen die Euch der Himmel gegeben hat, denn sie geben Eurem Leben einen Sinn. So wie der Himmel Euch benannt hat, so hat der Schöpfer Euch zu dem auserkoren was er braucht. Er erschuf das Wasser und das Himmelszelt an einem Tag, sowie auch Euch und alles was mit Euch zu tun hat. Die Buchstaben, die ein Wort ergeben und mit dem Euch jeder ruft, das ist das Wahre. Weil sie Euch kennen, jeder dem Ihr Euren Sternennamen anvertraut, dem gebt Ihr das Recht das er alles über Euch in Erfahrung bringen darf und da Ihr Esctoiles ehrliche Wesen seid, verwehrt Ihr dieser Person nicht die Antwort. Seid bedacht darauf Euren Namen und Eure Natur zu wahren, nicht umsonst fallt Ihr in der Öffentlichkeit auf, man wollte Euch davor bewahren, dass Ihr Eure Bestimmung offenbart. Euer Name, lässt den Stern in Euch bestehen, lebt mit Geheimnissen um nicht die Lust am Leben zu verlieren.

Er kommt auf sie zu, wendet sich von allen Blicken ab und betrachtet nur sie, ich merke wie seine Präsenz verloren geht, weil sie etwas in ihm auslöst.

„Mein Name ist Sirius, sehr erfreut", er hält ihr die Hand hin, mutig und selbstbewusst, während sie schüchtern den Blick auf seine beeindruckenden Hände legt und seine ausgestreckte Hand mit der ihren ergreift. „Racquel", dann nimmt er seine Hand aus der Begrüßung und leitet mit seinem Zeigefinger ihr Kinn hinauf um ihre Augen anzusehen und abzuspeichern, so wie er es bei jedem tat, ihn eingehend betrachten und sich das Einzigartigste an seinem Sein merkt. Die Augen, die Form, die Wimpern, die Iris und deren Muster.

Racquel sträubt sich nicht, sinkt widerstandslos in seine Kraft hinein und lässt sich erretten und mustern, durchforschen von seinen magischen Augen. Sie ist gefesselt, wie jeder bei seinem Anblick, Teil seiner Aufmerksamkeit zu sein, ist der größte Wunsch eines jeden Esctoiles, weil man Sirius in diesem kurzen Moment erkennt. Doch wie wertvoll dieser Moment gewesen ist, wird sie erst begreifen, wenn er bereits wieder vorbei ist, sie wird nicht vergessen was sie gefühlt hat. Sie hatte Glück, sie würde das niemals. Im Gegensatz zu… „Wer hat dich hier hergebracht, zu meinen strahlenden Esctoiles gehörst du allemal nicht", seine Finger verlassen ihre Haut, stoßen sie in die Einsamkeit, ich fange sie auf. In den Armen eines Esctoiles zu sein, ist etwas was einen überaus lebendig werden lässt, das lösen, grauenvoll. Jegliche Gefühle werden kurz betäubt und kehren erst später zurück, wenn man über den Verlust hinweggekommen ist, manche finden nie wieder in ihre Existenz zurück, weil sie sich fürchten vor dem Gefühl, das ihre Haut umgibt. Unsere Aura ist etwas, dass man spüren kann, sie ist greifbar und echt und lässt einen neuen Mut fassen.

„Ich… ich habe sie hierhergebracht, sie ist wohl die erste junge Frau, die es verdient hat von unserem Leben zu erfahren", Sirius wartet und schüttelt den Kopf.

„Halte sie nicht, als sei sie es wert, steh auf", doch ich widersetze mich ihm. „Du hast nicht das Recht so über sie zu urteilen, wenn du sie nicht kennst", ein böses Blitzen jagt durch seinen blau angehauchten Blick, die anderen Dreiecke in seiner Iris gehen in seiner Wut unter, die schwarzen Strähnen beben. „Wertvoll?" spukt er aus, doch verschluckt den nächsten Satz, weil sein Blick auf die Tautränenkette geglitten ist.

„Woher hat Sie diese wunderschöne Kette", mein Schweigen ist ihm Antwort genug, also rapple ich mich auf, lege Levkes Hand vorsichtig auf Racquels Schulter und stehe Sirius trotzig gegenüber. Bald schon würde Racquels Haut sich an unsere magische Umgebung gewöhnt haben und sie würde ewig dieses lebendige Gefühl auf ihrer Haut widerfinden. Im Laufe der Zeit wurde es bei Lyl sogar sichtbar, doch ich schüttle meinen Kopf, hole meine Konzentration zurück.

„Hüte deine Zunge, solange du dich hier aufhältst", er streckt trotzig das Kinn vor und wirft einen abschätzenden Blick auf mein Hemd. „Einfach abhauen, nichts von sich hören lassen, seine Schwester der Angst aussetzen. Und vor allem mich so verwirren, das ich mich selbst vergaß. Nie wieder verschwindest du ohne Vorwarnung", sanft nimmt er mich in den Arm und legt seine Lippen an mein Ohr, kurz höre ich seinen Atem, lausche auf das Klirren in seinem Körper, so dunkel und magisch, dass ich mich kurz verliere in dem Geräusch. „Ich brauche dich hier. Von dir hängen so viele Gefühle und Wandlungen ab, vergiss nicht, das der Himmel jedes seiner Kinder braucht", ich weiß nicht was ich ihm antworten soll. Da ich genauso denke wie jedes Himmelskind, das hier seit vielen Jahren in diesem Haus lebt und sich vor der Realität versteckt, vor dem Leben. Weil wir alle wissen, dass man uns nicht den Kampfgeist geschenkt hat. Kein klares Ziel vor unseren Augen, keine Hoffnung. Manchmal können wir nicht mehr, als nur stumm zu sein, denn jedes Wort das wir aussprechen kann nichts an unserer armseligen Situation ändern. Wir alle sind einerseits dankbar anders zu sein, jedoch wird der negative Aspekt immer größer mit Verlauf der Jahre. Weil das Einzige was wir uns wünschen, zu Leben ist. Richtig, mit jedem Sinn, den unser Körper besitzt. Doch dafür sind Esctoiles nicht ausgelegt, nicht damals, nicht heute und nicht in Zukunft. Kein Grund zu kämpfen, weil es kein Ziel gibt. Planlos.

„Du verstehst, was ich sage oder?" er vergewissert sich immer, das ist eine seiner Aufgaben. „Beurteile Racquel nicht, glaube mir, in ihr steckt mehr als du siehst", er löst die Umarmung und legt seinen besonderen Blick in meine Augen, als könnte er dadurch in meine Gedanken eindringen und mich beherrschen. Aber er weiß genauso gut wie ich, dass dies ein Ding der Unmöglichkeit für ihn ist, weil er versuchen kann zu erreichen aber sich niemals sicher sein kann ob er das bewirkt was er will. „Lass mir Zeit, verstehe, dass ich eines meiner Kinder beschützen will", er fährt mir durchs Haar und atmet schwer. Seufzt.

„Du bist mir sehr verbunden", mit diesen Worten dreht er sich von mir weg, seine Präsenz entfernt sich langsam von mir und ich beobachte seine Silhouette. Lange bleibe ich noch so stehen, bis ich irgendwann begreife, was er mir sagen wollte. Das Racquel hier nicht erwünscht ist, weil er weiß, dass sie gehen wird wie Lyl und sie mich alleine auf dieser grausamen Welt zurücklässt. Nachdem ich meinen Blick auf den Boden gelegt habe, laufe ich zu den Stimmen, blind, weil meine eigenen Gedanken mir die Kraft rauben im hier und jetzt mit meinem Geist zu bleiben.

„Lass uns in mein Zimmer gehen", wispere ich und halte Racquels Hand in der meinen, hebe meinen Blick nicht, weil ich mich vor mir selbst schäme. Und die anderen Esctoiles diesen Ausdruck der in meinen Augen flackert kennen, zu gut wissen sie für welche Wandlung er in meinem Leben steht. „Wäre es ein Problem für dich, wenn du bei mir schläfst?" frage ich vorsichtshalber, weil Lyl das anfangs nicht wollte. *Sie* konnte es nicht ertragen, dass alle schlecht über *sie* redeten, denn *sie* war der erste Mensch der hier in diesem Haus lebte für eine lange Zeit. Es dauerte Jahre bis *sie* sich bereit erklärte sich nachts an meinen Körper zu kuscheln.

„Sehr gerne", antwortet sie voll Euphorie, sie ist nicht Lyl, und dennoch denke ich ständig an dieses andere hübsche Mädchen, welches so ewig bei mir war. Bis sie... „Willst du dich waschen?" sie lächelt verlegen als ich aufblicke und ich öffne meine Türe die zu meinem Schlafgemach führt. Ihre Augen glänzen.

„Wie wundervoll", sie löst ihre Hand aus meiner und berührt vorsichtig mit ihrem Zeigefinger die überaus weiche Matratze. Warum wir Esctoiles ein Bett haben, frage ich mich oft, denn eigentlich brauche ich es nicht. Schlafen tue ich wenn überhaupt nur ein paar Minuten und das wenn die Sonne durch die Jalousie bricht und kleine Punkte in dem Zimmer verteilt.

Ich betrachte Racquel eingehend, wie ihre Füße leichtfüßig auf dem Holzboden stehen. Das weiße Kleid, das still und unbewegt ihren Körper um schmiegt und ihre langen Haare die fließend über ihre Schulter fallen, als würden sie ständig in Bewegung sein. Leise schleiche ich mich an sie heran, hebe sie hoch und fallen mit ihr in die weiche Matratze. Sie stößt einen hohen, kurzen Schrei aus und bleibt dann reglos neben mir liegen, während meine Arme sich um ihre Taille schlingen, diesen kurzen Moment nutze ich aus um sie näher an mich zu ziehen und zu versuchen ihren Duft einzuatmen. Kein Gefühl das an mein Phantomherz klopft. Aber ich sage nichts weiter und lasse sie enttäuscht los. Enttäuscht von meiner selbst, weil ich nicht fähig zu fühlen bin.

„Na, komm schon du kleine Elfe, ich zeige dir mein Badezimmer", sie kriecht ans Ende des Bettes und folgt mir. „Treten sie ein in das Reich", weiß erstrahlen die Fließen und sie sieht mich mit einer krausgezogenen Stirn an. „Wie funktioniert das?" fragt sie mich. Somit erkläre ich ihr kurz, wie man den Wasserhahn reguliert und wie man Shampoo benutzt und auswäscht, stelle ihr grob dar wie man ein Handtuch betätigt und sage ihr, dass ich kurz zu Levke gehe um Klamotten aufzutreiben. Ich küsse sie auf den Nacken, als sie ihre Haare beiseite geschoben hat und verlasse den Raum, in dem sie alleine verweilt.

Als ich bemerke, dass ich regelrecht zu Levkes
Zimmer sprinte verlangsame ich meinen Gang. Ihre
Zimmertüre ist nur angelehnt, deswegen klopfe ich
leicht mit meinen Fingerknöcheln gegen ihre Holztür.
„Ja?" ich schreite in das Zimmer und setze mich auf
Levkes Bett.

„Ich brauche deine Hilfe, Racquel hat nichts zum
Anziehen, kannst du ihr vielleicht etwas von deinen
Sachen borgen", sie dreht sich zu mir und ein Lächeln
erhellt ihr Gesicht. Dann sieht sie mich mit schief
gelegtem Kopf an. „Welche Augenfarbe hat
Racquel?" will sie wissen und ich schildere ihr diese
außergewöhnliche Mischung. „Hm... als würde ein
Fluss in ein Meer münden, welcher umrandet wird
von wunderschönen grünen Bäumen", wiederholt sie
leise einen Teil aus meiner Beschreibung und reicht
mir schließlich ein paar Kleidungsstücke, als ich die
Klamotten durchschauen will, reißt sie mir diese
wieder aus der Hand.

„Du musst nicht wissen, was sie unter ihrem Kleid
trägt, du Schlingel", sie blinzelt wissend mit ihren
Augen und läuft dann vor mir zu meinem Zimmer,
klopft an die Badezimmertür und hilft Racquel sich
anzuziehen. „Was macht ihr denn solange da
drinnen?!" will ich empört wissen.

„Ich möchte ihnen...", Levke öffnet weit die Türe die
in mein Zimmer übergeht und vollendet ihren Satz,
„...Racquel vorstellen".

Entschuldigung.
Ich habe kurz vergessen zu atmen und zu blinzeln und
zu leben. Da betritt sie den Raum, mit
wunderschöner heller, elfenbeinfarbener Haut.
Einem hellblauen Kleidchen und mit einem

Pferdeschwanz, ihre Augen sind dezent geschminkt, aber ich bemerke sofort den Unterschied zu früher. Ein Lächeln trage ich breit auf meinen Lippen und ich spüre, dass meine Augen Funken sprühen. Levke drängt sich derweil an Racquel vorbei und verlässt den Raum, blickt noch einmal zurück, wie ich aus dem Augenwinkel heraus wahrnehme, während ich meine Freundin in die Arme schließe.

„Soll ich dir zeigen, was ich früher getragen habe?" will sie wissen und ich nicke, meine Stimmbänder lahmgelegt von der Hitze die in mir aufsteigt. Zuerst bin ich schockiert von dem Metall welches sie aufhebt, als sei es wert sacht in liebenden Händen zu liegen.

„Es gehörte zum Ritual, welches wir bestehen mussten um Elfen zu werden. Alle Elfen Darjas mussten das tragen, es schützte uns und machte Schmerzen erträglich. Weckte unseren Sinn auf dieses Leben", ich nehme ihr Kleid und die metallene Unterwäsche, ihren Dolch und den Halfter in meine Arme und öffne mit meinen Zehen eine Schublade in welchem ich all diese Gegenstände verstaue.

„Von nun an lebst du mit mir, an meiner Seite. Hier beginnst du ein neues Leben ohne Schmerz und ohne Hass, sondern nur mit den Gefühlen die du spüren willst", sie umarmt mich und legt ihren Kopf an meine Brust. Liebevoll lege ich mein Kinn auf ihren Scheitel und streiche ihr über den Nacken. Lange ist es her, dass diese Momente mir gehörten. Es fühlt sich an, als würde ich das alte Eis auftauen mit ihrer Wärme und das ist unglaublich schön. Dort bleiben wir stehen, sie ruht auf meiner Brust und ich denke nur darüber nach wie sie sich wohl fühlt. Wenn alles unter ihr weg bricht was sie kannte, und nur noch ich

übrig bleibe in dieser Welt, die für sie keinen Halt
mehr bietet und was ist, wenn ich nicht stark genug
bin um sie zu halten und sie in Sicherheit zu wiegen.
Wer wird es dann tun? Ich will nicht, dass sie sich
wieder an die Vergangenheit klammert, ich will, dass
sie das hier alles wahrnehmen kann mit jedem Sinn
und jeder Emotion. Denn alles was mir zu Teil wird,
fühlt sich so echt an, dass ich mich fühle als wäre es
damals, als alles noch am Anfang stand.
„Weißt du was? Du solltest eines der schönsten
Himmelskinder kennenlernen", erfasse ich den
Entschluss und sie will sich nicht von mir lösen, weil
sie mich vielleicht gar nicht gehört hat. Wenn man in
seiner eigenen Welt gefangen ist, hört man einfach
nichts. Manchmal bemerkt man nicht mal seinen
Atem. Weil die Träume meist schöner sind, als die
Welt in der wir leben. Als die Realität die uns
manchmal in Einsamkeit und Schwerelosigkeit
zurücklässt. Obwohl wir nicht alleine sein können und
jemanden brauchen, der neben uns her lebt und zeigt
wie wir die ein oder andere Entscheidung zu treffen
haben. Woran sollen wir denn sonst merken wann
die Schwerelosigkeit und die Geborgenheit der
anderen ein Ende hat? Denn es ist zu spät, wenn wir
an die Erde gefesselt werden und nicht wissen wie
man einen Schritt vor den anderen tut ohne
hinzufallen, ohne sich großartig zu verletzen.
„Wen?" will sie flüsternd wissen und ich bemerke
erst nach ein paar Sekunden, dass sie bei dieser Frage
nicht mehr ihren Kopf auf meiner Brust in Sicherheit
wiegt. Ihre Gedanken von mir löst, ihre Nähe und
schließlich auch meine Zufriedenheit mit sich nimmt,
ohne es auch nur annähernd zu wissen. Ich glaube,
ich sollte mich wieder daran gewöhnen, dass da ein

Mensch unter meinen Fingern atmet und nicht ein Esctoile. Das ein Herz in diesem Körper schlägt und dass dort die Hoffnung flackert, lichterloh in jeder Farbe die der Schöpfer uns so reichlich erschaffen hat.

„Sie heißt Skyler und ist meine Schwester", irgendwann würde ich sie über alles einweihen, über die Art wie wir hier unsere Familiengeschichten handhaben und über die Art wie wir hier miteinander umspringen. Und wie jeder in das Leben des anderen hineinsieht ohne nach Erlaubnis zu fragen. Zu lange kennen wir uns hier schon alle, wir kennen den Wert nicht, den jeder einzelne von uns eigentlich besitzt und hütet, jedoch nur, weil wir vergessen haben Grenzen zu bewahren, nach all den Jahren. Ich atme tief durch und setze mich auf die weiche Matratze.

„Vielleicht warten wir doch noch etwas bis wir Skyler besuchen. Du hast ja gehört, dass es ihr nicht so gut ergangen ist, als ich weg war", ich hebe meinen Blick, Racquel setzt sich auf den Boden, legt das himmelblau Kleid schön um sich herum und knetet dann ihre zarten Finger, selten geht sie dieser Tätigkeit nach. Irgendetwas brennt ihr auf der reinen Seele.

„Ich habe das Gefühl, dass ich dich zerstöre und zur Wahrheit dränge", gesteht sie und hebt kurz mutig ihre schmalen Schultern, bevor sie sie herabsenken lässt.

„Zu welcher Wahrheit?" hake ich nach und sie sieht auf, als hätte ich an einem durchsichtigen Faden gezogen und sie somit manipuliert, doch das würde ich niemals tun können, jedenfalls nicht in diesem Sinne. Sie zu betören, um mir zu folgen, um mir nahe zu sein, um meinen Willen über sich ergehen zu lassen.

„Du musst mir nichts erzählen, es ist dein Leben und es gehört dir. Genau wie deine Vergangenheit", ihre Augen erzittern wegen ihrer Worte, sie hat aufgegeben dieses Lächeln zu bewahren.

„Weine nicht", ich schlucke nach meinen Worten und will aufstehen, sie heben, sie halten in ihrer Schwerelosigkeit, doch sie weist mich ab, dreht ihr Gesicht zum Fenster.

„Ich weine nicht, aber ich glaube, dass Traurigkeit das Gefühl ist, welches ich mehr wahrnehme und mit welchem ich mich zum Leben erwecke", ich respektiere diesen Abstand nicht, nicht jetzt. Also halte ich mich nicht an ihre Bitte, sondern sinke zu ihr auf den Boden, nehme sie in meine Arme und sie weigert sich nicht. Zum Glück. „Aber dort steht unsere Zukunft und da gehörst du dazu. Ich erzähle dir liebend gerne alles was du wissen willst. Ich bin ehrlich, du wirst auf alles eine Antwort bekommen", sie lehnt sich an mich und ich hauche ihr einen Kuss auf den Scheitel. Ich weiß nicht ob sie eine Antwort auf meine Frage geben wird, weil sie sich nicht eingestehen kann, dass dort etwas in ihr schlägt, dass es sie beherrscht, sobald sie in meiner Nähe ist. Denn einerseits möchte sie bei mir sein, doch ist sie sich auch dessen bewusst, was es in ihr auslöst, wenn sie immer neben mir bestehen bleibt? Ob sie sich fürchtet bei mir zu verweilen, weil die Welt jedes Mal wie ein anderer Planet aussieht, wenn man diese Mauern verlässt. Hier merkt man häufig wie die Kälte an den Steinen entlang kriecht und uns erzittern lässt.

„Sollen wir uns etwas hinlegen?" frage ich und löse sie etwas von mir, als sie einfach an ihrer Stelle stehen bleibt, als sei sie dort in Sicherheit, weil sie dort niemand berühren kann. Deswegen lege ich mich auf die Matratze, den einen Arm ausgestreckt, damit sie jeder Zeit nachkommen kann, weil sie weiß, dass ich sie aufnehme, egal wann sie versteht was geschehen ist.

„Denkst du, dass es Schicksal gibt?" will sie wissen und bleibt reglos stehen, nur ihre Lippen bewegen sich beinahe tonlos.

„Ich glaube, dass es so etwas gibt. Ja", doch sie scheint mir nicht zu glauben, sie legt ihre Hände überkreuzt auf ihre Brust und ein Frösteln legt sich ebenfalls auf ihre elfenbeinfarbene Haut.

„Was ist, wenn es bestimmt war, dass das alles so passiert? Warum habe ich dann nie gemerkt, dass diese andere Racquel durch die kleine, liebliche Racquel schimmert. So oft habe ich mich angesehen und mich gefragt, ob das wirklich ich bin. Die Racquel die ich kenne, die hätte diese Schritte niemals gewagt, sie hat sich immer unterdrücken lassen. Wo bin ich hin? Das kann nicht mein Schicksal sein…", ich wusste, dass ich sie bedrücken würde, sie ist überfordert. „Hier zu sein?" nur ein Flüstern, welches über meine Lippen gleitet und durch den Raum fliegt, schnell um ihn gleich wieder zu verlassen. Ich mag es nicht, wenn diese Schwäche meine Stimmfarbe verändert, wenn sie das wunderschöne Glas zerbricht, welches den klaren Klang erzeugt welchen man als meine Stimme bezeichnet. „…dir zu gehören, meine ich.", dann fange ich ihren Blick, der hilflos durch meine eigenen vier Wände irrt.

„Lege dich doch zu mir", bitte ich und klopfe auf den Platz direkt neben mir. „Weißt du, ich sehe das irgendwie anders. Früher dachte ich, dass nichts stärker sein kann als das, was man bei uns Bestimmung nannte. Aber als ich älter wurde und mit Nita eine enge Freundschaft knüpfte, erlernte ich welches Geheimnis hinter dem Wort beugen steckte und ich wurde bekannt mit der Option Flucht gemacht. Und dann als mein Stamm meine Seele beherrschte, begann ich zu flüchten, weil ich mich selbst meiner Freiheit berauben ließ, einfach dabei zusah wie sie mir entrissen wurde. Jedoch hat sich mein Gedankengang geändert, was dies angeht, ich meine ich habe selten ein stärkeres Gefühl der Geborgenheit empfunden als in deiner Gegenwart, also muss das doch etwas bedeuten. Dennoch bin ich verwirrt und überfordert mit alldem was mir in dieser letzten Zeit zu teil geworden ist", sie legt sich neben mich und streicht mir über den Unterarm, was ich traurig betrachte. Nichts. Kein Gefühl das die dünnen Härchen auf meiner Haut weiterleiten. Wie sehr würde ich sie verletzen, wenn ich ihr gestehe, das Fühlen nicht zu meinen Stärken zählt?

„Sag mir einfach, wenn du alleine sein willst und ich zeige dir Orte, an denen man gut mit sich selbst ins Reine kommen kann. Denn ich will nicht, dass du dir eine Maske aufziehen musst. Lebe jedes Gefühl und verstecke es nicht", wir alle Esctoiles verzehren uns regelrecht nach so jemandem wie Racquel. Nach einem Menschen der wirklich lebt und ich liebe es zuzusehen wie sie es genießt, wenn ich sie berühre, wie sie lacht und weint. Nie würde ich davon genug bekommen, niemals. Und ich hoffe, dass auch sie solange sie lebendig ist Interesse an mir hat. Denn wer sagt denn, dass Elfen und Esctoiles nicht einander lieben können?

Emotionen

Ihr solltet Euch danach verzehren, was für andere selbstverständlich ist. Übernatürlich wie Ihr seid, soll Euch der Sinn auf das Nebensächliche im Leben verwehrt sein. Das Einzige wozu Ihr fähig seid, ist es zu sehen mit Augen die euch ausmachen und kennzeichnen. Riechen ist der Sinn der Euch sehr lange erhalten bleibt, starke Gewürze: Regen und Sonnenschein und Schnee, werdet Ihr lange unterscheiden können, bis auch die Zeit Euch diese Erlebnisse raubt. Schmecken ist ein Sinn der früh erlischt, er soll Euch davon abhalten etwas zu empfinden bei alltäglichen, nebensächlichen Sachen. Nahrung soll nur dazu dienen, dass in Eurem Körper ein Sättigungsgefühl auftaucht. Auch das Hören bleibt, weil Ihr jederzeit fähig sein sollt auf die Worte des Schöpfers zu hören, die er Euch einflüstert. Den größten Sinn haben wir uns zu Eigen gemacht, Ihr verliert als Esctoiles umso länger Euch das Leben zu Teil ist jegliche Berührungen und Empfindungen. Sowie Emotionen. Weil diese Euch abhalten dafür da zu sein, wofür Euch der Schöpfer den Odem des Lebens eingehaucht hat.

Da Racquel Hunger verspürte, lief ich mit ihr zur Küche und drückte ihr einen Kuss auf die Schläfe, dann lief ich weiter zu Levke. Ich habe immer noch nicht genügend Mut aufgebracht um Skyler gegenüber zu treten, ich habe sie verletzt und im Stich gelassen. Obwohl sie doch der einzige Mensch ist wegen dem ich lebe, weil sie mich an Lyl erinnert. An die schönste und lebendigste Zeit meines Lebens. Und Levke ist der Mensch dem ich hier am Nächsten stehe, weil manche Menschen nicht für immer bei mir sein können.

„Levke", lache ich und schlinge meine Arme um ihre schmale Taille.

„Lass mich!" zischt sie und zerrt an meinen Fingern, die ich fest verknotet habe. „Warum?" frage ich sanft und lege mein Kinn sacht auf ihre Schulter, doch sie sträubt sich, versucht mich wegzustoßen. „Es ist mein Ernst. Lass mich los!" knurrt sie und ich halte kurz inne bevor ich sie loslasse. Ohne mich anzusehen macht sie auf dem Absatz kehrt und will aus ihrem Zimmer abhauen. Gerade noch rechtzeitig erhasche ich ihren Arm.

„Bitte, lass mich einfach los", ich versuche ihren Blick zu fangen, aber sie fliegt davon mit ihren Augen.

„Wenn du nicht mit mir redest, halte ich dich für immer", und dann schweigt sie, egal wie oft ich sie nach einer Antwort frage. Letztendlich wird mir das Stehen zu viel und ich setze mich auf ihr Bett, ziehe sie neben mich und nehme meine Hände, die besitzergreifend an ihr haften, von ihr.

„Du hast gelogen", sie senkt ihre Schultern und betrachtet meine verbundenen Füße. „Mit was?" will Ich wissen und lege meine Stirn in Falten, ich konnte ihr im Moment nicht folgen.

„Du hast gesagt, wenn ich nicht rede, hältst du mich für immer", flüstert sie leise, was dazu führt, dass ich meine Hand auf ihr Knie lege. „Aber warum durfte ich dich nicht halten?" mich hat ihre ganze Reaktion verwirrt, normalerweise ist sie immer ganz warm und offenherzig mir gegenüber. Und zwar nur mir, keinem anderen hier bringt sie so viel Vertrauen und Respekt gegenüber wie meiner Wenigkeit.

„Wegen vorhin", sie hebt sacht ihren Kopf und kettet ihren Blick sofort an den meinen, es ist wie Balsam für meine geschundene Seele, es tut gut das sie mich wieder wahrnimmt, dass sie mich mit ihren Augen sieht. Mit den Augen, denen ich schon ewig Liebe entgegenbringe.

„Du hast sie angesehen, so wie mich früher. Deine Augen haben gelebt, ich habe deine Lungen stockend nach Luft suchen gehört und ich habe das Klirren gehört", ich sehe wie Levke mit ihren Fingern meinen Arm empor klettert und ihn dann irgendwo, vermutlich auf meinem Nacken, ruhen lässt. „Aber deswegen darfst du mich doch nicht fortstoßen", ich habe lange gebraucht um sie wieder aufzubauen, es dauerte Jahre bis sie es zuließ, das ich ihre Hände berührte.

„Dann wärst du mich los", sie seufzt und bettet dennoch ihre Augen in die meinen, lässt ihr Meer sanft in das Meine fließen. „Zu viel Zeit habe ich damit verbracht dich mir so vertraut zu machen, dir nahe zu sein und dich jeden Moment mit mir auskosten zu lassen. Nie wieder würde ich das aufgeben wollen. Und vor allem nicht auf so eine Art und Weise", sie beginnt zu zittern und ich entferne meine Hand von ihrem Knie um ihren Kopf auf meine Schulter zu legen. Sofort bedecken meine Finger ihr freies Schulterblatt. „Kannst du verstehen, dass es mir weh getan hat?" ich nicke nur, ich habe sie verstanden.

„Es ist als würde der Schöpfer uns immer wieder Steine in den Weg legen, ich dachte damals nach der Sache mit Dew, das alles gut werden würde mit dir. Solange ich nur an deiner Seite bleiben würde, würde sich alles erschließen. Aber da war dennoch Najil und gegen sie war es am Schwersten. Es folgte die Begegnung mit Lyl und Skyler betrat diese wundervolle Welt. Weißt du, langsam habe ich es wieder genossen zu atmen, jedoch ist jetzt Racquel da", gerade als ich meinen Mund öffnen will unterbricht sie mich.

„Wie soll ich da meinen Platz in der Welt finden?" so vieles würde ich ihr jetzt gerne sagen, nur habe ich keine Ahnung wie. Sie beginnt sich an meiner Seite zu regen und da kann ich nicht anders. Vergesse wer ich sein will und werde der, der ich eigentlich schon seit Anbeginn der Zeit bin.

„Dein Platz wird immer in meinem Herzen sein", offenbare ich ihr und hebe ihr Kinn an und küsse sie, lege meine Lippen auf ihre. Auch wenn ich nichts spüre, herrscht Ruhe und Geborgenheit in mir und das genieße ich, koste ich aus. Nichts kann mich jetzt aus ihren Armen treiben, kein Gedanke und kein Mensch auf der Welt. Weil diese Momente uns gehören. Auch wenn ich weiß, wie vielen ich weh tue, so ist mir doch bewusst, dass ich dem wichtigsten Menschen die Hoffnung in die Seele zeichne und die Freude auf ihre Lippen male. Ich kann gar nicht mehr von ihr ablassen, solange habe ich das nicht mehr getan. War spontan, habe Liebe gezeigt, den Menschen die ich liebe. Und jetzt bin ich wieder

offen, hier neben Levke, erwecke ich wieder zum
Leben, atme wieder durch meine Lunge, die mir der
Schöpfer geschenkt hat und nicht durch die, die ich
mir selbst erschaffen habe. Es fällt mir so viel leichter,
sie zu lieben, jemandem nahe zu sein, der die
gleichen Schicksalsschläge durchstehen musste, wie
man selber. Ich versuche ihren Duft auszumachen
und muss eine Niederlage einstecken, aber das
hindert mich nicht daran meine Hand unter ihre Bluse
zu schieben und sie sanft über ihren Rücken streichen
zu lassen. Berührungen die mein Kopf ausführt,
jedoch nimmt keiner meiner Sinne etwas wahr. Nur
ganz schwach spüre ich ihre Lippen auf den meinen.
Aber was mich mehr dazu bewegt ihr so nahe zu sein,
ist, dass ich mich hier Zuhause fühle, geborgen und
nicht wie jemand der ganz alleine auf der Welt leben
muss. Irgendwann löst sie sich von mir und lässt ihre
Augen noch kurz geschlossen, sie scheint einen
Gedanken zu greifen, der ihr eben entflogen ist.
„Warum?" haucht sie und öffnet ihre Augen und ich
bin geblendet von dem schönen, klaren Blau, dem ich
begegne. „Ich kann nicht ohne dich, ich fühle mich in
deiner Nähe so geborgen", sie nickt und steht
geschwind auf, bevor ich ihre Hand nehmen kann.
„Wie kann ich nur, du hast wieder dieses Mädchen
hierher gebracht. Bei Lyl hast du das doch auch nie
gemacht, du kamst nie zu mir und hast dir deine
Liebe abgeholt", sie tigert auf und ab und fährt sich
immer wieder mit den Händen durch die Haare.
„Dafür bin ich nicht da, dafür kannst du mich doch
nicht benutzen!" sie seufzt und deutet auf die Tür, ich
stehe langsam auf, zu diskutieren würde uns eh nicht
weiter bringen. Es endet wie immer, dass ich sie
auffange, weil ich auch derjenige war, der sie in die

Schlucht schubst. Ich war ihr Gut und ihr Böse. „Bitte, lass mich alleine. Erzähle es Racquel", fleht sie und ich drücke ihr einen flüchtigen Kuss auf die blasse Hand bevor ich den Raum verlasse und sie die Tür schließt.

Ich laufe geradewegs in mein Zimmer, denke nicht darüber nach wo Racquel sein könnte. „Azul, ich habe dich gesucht", höre ich den vertrauten Klang ihrer Stimme und presse kurz die Lippen zu einem dünnen Strich zusammen, bevor ich mich lächelnd umdrehe und sie in die Arme schließe.

„Das Essen hier ist wirklich ausgezeichnet, das ist so was von unglaublich", dann führe ich sie in meine heiligen vier Wände und weiter hinaus auf den Balkon. „Ich muss dir etwas sagen", flüstere Ich in ihr Ohr und wickle die Strähne die sich aus ihrem Pferdeschwanz gelöst hat um meinen Zeigefinger, starre versonnen auf dieses schöne braun und wandere dann zu ihren Lippen, kann es nicht wagen aufzublicken. Ich betrüge keine Frauen, so einer bin ich nicht. Aber jetzt... schon.

„Ich habe Levke geküsst, es tut mir leid, aber bitte verzeihe mir. Ich bin nicht so ein Typ der seine Frau betrügt, ich weiß nicht was mich da geritten hat. Ich bin zurück gekehrt und wollte einfach mal wieder der sein, der ich schon immer gewesen bin", nun gehe ich etwas weg von ihr, lasse sie kurz mit der Nachricht alleine, schenke ihr Zeit zu überlegen ob sie mir weiterhin vertraut oder nicht. Doch sie antwortet nicht, ich verringere unseren Abstand.

„Ich weiß nicht was ich mache, wenn ich dich verliere", wispere ich leise, kaum hörbar, weil es die Wahrheit ist und jetzt, wenn ich meinen Blick mutig hebe und in ihre Iris blicke, hasse ich mich sie derart zu verletzen. Nach alldem was vorgefallen ist, sollte doch genau ich ihr Fels in der Brandung sein, der Einzige, der immer ehrlich zu ihr ist und nie lügt. Und vor allem nicht betrügt.

„Ich verzeihe dir", sagt sie und nimmt mich in den Arm und wenn ich weinen könnte, dann würde ich es tun, jetzt sofort. „Das bedeutet mir so unendlich viel", meine Stimme zittert und ich verliere sie, bin froh, dass ich diese aber in der Umarmung wiederfinde.

„Vielleicht sollten wir über etwas reden", bemerke ich, nachdem mein Blick auf die langsam sinkende Sonne gefallen ist. Racquels Augenlider fallen herab ebenso wie ihre Schultern. „Es geht nur um mich, als Esctoile", sofort ist ihre Neugierde geweckt, ich spüre die Elektrizität die sie erfasst, wenn sie wieder daran erinnert wird, dass ich ein Esctoile bin. Etwas das vom Himmel gesandt wurde. „Es wird dich vielleicht schockieren, wenn ich dir das jetzt erzähle, aber ich fange mal damit an, dass jeder Mensch fünf Sinne besitzt. Und ich kann sehr gut hören, schmecken hat mein Körper bereits verlernt, auch das riechen ist fast ein Ding der Unmöglichkeit", ich unterbreche als sie schwankt. „Könnten wir uns vielleicht hinsetzen", haucht sie vollkommen aufgelöst, somit führe ich sie zum Bett setze mich auf und sie legt sich auf meinen Schoß, das Gesicht mir zugewandt. Sacht spiele ich mit ihrem Haar, bis ich damit aufhöre und über ihre Schläfe streiche, dann schlucke ich.

„Es fällt mir schwer das zu sagen, aber wir Esctoiles, haben den fünften wohl wichtigsten Sinn nicht für die Ewigkeit geschenkt bekommen. Jegliche Berührungen nehmen wir irgendwann nicht mehr wahr", da, da war es raus, ich konnte fast sehen wie die Worte über meine Lippen fließen und in ihre Ohren kriechen, dann begreift sie und beginnt zu zittern, zu weinen. Und ich kann nicht mehr als sie halten und sie sanft hin und her wiegen, ich kann nicht mal mit ihr weinen. Egal wie sehr ich es mir wünsche, kein Gefühl werde ich jemals mit ihr teilen können.

„Mich fasziniert es deswegen so, weil du wirklich lebst, jedes Gefühl, scheinst du zehnfach wahr zu nehmen und das ist eine so wundervolle Gabe", verzweifelt wischt sie sich unbeholfen die Tränen weg, als ich sehe, dass es nicht klappt, hebe ich ihren Kopf und küsse die Tränen sanft weg.

„Aber warum tut man euch so etwas grausames an? Ich dachte wirklich du fühlst etwas, wenn du mich berührst", sie bebt, weil sie eine Wut in sich kochen spürt, welche sie nicht bekämpfen kann. Denn den Verantwortlichen konnte sie dafür nicht bestrafen.

„Ich fühle nichts, das stimmt. Aber ich liebe deine Gefühle. Egal ob du weinst oder lachst, alles scheint auf mich abzufärben und mich zu zeichnen und das freut mich, weil ich wieder lebe. Lange habe ich vergessen wie es sich anfühlt jemanden wie dich in meiner Nähe zu haben, aber ich verzehre mich einfach danach, nach diesem Lebenssinn", ich küsse sie auf ihre Wangen und wische ihr nochmals mit meinem Daumen die Tränen hinfort, ein Lächeln entsteht.

Kein Gefühl. Nur eine leichte Wärme die sich über mein Herz legt.

„Wie ist das?" will sie wissen, lange überlege ich und betrachte ihre Finger, nehme sie sanft in meine, wie das ist nichts zu fühlen.

„Merkwürdig, aber eigentlich anfangs nur gewöhnungsbedürftig. Nachdem ich geboren wurde, konnte ich das noch alles, leben meine ich. Es ist einfach verschwunden", das war das richtige Wort, mein Leben ist einfach verschwunden, hinfort geflogen, eingeschlafen oder abgehauen.

Zurückholen ist ein Ding der Unmöglichkeit, aber ich kann mich damit abfinden und das habe ich. Bis Racquel in mein Leben kam, bis ich spürte, dass dort irgendetwas mit mir passiert, dass es mir egal war, was die anderen von mir hielten, solange ich nur in ihrer Nähe sein konnte. „Das war mir das Wichtigste", flüstere ich und ich glaube nicht, dass sie meine Worte realisiert, sie zittert immer noch und ich sehe ihre geröteten Augen.

„Ich würde dir gerne meine Gefühle geben, ich will sie nämlich gar nicht haben", sacht beuge ich mich über ihr Gesicht und drücke ihr einen Kuss auf die glatte Stirn. Sehnsucht, das war es was ich spürte. Sehnsucht, nach alldem was ich nicht besaß, nach alle dem was man mir grundlos entrissen hatte. Wettläufe gegen die Zeit.

„Es ist komisch, zu wissen, dass alles einem irgendwann verloren geht", sie nickt nur und setzt sich auf, setzt sich auf ihre Fersen und legt ihre lieblichen, kleine Hände an meine Wangen.

„Und was geht in dir vor, wenn du bei mir bist?" will sie wissen, ich weiß, dass sie fühlt und das sie lebt und liebt, aufrichtig. Leider zweifelt sie an meinen Gefühlen, was ich auch überaus nachvollziehen kann. Warum sollte sie denn auch nicht? „In meinem Kopf hallt deine Stimme, meine Augen sehen den Raum heller als er ist und meine Finger wollen sich auf deiner Haut wiederfinden, auch wenn ich nichts spüre, so sehe ich doch wie deine Haut und dein Körper auf meine Berührungen reagieren. Was ich

aber am Stärksten empfinde ist eine tiefe Sehnsucht",
sie zieht mein Gesicht zu dem ihren und küsst mich,
langsam, ruhig, echt. Die Küsse eines fühlenden
Menschen sind belebend, die eines Esctoiles
nichtssagend. Ganz sanft schiebe ich meine Hand ihre
linke Seite hinauf, bis sie auf ihrem Hals liegen bleibt.
„Kannst du weinen?" vorsichtig entfernt sie ihre
Hände von ihrem bisherigen Platz und um schmiegt
stattdessen meine Knie.
„Nein, und ich empfinde eigentlich auch keine
Gefühle", da brachte ich es einfach auf den Punkt,
dass was sie nicht glauben konnte. Sagte frei heraus
wie es um mich stand und das ich auch niemals etwas
daran ändern konnte, die Zeit verlief so, der Schöpfer
hat es so gewollt und ich habe damit zu leben.
Wie schon tausende vor, mit und nach mir.
„Versuche das nicht so schwer zu sehen, es ist mein
Leid, meine Geschichte und mein Leben keiner kann
daran was ändern. Du kannst mir nur den Gefallen
tun, mich nicht anders zu behandeln wie du es bisher
getan hast. Denn in meiner Brust schlägt immer noch
mein Herz, das sind immer noch meine Augen in die
du da siehst und es sind immer noch meine Lippen
die mit dir reden, nichts hat sich verändert", sie
lächelt, strahlt unter dem schwarzen Nebel hervor,
ihr Atem lichtet die Dunkelheit, den Staub meiner
Vergangenheit. „Ich versuche es", diese Ehrlichkeit
die ich höre erfreut mich, ich wusste, dass sie mich
versuchen würde zu verstehen. „Wie fühlt es sich an
nie zu weinen?" ich kann mich kaum zurück erinnern
an den Tag, an dem ich das letzte Mal Tränen warm
aus meinen Augenwinkeln fließen spürte, als ich sie
entließ, damit meine Wimpern sie halten konnten.
Ich wollte, dass meine Sicht verschwimmt und dass

ich nicht sehe was geschieht, mit *ihr*. Weil ich mich nicht getraut habe zu sehen, aber dagegen angekämpft habe nichts zu fühlen.

Spüren will jeder, aber sehen will keiner.

„Wenn ich ganz ehrlich bin, weiß ich nicht mal mehr, wie es sich anfühlt, wenn man weint, also kann ich dir leider keinen Vergleich darbieten. Aber sei froh um jedes Gefühl das du spürst, verstanden?" sie sieht auf, nachdem meine Finger sie dazu getrieben haben. „Vielleicht lehren wir uns gemeinsam zu leben", da hatte sie nicht ganz Unrecht. „Aber, wenn wir schon bei Geständnissen sind, muss ich dir was zeigen", sie steht auf und vergewissert sich ob alle Türen zu sind, und ob man durch die Fenster hinein spähen kann. Dann schließt sie die Augen, erstrahlt und nachdem ich heftig geblinzelt habe, fällt mein Blick auf zwei wundervolle Flügel. Schön, einzigartig und echt, bewegen sie sich sanft hinter ihrem Rücken.

„Wow", mehr kann ich nicht antworten, das konnte wahrlich keiner den ich jemals kennen gelernt habe. Mir nahm man meinen Lebenssinn und ihr schenkte man Flügel, da fragt man sich was die Welt sich wohl gedacht hat. „Sie sind wunderschön", bringe ich mein Staunen erneut zum Ausdruck, weil ich wohl zu lange reglos auf die Schwingen gestarrt hatte, wie ich unschwer an ihrem verzweifelten Ausdruck in den schönen Augen erkennen konnte. „Du kannst sie auch von nahem an... schauen", sie beißt sich auf die Lippe, fast hätte sie anfassen gesagt, aber ich stehe trotzdem ungerührt auf als hätte ich ihr Stocken nicht gehört, berühre obwohl ich nichts spüre die Flügel, die dünne Haut die sich um ihren Rücken schmiegt. „Das ist wirklich unglaublich", fasziniert streiche ich über die Flügel und lächle als ich wieder vor sie trete.

„Die haben sie mir geschenkt", flüstert sie und sieht aus dem Fenster. „Ich frage mich was Jason wohl gerade treibt. Und Rya", seufzend zieht sie die Pracht zurück in ihren Körper, lässt verschwinden was sie einst mit ihrem Dorf verband. „Vieles hat mir mein Dorf vermacht", sie wirft einen Blick auf ihren Unterarm, als sie sieht wie ich ihren Augen gefolgt bin, versteckt sie ihn. „Was?" will ich wissen und versuche sanft ihren Arm hervor zu ziehen.

„Das ist eine andere Geschichte", sie legt sich in das Bett und ich mich zu ihr, nach einer gewissen Zeit merke ich wie sie in meinen Armen zu träumen beginnt. Sacht entziehe ich mich ihr und streiche ihr mit meinem Zeigefinger über die Augenlider und kann nicht anders als zu lächeln, während ich sehe wie ihre Gesichtszüge sich entspannen. So sah ich sie gerne, wenn sie träumte und ganz ruhig war, ausgeglichen und sich wohl in ihrer Welt fühlte. Am liebsten würde ich neben ihr liegen bleiben, sie weiterhin in ihrem Schlaf begleiten, aber so war das nicht vorgesehen. Der Schöpfer hat nicht vorgesehen, dass ich meinem Schicksal entgehe, sie mitreiße und unsere Wege zu einem verschmelzen lasse. Für sie war ich nicht auf diese Welt gesetzt worden. Leider nicht. Meine Hände zogen die Decke über ihre schlafende Gestalt und da bemerkte meine Neugierde, dass ich einen Blick auf ihren Arm werfen könnte, aber ich ließ ihr dieses Geheimnis und wendete mich ab. Sie hat vor mir ein Leben geführt, genau wie ich, und auch ich schweige noch über meine Vergangenheit, weil der Zeitpunkt noch nicht da war um ihr alles zu erzählen. Alles was jemals in meinem Leben passiert ist. Beziehungsweise dieser eine Mensch der in mein Leben getreten ist und mir zum ersten Mal gezeigt hat, dass der Schöpfer nicht alles vorausgeplant hat. Dann trete ich ins Badezimmer vor den Spiegel und schaue mir selbst ins Gesicht, das helle, wässrige Blau meiner Augen hat sich bereits in ein dunkles, saftiges Blau verfärbt. Irgendwann werde ich Racquel wohl auch davon erzählen müssen, von meinen Augen und von meinem Glauben, von alle dem was dazugehört, wenn ich sage, dass ich ein Esctoile bin.

Aber ich würde noch genügend Zeit haben um ihr alles zu erzählen. Ich knie mich auf den Boden und falte meine Hände bereit zum Gebet und spreche in Gedanken die Worte die mich reinigen, ich spreche sie so schnell, dass es nur ein paar Sekunden dauert bis ich fertig bin. Dann erhebe ich mich vom Boden und gehe zum Fenster öffne es und sehe hinaus in die dunkle Nacht, welche mich empfangen will in ihrer Unendlichkeit. Ich springe auf den Fenstersims, der Wind fährt mir unwirsch durchs schwarze Haar und ich sehe ein letztes Mal auf Racquels ruhige Gestalt, bevor ich hinauf zum sternenbedeckten Himmel schaue und springe. Hinaus ins Freie, mich dem Fall hingebe. Das ist ein Teil von mir, welcher in der Nacht erwacht, von dem niemand außerhalb weiß. Es ist ein Teil meiner Geschichte, von dem Racquel irgendwann Zeuge sein wird. Dann wenn ich wieder zurückkehre. Und dann steige ich auf.

Sprung

Wenn der Tag zu Ende geht und sich die Sonne nach unten kämpft, dann bewegt sich etwas in Euch. Was Euch dazu treibt hinaus zu gehen, an die wunderschöne Nacht, die freie Luft. Weil Ihr wieder leben wollt, dort draußen, in der Umgebung, für die Euch der Schöpfer vorgesehen hat. Denn es gibt viele Gründe, warum Ihr in den Himmel müsst. Betrachtet Eure Augen, das Leuchten des Miyakin in Eurer Mitte. Seit froh, wenn Ihr mit Euren wundervollen Augen die Welt sehen durftet ohne irgendwelche Probleme zu haben. Es gibt Esctoiles, welche Probleme haben so leichtfüßig wie alle anderen in den Himmel aufzusteigen. Und manchen ist es sogar gänzlich verwehrt, jemals die Weiten zu erblicken, welche Ihr jeden Abend betrachten dürft. Die männlichen Esctoiles gelangen nur durch einen Sprung in den Himmel, befreit Eure Seele, nachdem Ihr Euch reingewaschen habt. Der Sprung zieht Euch in den Himmel und lässt euch lebendiger werden als Ihr jemals auf Erden sein werdet. Ihr benötigt kaum Schlaf, da das Himmelszelt erholsamer ist als jeglicher Schlaf und schöner als jeder Traum. Dafür, dass man Euch alles nahm, erschuf man für Euch eine wundervolle Welt in die Ihr jede Nacht hineingeboren werdet.

Die Nacht verlief harmlos, so wie immer. Vielleicht war sie aber auch nur uninteressant für mich weil ich ständig daran denken musste, das ich heil angekommen bin mit Racquel und das dort unten ein wunderschönes Mädchen in meinem Bett lag und träumte, dachte, dass ihr Azul direkt neben ihr lag, sie in den Armen hielt und in Sicherheit wiegt.

Stattdessen ist sie eigentlich komplett alleine in diesem Haus, ohne mich. Und schläft, während ich warte wieder neben ihr zu sein. Um ihre Hände auf meiner Haut zu sehen, ohne sie zu spüren. Ich atme tief durch nur noch wenige Minuten und ich dürfte mich endlich wieder zu ihr gesellen.

„Alles gut?" flüstert Levke und setzt sich neben mich.

„Ja, natürlich. Und selbst?" Levke kam genauso wie ich immer verspätet in den Himmel, somit waren alle anderen schon längst wieder auf Erden, während wir hier noch saßen. Nebeneinander und nicht recht wussten, welche Worte wir zueinander sprechen wollten.

„Es tut mir leid, das ich dich geküsst habe. Aber ich weiß nicht Levke, ich sehe dich an und du bist die perfekte Frau in meinen Augen. Und das gibt mir noch lange nicht das Recht dich einfach zu küssen, nicht nachdem was wir alles durchgestanden haben. Nicht jetzt wo ich wieder angefangen habe mich zu verlieben", sie lehnt sich an meine Schulter. „Ich wollte nicht so abweisend und wütend reagieren, mir gefällt es ja, wenn du mich küsst. Wenn du mich ansiehst als sei ich wunderschön und mich berührst, mich glauben lässt, dass ich das einzige Mädchen auf der Welt bin. Egal wann, du gibst mir immer dieses Gefühl, das niemals irgendetwas uns auseinander bringen könnte, weißt du?" ich umarme sie und ziehe sie somit noch näher. „Wir sind nicht umsonst in einem Sektor, wir verstehen uns einfach und daran wird sich auch nie etwas ändern", manchmal wünschte ich wir könnten einfach nur weinen, unsere Gefühle zeigen die sich durch unseren Stahl hindurch fressen. Wir wollen genauso sehen und gesehen werden, vermutlich sogar mehr als jeder andere Mensch auf der Welt. Aber man kann nichts ändern, daran wie wir nun mal sind. Sie seufzt und sieht mich dann von unten herauf an.

„Sie macht dich glücklich oder?" ich musste ehrlich sein, wenigstens zu Levke. „Irgendetwas hat der Schöpfer vorgesehen für mich. Erst war da Lyl, meine Güte, wie ich sie vermisse, wie ich mir wünsche, dass sie wieder hier ist, bei mir. Aber ich kann die Zeit leider nicht zurückdrehen. Und jetzt ist da auf einmal Racquel, sie ist einfach komplett anders als Lyl, aber sie ruft irgendetwas in mir hervor. Auch wenn es nicht Liebe sein kann ist es irgendwas, weißt du ich sehe sie an und spüre einfach was, etwas regt sich und das ruft niemand anderes in mir hervor", Levke streicht mir über das Handgelenk, wie ich sehe, aber nicht spüre. Das ist so furchtbar grausam, zu sehen und darum zu kämpfen etwas zu spüren, es aber einfach nicht auf die Reihe zu bekommen.

„Weißt du ich wünsche mir, dass alles anders gekommen wäre, dass Esctoiles sich nur an die binden können die ihnen vorgeschrieben sind, nicht umsonst, hat sich das Schicksal so viel Mühe gemacht deswegen. Und es gibt ein paar die sich nicht daran halten, die alles auseinander bringen. Weißt du, ich verstehe das nicht", sie schweigt, sie möchte nicht weiterreden.

„Aber ist ja auch nicht das Thema im Moment, ich bin auf jeden Fall froh, dass wir beide uns wieder verstehen. Dich zu verlieren wäre grausam, Gemma. Schlimmer als alles andere, weil du der Einzige bist, dem ich vertraue, zu dem ich ehrlich sein kann. Der Einzige der mich rettet und mich versteht, sowie der Einzige dem ich etwas bedeute, der mich liebt, genauso wie ich bin. Dankeschön für all das was du mir entgegen bringst, ich weiß gar nicht was ich ohne dich wäre", wir schwiegen einfach nur, warteten das wir wieder auf die Erde zurück konnten, denn die Sonne stand schon viel höher und versenkte unliebsam unsere helle Haut.

Bald schon würde ich Racquel wecken und ihr sagen wie viel sie mir bedeutet. Aber immer wieder würde ich mich von ihr verabschieden müssen, jede Nacht ruft der Himmel nach seinen Kindern und geht auf keine Kompromisse ein. Wir sind was wir sind und wir bleiben es bis zu dem Moment unseres Todes. Doch das größere Hindernis wird es werden, dies Racquel zu erklären, zu viel hat sie erfahren, was sie nicht begreifen kann. „Du solltest hinab", wispert Levke, ich nicke sacht, nachdem ich selbst den Dunst über meine Haut tanzen sehe. Sanft lasse ich von Levke ab und laufe hin zur Sternenkarte, betrachte sie und greife nach Gemma, meinem Stern. Er erlischt vom Himmel nur noch Nusakan, Levkes Stern, leuchtet am Himmelszelt. Ich hebe meine Hand zum Abschied und lasse mich sanft hinab gleiten. Sprinte dann in meine eigenen vier Wände und husche lautlos unter Racquels Bettdecke. Heute werde ich ihr diese Wahrheit noch nicht verraten. Heute war erst einmal etwas anderes an der Reihe. Sie liegt in meinen Armen und schlägt sanft ihre Augen auf, gerade rechtzeitig. „Guten Morgen, schönste Frau der Welt", wispere ich in ihr Ohr und küsse ihre Wange. Als ich wieder ihr ganzes Gesicht betrachte liegt ein breites, dennoch schüchtern angehauchtes Lächeln auf ihren vollen Lippen.

„Ich muss dir heute jemanden vorstellen", ich spüre wie meine wässrigen Augen Funken sprühen, spüre wie sie dieses seltsame Glitzern freudig wahrnimmt, aufnimmt um es nie wieder zu vergessen. „Aber davor muss ich erst mal was erledigen", sie gähnt, streckt sich und schlüpft unter der Bettdecke hervor um sich einmal ausgiebig zu strecken, ihre Augen zu schließen und ihren elfischen Körperbau aus dem Gefängnis ihres Körpers zu befreien.

„So unglaublich", gebe ich nur so leise von mir, dass sie es nicht hört, weil mir dieses Starren das ich nicht unterbinden kann gehörig peinlich ist. Sie geht auf Zehenspitzen ins Badezimmer und ruft mich nach ein paar Minuten zu sich, nachdem ich die Klospülung wahrgenommen habe.

„Willst du mir mein Gesicht so schön verzieren wie es Levke gestern getan hat?" noch nie habe ich eine Frau geschminkt aber ich sehe die Verzweiflung in ihrem Blick, immerhin weiß ich wozu man was benutzt, da ich es geliebt habe Lyl dabei zu beobachten.

„Natürlich, aber du musst wissen, dass ich es lieber habe, wenn du so aussiehst, wie ich dich kennen gelernt habe", sie lächelt verlegen und ich lege sanft meine Hände auf ihr Gesicht und fahre mit der Bürste der Wimperntusche über die dichten dunklen Wimpern.

„Wen willst du mir denn vorstellen?", ich nehme das nächste Werkzeug zur Hand und fahre mit meiner

Arbeit fort. „Einen ganz besonderen Esctoile", ich schaue gemeinsam mit ihr auf das Resultat ihres Spiegelbildes sie nickt zufrieden und legt ihre Hand in die meine, dann führe ich sie durch das Haus. Meine hellhörigen Ohren nehmen ein Grummeln wahr.

„Hörst du das?" frage ich gespielt empört und bleibe stehen, verfolge das Geräusch und lege schließlich mein Ohr auf ihren Bauch. „Ich gestehe, ich habe Hunger", wir Esctoiles essen relativ selten und vor allem extrem wenig, aber ich vergesse, dass es bei Racquel in dieser Rubrik vollkommen anders aussieht. „Gut dann gehen wir zuerst in die Küche", der Raum ist groß und hell erleuchtet durch die Panoramafenster, die die Strahlen der Sonne herzlich begrüßen. „Was würdest du denn gerne in deinem Magen haben?" frage ich lachend und sie zieht sich grinsend auf die Küchenzeile hinauf um es sich darauf bequem zu machen.

„Überrasche mich", antwortet sie gespielt kühl und kneift ihre Augen zusammen. Kurz halte ich inne, sehe sie an, bewundere was die Sonnenstrahlen alles mit ihrer Haut, ihren Haaren und vor allem ihren Augen anstellen, wie Magie leuchtet und strahlt alles in einem vollkommen anderen Farbton. Diese Frau ist unglaublich. Ich hole einen Apfel hervor, wasche ihn und reiche ihn ihr, mir selbst hole ich auch einen. „Und?" frage ich auffordernd. Sie nickt nur und beißt erneut in den Apfel in ihrer Hand. „Bist du bereit?" frage ich und schmeiße den Apfelbutzen in den Müll, sie tut es mir gleich und nimmt meine Hand in die ihre.

Es gibt keinen Ort an dem ich jetzt lieber sein würde, solange sie an diesem Ort ist. Lange habe ich mich nicht mehr so geborgen in der Nähe eines Menschen gefühlt.

„Willst du mir nicht verraten wer das ist?" anstatt ihr zu antworten pfeife ich einfach eine Melodie vor mich her, sonst gerate ich noch in Versuchung es ihr zu verraten. Schließlich kommen wir vor eine große Türe, die ich nahezu lautlos aufschiebe, mein Blick fällt auf ein kleines, schmales Kind mit langem blondem Haar, dessen Fluss durch lila Strähnen unterbrochen wird. „Das ist Skyler", ich nehme Racquel an beiden Händen und führe sie zu dem kleinen spielenden Kind.

„Süßes", Skyler dreht sich um und betrachtet nur mich, übersieht Racquel. „Du bist wieder da?" ich sehe den Schmerz in Skylers schönen pinken Augen.

„Ich dachte du kommst nie mehr", sie bettelt mit ihren zitternden, kleinen Fingern um meine Hand.

„Für dich würde ich immer wieder zurück kehren", sacht nehme ich ihre Hand und streiche mit meinem Daumen über ihren Handrücken. „Wer ist das?" fragt sie schüchtern und genießt meine Nähe. „Racquel, meine Freundin", sie macht große Augen.

„Was festes?" fragt sie vorsichtshalber. Röte färbt meine blassen Wangen. „Wie Lyl", zum ersten Mal in Racquels Gegenwart, hatte ich diesen Namen genannt. Racquel kannte nur einen Teil meiner Geschichte aber sie wusste nicht dass der Name der Schlüssel zu allem ist.

„Als du fort warst, ging es mir nicht sonderlich gut, musst du wissen", ich streiche ihr über das lange Haar und gehe in die Hocke, um sie ansehen zu können.

„Was ist denn passiert?" sie sieht Racquel etwas misstrauisch an. „Ich habe keine Geheimnisse vor ihr", Skyler nickt nur und lächelt mich an, wie sehr ich dieses Lächeln vermisst habe.

„Ich wollte es nochmal versuchen, alleine in den Himmel zu kommen und bin dann eben gesprungen, als ich ganz oben auf dem Dach stand, ich wollte es einfach so unbedingt. Natürlich hat es nicht geklappt, daraufhin hat Eloy mich aufgefangen", mir stockt der Atem.

„Eloy?" sie nickt schüchtern. „Wo haben seine Finger dich ergriffen?" sie schiebt ihre Haare von ihrer Schulter und ich sehe vier rotglühende Fingerabdrücke, die sich in ihre zart gebrannt haben.

„Racquel willst du Skyler vielleicht etwas besser kennenlernen? Ich habe etwas zu erledigen", sie sieht den blanken Hass in meinen blauen Augen, versucht mich zu stoppen doch ich stampfe zu Eloy. „Bist du des Wahnsinns!" würge ich hervor als ich ihn alleine in der Eingangshalle sitzen sehe.

„Du bist wieder da?" er grinst, steht auf und will mir die Hand reichen, doch ich packe ihn am Kragen. „Du packst Skyler an und verglühst ihre Haut mit deiner Wärme, tickst du nicht richtig?" er entfernt meine verkrampfte Faust von seinem Shirt und sieht mir seelenruhig in die Augen.

„Sonst wäre sie gestorben. Wäre dir das lieber gewesen? Ihr macht diese Wunde nichts aus, keine Gefühle, keine Empfindungen auf der Haut", dann dreht er sich um, nachdem er mir die Stimme verschlagen hat.

„Ich dachte ich tue dir damit einen gefallen", wispert er und öffnet die Eingangstür. Vielleicht ist es genau das, was mich am meisten verletzt hat an dieser Aktion. Skyler hat das Gefühl auf ihrer Haut verloren – für immer. „Warte!" rufe ich Eloy hinterher und stoße die Türe auf, folge seiner davonschlendernden Gestalt. Zu spät nehme ich seine hängenden Schultern wahr, auf die ich ihm meine rechte Hand lege.

„Es ist zu viel passiert, ich habe sie wieder einmal im Stich gelassen und bemerke das immer zu spät. Ich wusste nicht, dass sie vollkommen das Gefühl auf ihrer Haut verloren hat. Aber ich weiß wie es damals für mich war dieses wichtigste und schönste Organ zu verlieren und dahinschwinden zu sehen", er nimmt mich freundschaftlich in den Arm.

„Ich vergebe dir immer wieder, egal was du mir antust. Ohne dich, wäre das ihr unerträglich", ich atme tief ein und sehe ihm in die goldenen Augen und merke, dass er mir gefehlt hat in der Zeit in der ich fort gewesen bin. „Es wäre mir eine Ehre dir jemanden vorzustellen, den ich mitgebracht habe", ohne einen weiteren Wortwechsel, treten wir zu Racquel und Skyler, welche ein ruhiges, ausgeglichenes Gespräch führen.

„Das ist Eloy", er verbeugt sich vor Racquel und nimmt ihre Hand. Sie zieht ihre zarten Finger sofort von seiner Haut.

„Du bist heiß", er lacht ausgiebig. „Ich weiß", Racquels Wangen baden in einem tiefen rot, nachdem sie begriffen hat was sie gesagt hat.

„Er ist so warm, weil sein Standort sich am nächsten der Sonne befindet und sie ihn wärmt. Deswegen sind seine Haare und Augen so Gold und seine Haut so dunkel, im Gegensatz zu anderen Esctoiles", die Röte weicht ihrer normalen Hautfarbe und sie sieht Skyler genauer an, dann mich. „Du sagtest Skyler ist ein ganz besonderer Esctoiles, darf ich fragen warum?" ich bedeute ihr sich hinzusetzen, etwas abseits von den beiden anderen, die sich in ein Gespräch vertieft haben.

„Wir Esctoiles müssen in den Himmel gelangen, wir Männer haben einen anderen Weg als die weiblichen Esctoiles. Es gibt zwei Varianten die ich dir gerne ein anderes Mal offenbaren würde, wenn das auch in deinem Sinne steht?" ein erleichtertes Lächeln setzt sich auf ihre roten Lippen.

„Bei Skyler jedoch sieht das ganze etwas anders aus, sie … erstmal was sie persönlich für mich macht, ist das sie meine ´Schwester´ ist. Für die anderen ist sie besonders, weil sie einer der ersten Esctoiles ist der es nicht alleine in den Himmel schafft, irgendetwas ist anders gelaufen. Egal wie oft wir es versucht haben, nie hat sie es geschafft und wir verzweifelten immer mehr. Irgendwann begannen wir sie zu bestrahlen, damit sie nicht sterben muss. Das ging aber nicht lange und somit haben wir ihr ganz alleine einen Raum erschaffen, der ihre Materie austrickst und diese Glauben lässt, dass sie in den Himmel geht", Racquel lehnt ihren Kopf erschöpft an meine Schulter.

„Es ist so unglaublich wie vieles es bei euch zu beachten gibt. Eure Abhängigkeit an den Himmel erinnert mich an meine tägliche Freilassung meiner Flügel. Aber bei euch steckt so viel mehr dahinter, alleine eure abgedrehten Augen und Haarfarben sagen schon alles", beschämt schaut sie auf ihre Hände, ich bemerke, das sie sich schlecht fühlt.

„Du musst dir nicht schlecht vorkommen, wir sind alle nur etwas verkorkst, das ist schon das ganze Lied", ich lege meine Finger unter ihr Kinn, hebe ihren Kopf somit leicht an und drehe mein Gesicht ihr zu.

„Du bist ein sehr besonderer Mensch in meinem Leben und diesen Titel kann dir keiner wegnehmen, egal was du alles über mich erfährst, es ist schon ewig das meine. Es soll dich nicht beeinträchtigen in deinem Handeln und Denken. Ich erzähle dir das nur um dir diese Welt, meine Welt, verständlicher zu machen. Die anderen sind nicht besser als du, kein Stück, ja?" sie küsst mich einfach, sie berührt meine Lippen, doch ich spüre nichts. Keine warmen Lippen, kein Atem der sanft über meinen feuchten Mund streicht. Aber als ich mich von ihr löse, sehe ich das Leuchten und Glitzern in ihren grünblauen Augen. „Woran weiß ich, ob ihr etwas spürt?" mir stockt der Atem, woher sie das erfahren soll? „Es gibt kein bestimmten Moment indem man alle seine Sinne verliert, ganz langsam verschwinden die Sinne und lösen sich auf. Skyler zum Beispiel hat erst vor kurzem den Berührungssinn verloren, den ich schon lange nicht mehr meine Kunst nennen kann. Aber es ist an nichts fest gemacht, denn jeder Mensch sowie auch Esctoile ist, wie du weißt, einzigartig und somit ist jeder Schicksalsschlag auch individuell", ihre rechte Hand legt sie auf meinen Hals und sieht mir nur in die Augen, die ihr wässrig und durchschaubar vorliegen. „Früher hatte ich immer Kopfschmerzen, wenn ich dir in die wässrigen Augen blickte, aber mittlerweile hat sich das gelegt. Ich habe es bereut das nie genießen zu können, weil du so unglaublich schöne Augen hast, wie kein anderer den ich jemals kennenlernen durfte", daraufhin nehme ich ihr Gesicht in meine Hände und küsse sie auf die makellose Stirn. „Ich bin so glücklich, dass du mit mir gekommen bist, hier her in meine Welt und vor allem mir eine Chance gegeben hast, obwohl ich Kalkew getötet habe", sie richtet sich auf und entfernt sich von mir, geht zu Skyler und legt ihr die Hand auf die Schulter, dann beginnt sie ihr irgendetwas zu erzählen. „Morgen", wispert mir eine helle Stimme ins Ohr.

„Morgen, Levke", sie setzt sich neben mich, auf den Platz an dem eben noch Racquel saß.

„Darf ich fragen warum du mir die Geschichte von Skyler und Eloy nicht erzählt hast?" erst sehe ich sie an, bis ich schließlich meinen Blick von ihr abwende und auf ihre Hände lege, auf Hände, die ich schon an so vielen Orten gehalten habe, wenn sie tränennass waren und gezittert haben.

„Weil ich wusste, dass du wütend sein würdest auf Eloy, aber ich wollte dich nicht wütend in den Himmel schicken, das Spiel das du spieltest war schon gefährlich genug. Vor allem würde es dir das Herz zerreißen, wenn du hören würdest, das Skyler ihren schönsten Sinn verloren hat", mit all ihren Argumenten liegt sie goldrichtig, weil sie mich kennt, sie weiß was sie sagen soll und muss und welche Sachen ich lieber selber in Erfahrung bringen sollte.

„Du hast ja recht, bloß hätte ich nicht gedacht, dass es mich so mitnimmt, damals als es mir selbst so ging, habe ich kein Licht mehr gesehen ich wollte nichts mehr und habe nichts mehr erwartet. Leben wurden auf einmal sinnlos und jetzt wo ich sehe, dass Skyler sich so verändert hat, spüre ich all diese plötzliche Sinnlosigkeit wieder", Levke nimmt mich in den Arm und ich genieße es, was anderes will mein Kopf und meine Seele gar nicht wahrnehmen. Nichts anderes als diese liebevolle Nähe, die uns umgibt wie einen silbernen Schein. „Es ist so viel einfacher mit dir zu reden, Levke. Weil du weißt wie es ist ein Esctoiles zu sein, Racquel muss ich das alles erst noch erklären und das holt all diese vagen Erinnerungen wieder hervor die ich so mühsam zerrissen habe. Ich weiß gar nicht, was ich ihr sagen soll wenn sie nach Lyl fragt", sie drückt meine Hand und das bringt mich dazu meinen Blick vom Boden aufzuheben und ihn in ihre blauen Augen zu legen.

„Erzähle ihr einfach die Wahrheit. Lyl war und ist alles in deinem Leben. Seit wie vielen Jahren ist sie nun schon fort und du trägst Tag aus Tag ein dieses Hemd, das sie für dich gemacht hat. Es gibt keinen Tag an dem du nicht an sie denkst, es gibt immer diesen einen Mensch in einem Leben", ich erhebe mich ebenfalls und warte bis sie aufgestanden ist.

„Wenn etwas ist, du weißt wo du mich findest", sie legt ihre Hand über meine Brust und klopft sacht darauf. Dann verschwindet sie aus dem Raum und mir fällt auf, dass auch Eloy bereits verschwunden ist.

„Und kannst du damit Leben, das Racquel nun hier ist?" frage ich lächelnd und wuschle Skyler durchs Haar.

„Natürlich", sie kuschelt sich an Racquel und mir huscht das Bild durch den Kopf, als die blinde Rya sich von ihr verabschiedet hat. Für Skyler würde es schlimm werden, wenn auch Racquel irgendwann gehen würde und nie wieder kommen würde. Schon damals als Lyl fortging, war sie am Boden zerstört obwohl sie noch unglaublich jung war. Erst ein paar Jahre.

„Sollen wir spazieren gehen, Racquel?" sie nickt und kommt zu mir, zum Abschied winken wir Skyler, denn sie muss sich ausruhen. In letzter Zeit scheint sie krank zu werden.

Draußen finden wir uns wieder, die Sonne steht hoch am Himmel und ich kann nur sie ansehen, während sie den Himmel betrachtet. So vieles würde ich ihr noch erzählen müssen und darauf hoffen, dass sie es verstehen würde.

See

Ebenso gibt es auch für die weiblichen Esctoiles einen
Weg in die unendlichen Weiten der Nacht, der
Schöpfer hat auch für Euch etwas vorgesehen.
Wasser soll Eure Materie auf Erden lösen, Ihr
Schwerelosigkeit als neue Eigenschaft aushändigen,
damit Euer Körper dazu fähig ist aufzusteigen in die
wohltuenden, grenzenlosen Weiten. Somit ist Euch
auch verwehrt vor sterblichen Wesen bis hin zur
Hüfte, dass Wasser zu betreten, da Ihr Euch dann der
Gefahr aussetzt, dass der Himmel sich Eurer
annimmt, denn dieser verwehrt Euch niemals. Perlt
das Wasser über Eure Haut wird nichts mit Eurem
Körper geschehen, nur die Menge die Lure Beine
vollkommen bedeckt bedrängt Euren Körper und
dessen Materie. Genießt den Moment des
Aufsteigens, dann wenn der Schöpfer sich Euch
annimmt. Er umschließt sanft Eure Hand und zieht
Euch empor zum Himmel. Doch auch hier gibt es
Ausnahmen, denen es nicht gewehrt ist die
Himmelspforten zu durchqueren, einst hieß es diese
Esctoiles vom eigenen Feuer holen zu lassen, aber
diese Einstellung hatte sich im Laufe der Jahre
geändert. Achtet einander darauf, diesen besonderen
Esctoiles ein Leben zu bieten, welches langatmig ist
und nicht nach einem Zwinkern dahinschwindet.

„Du wolltest spazieren?" fragt sie, doch ich wusste, dass sie eigentlich auf Antworten brannte, welche ich ihr nicht geben wollte, nicht jetzt, nicht in diesem Moment. Vermutlich niemals, wenn ich es so recht bedenke.

„Nur ein bisschen, ja", gebe ich zurück und umschließe ihre Hand mit der meinen, dann öffne ich die große Eingangstür und wir treten hinaus. „Darf ich dich etwas fragen?" mir stockt der Atem, nur kurz. Mein Nicken ist Antwort genug.

„Wer ist diese Lyl?" da war sie, die Frage vor der ich mich immer gefürchtet habe. Weil ich Angst hatte das sie dieses Wissen zerstören würde, nicht nur unsere mühsam aufgebaute Beziehung sondern auch Racquel. „Lyl, sie ist … wir sollten uns hinsetzen", schwer schlucke ich und lasse sie auf der Bank platznehmen, nach kurzem Zögern, nehme ich direkt neben ihr Platz. Als sie merkt, dass mir etwas auf dem Herzen liegt, will sie meine Hand nehmen doch ich unterbinde diese Aktion. Nicht jetzt – nicht in diesem Moment.

„Esctoiles ist es bestimmt einen anderen Esctoile zu heiraten, so ähnlich wie es bei deinem Dorf der Brauch gewesen ist. Da wir jedoch nicht lieben können, behalten wir die Meinung über unseren Partner bei und werden uns niemals von diesem trennen. Es ist der Esctoile der unserem eigenen Sternenbild gegenüber steht. Es gibt mehrere Häuser des Himmels, die Sterne die hier leben sind nur ein klitzekleiner Teil des Himmelszelts. Nun aber zu Lyl, bevor Skyler lebte, zog ich oft herum, kam durch die ganze Welt und traf viele Menschen. Damals glaubten die Menschen noch stark an das Übernatürliche, eines Tages lernte ich eine junge Frau kennen. Und wir kamen ins Gespräch, noch nie hat ein Mensch so viel Aufsehen in mir erregt, damals konnte ich auch noch etwas spüren auf meiner Haut, die jetzt keinerlei Zweck mehr erfüllt. Ich habe sie also zu mir eingeladen und ihr alles über mich erzählt. Sie war einfach da, verstehst du? Nie ist sie gegangen, sie hat mich zum Leben erweckt, einfach so, mit ihrer bloßen Anwesenheit nie wieder habe ich eine vergleichbare Frau gesehen. Sie nähte mir Hemden, genau wie dieses dass ich eben trage", kurz gerate ich ins Schweigen, mehr wollte ich Racquel nicht erzählen, meine Fingerspitzen streichen über die sauberen Nähte. Wie perfekt Lyl immer gewesen ist.

„Ich teilte mein Leben mit ihr und alles verging unheimlich schnell, nach schönen Jahren in welchen sie immer mehr gealtert ist, starb sie. Danach verschwand jeder Sinn, löste sich in der Sekunde auf, in welcher sie in meinen Armen aufhörte zu atmen. Seitdem her wurde ich zum Frauenheld und hatte nur bedeutungslose, nichts aussagende Nächte mit Frauen, weil ich versuchte irgendetwas in mir zu heilen. Und dann habe ich dich getroffen, nach vielen, vielen, vielen Jahren", mehr sage ich nicht, stehe auf und gehe fort, sie folgt mir verspätet.

„Das ist alles? So wie du ihren Namen ausgesprochen hast, glaube ich dir kaum", am liebsten würde ich einfach fortgehen und nie mehr mit ihr darüber reden.

„Wenn ich dir alles erzähle, wirst du gehen Racquel. Es gibt diese eine einzige Liebe in einem Leben die mehr glänzt als alle anderen, die mehr bedeutet als alles andere was du danach fühlst oder sagst und das war Lyl. Ich möchte dir verdammt nochmal nicht das

Gefühl geben, dass du weniger Wert bist, aber wenn du mich so fragst dann wirst du es irgendwann so empfinden. Und das will ich nicht, weil ich dich liebe. Es ist viel passiert zwischen Lyl und mir, genauso wie du mit Jason viel erlebt hast, aber das sollst du auch für dich behalten, weil du somit immer an ihn denkst!" gebe ich bissig zurück und fahre mir rasch durchs schwarze Haar.

„Natürlich, da hast du Recht", wispert sie nur und kommt näher zu mir, ganz sacht legt sie ihre Finger auf meine Wange und küsst mein Kinn.

„Es tut mir leid, aber es verletzt mich einfach darüber zu reden, ich denke täglich an sie aber in der Zeit mit dir, als wir alleine durch den Wald geirrt sind, habe ich nur an dich gedacht, daran was du mir bedeutest, wie viel du in mir bewegst und daran das ich ohne dich nicht kann. Ich hatte immer Angst dir davon zu erzählen, weil ich geglaubt habe, dass du mich dann verlässt…weil ich schon einmal sehr stark geliebt habe", sie kuschelt sich an meinen Körper.

„Ich verurteile dich nicht falls du das meinst. Es erfreut mich, dass du schon mal geliebt hast, so bin ich mir bewusst, dass du es kannst", ich vergrabe meine Hand in ihrem Haar und küsse ihre Stirn. Sie hat Recht, wer einmal liebt der wird es nochmals können.

„Ich habe mir nie gewünscht ein einfaches hindernisloses Leben zu führen. Sondern immer einen der mir hilft dieses zu meistern." Ich höre das sanfte Lächeln, das sich in ihr Gesicht gräbt. „Diesen Menschen hast du in mir gefunden, ich verspreche es dir", Racquel legt ihre Hände um meinen Körper und ich ziehe sie ebenfalls an mich heran. Das war es was ich gesucht habe all die Jahre nachdem Lyl fort wahr, ein Mädchen, dass zu viel spürt für diese Welt, das für mich mit lebt mit all ihren Gefühlen und Empfindungen. Die Esctoiles sind immer zu kalt für mich gewesen, weil man sich nicht in diese verliebt sondern sich an sie gewöhnt, an all ihre Macken und Kanten. Jedoch frage ich mich was schlimmer ist: einen Menschen zu verlieren den man geliebt hat oder einen Menschen zu verlieren an den man sich gewöhnt hat?

„Darf ich fragen wann das mit Lyl gewesen ist?" ich schließe die Augen.

„1680", gebe ich ihr als Antwort und dann entfernt sie sich von mir, japst nach Luft und hustet kurz.

„1680?! Oh, wie alt bist du denn dann?" zögernd geht sie zwei Schritte zurück, nachdem ich ihr einen kleinen entgegen gekommen bin.

„Uff, da fragst du mich was. Kurz nach der Zeitrechnung ist mein Esctoile am Himmel geboren worden. Also alt genug", ich grinse breit, bis hin zu beiden Ohren. „Mhm…gut", sie scheint geschockt zu sein, über das Alter.

„Dachtest du wirklich ich bin erst 18?" lache ich und nehme sie spielerisch in den Arm, die Röte schießt ihr in die lieblichen Wangen. „18? Nicht mal das habe ich gedacht", sie schlägt ihre Hände vors Gesicht um meinem prüfenden Blick zu entgehen.

„Ich bin gerade mal 15! Und das in meinem wirklichen Leben", ich küsse sacht jeden einzelnen ihrer Finger. „Das macht doch nichts, du wirst schon noch in dein Leben wachsen", sie boxt mir in die linke Schulter und stampft auf den Boden, während sie sich von mir wegdreht und die Arme vor ihrer Brust verschränkt. Trotzig wie ein kleines Kind, das nicht bekommt was es will, bestimmt hat sie ihre

Unterlippe vorgeschoben und lässt ihre Iris erzittern, damit ich ihr diese Nummer abkaufe. Ich trete schüchtern zu ihr und lege meine Hände von hinten um sie herum auf ihren Bauch und lege meinen Kopf auf ihre Schulter.

„So schlimm?" sie dreht sich geschickt herum, windet sich aus meinem Griff der sich vor Überraschung gelockert hat und schlingt ihre Arme um meinen Hals, zieht mich hinab und drückt ihre Lippen auf die meinen. Kein Gefühl. Leider. Dennoch halte ich sie fest und versuche irgendetwas in diesen Kuss zu legen, der ihn besonders macht. Scheint nicht geklappt zu haben, da sie sich gleich von mir entfernt. „Was machst du?" lacht sie auf und stellt sich auf ihre Zehenspitzen. „Nichts", flöte ich leichthin daher und nehme sie bei der Hand, damit wir wieder reingehen können.

„Falls du irgendetwas wissen willst von Jason und mir, dann musst du mir einfach nur Bescheid sagen...", ich bleibe stehen und öffne meinen Mund. „...aber ich überlege mir erst dann ob ich es dir sagen will oder nicht", sie macht sich los und ich folge ihr. „Bleib stehen!" belle ich ihr hinterher und dann bleibt sie ganz abrupt stehen. „Hey, Frischfleisch", er kommt auf sie zu und verbeugt sich, nimmt ihre eingefrorene Hand und haucht ihr einen Kuss darauf. „Faith. Auch mal wieder da!" empört trete ich zu den beiden, entferne ihre Hand aus seinen Griffeln und schiebe sie beschützend hinter mich. „Von Frischfleisch ist hier nicht die Rede, sie gehört zu mir", er sieht hinter mich und lässt ein aufregendes Schimmern in seine Augen treten, was ihm angehört. Faith war etwas anders als die anderen Esctoiles. Aber was ich erst jetzt bemerke sind seine lockigen braunen Haare und seine schönen dunkelgrünen Augen, er hatte eine große Ähnlichkeit mit Jason. Mit dem geliebten Menschen den Racquel nur für mich verlassen hat.

„Nette Begrüßung übrigens", gibt er mit einem Nicken, auf mich hin, kleinlaut bei.

„Dich hat hier eh keiner vermisst…", er unterbricht mich barsch: „Ja, natürlich war auch nicht anders zu erwarten von der Truppe hier, die hingen ja eh alle an deinem plötzlichen, grundlosen Verschwinden. Glaub mir, die sind alle nur darum besorgt was sich in deinem beschissenen Leben abspielt. Der Schöpfer hat eine ganz tolle Rolle für dich vergeben, sei ihm dankbar", mit diesen Worten marschiert er weiter, die Springerstiefel die er seit Jahren an den Füßen trägt sehen total abgewetzt aus.

„Und pass gut auf, auf den Engel neben dir, sonst könnte er einfach so mir nichts dir nichts …", er dreht sich um und formt eine Kugel mit seinen Händen die er dann zerplatzen lässt „…buff… verschwinden", dann geht er davon und ich lege den Kopf in den Nacken und stoßen dabei fast mit Racquel zusammen.

„Er…er sah aus wie Jason", wispert sie immer wieder stotternd. Und doch benimmt er sich nicht so wie deiner, er ist wie die böse Ausgabe von deinem Elf, aber das sage ich ihr natürlich nicht. „Faith ist also wieder da", bemerkt Beath und legt eine Hand beruhigend auf Racquels zitternden Oberarm, der dann sofort zur Ruhe kommt.

„Hast du ihn gehört?" will ich wissen und achte nur ganz nebenbei auf Racquel, die langsam wieder Farbe bekommt.

„Er dreht mal wieder etwas am Rad, lass ihn reden, wirklich. Er ist einfach nur enttäuscht, dass sein Verlust unter ging. Schaue und höre lieber auf die Menschen die dir zuhören und an dich glauben", ich nicke nur und ziehe Racquel in meine Arme. „Ich weiß, meine Liebe, das er aussah wie Jason. Aber wir gehen ihm einfach aus dem Weg, dann wirst du nicht ständig an deine Vergangenheit erinnert", keine Reaktion von dem kleinen Wesen in meinen Armen. „Kurz ein anderes Thema, Gemma. Warst du schon bei Skyler?" ich setze Racquel auf einen Tisch und sie starrt vollkommen perplex in die Luft, als würde dort irgendjemand stehen. „Ja, ich habe vorhin bei ihr vorbeigeschaut", sage ich dann an Beath gewandt. Dieser fährt sich durch das blaue Haar und schüttelt dann seinen Kopf.

„Wie fühlst du dich, jetzt wo du weißt, dass auch dieser Sinn bei ihr verschwunden ist?" als ich nicht sofort antworten kann, nimmt er mich erstmal in den Arm. „Es fühlt sich an als würde ich das Ganze nochmals am eigenen Körper erfahren, aufwachen und merken das man immer mehr verliert was lebensnotwendig erscheint. Aber ich kann ihr nicht helfen, sie scheint damit klarzukommen und das heißt wohl das ich es auch einfach hinnehmen muss", Beath löst sich dann von mir sieht mir in die Augen, die so vollkommen anders als die seinen sind.

„Du kannst dich jeder Zeit an mich wenden, auch wenn ich nicht so empfinde wie du es kannst, stehe ich dir immer zur Seite. Du weißt das wir viel erlebt haben gemeinsam, auch wenn dann andere Menschen in unser Leben getreten sind, heißt dies nicht, dass wir uns zwei nicht mehr gemeinsam stärken können", Beath hatte sich bereits an seine

Partnerin gebunden und lebt mittlerweile immer mal wieder bei ihr. Das war es auch was uns auseinandertrieb, seit es feststand das er umziehen würde, kettete ich mich verzweifelt an Eloy. Er war es der mir Halt gab, dann kam Lyl und dann verlor ich alles was mir lieb gewesen ist. Lyl zum Beispiel hatte Beath niemals kennengelernt, da er zu dieser Zeit außer Haus gewesen ist...dennoch spürte sie ständig, dass mir etwas fehlte.

„Es hätte eben alles nicht so laufen sollen", flüstere ich und drücke ihm die Hand bevor ich zu Racquel sprinte und mich nicht mehr umdrehe. Manchmal verliert man Menschen nun mal aus den Augen, weil sie anders fühlen und anders denken. Ich merke immer, dass es etwas höheres als Schicksal gab, ich mag nicht sagen, dass ich mich vollkommen dagegen streife, so wie Racquel, aber ich gehe immer hin noch meinen eigenen Weg, neben dem Schicksalshaften her.

„Ich glaube es nicht", Racquel hat sich langsam wieder von ihrem Flashback erholt und taumelt mir in die Arme.

„Ich schaue, dass er dir nicht mehr unter die Augen kommt", wispere ich ihr sanft und beruhigend ins Ohr, augenblicklich entspannt sie sich. „Wie heißt er nochmal?" will sie wissen und ich hieve sie auf meine Arme und trage sie in unsere eigenen vier Wände, bringe sie auf meinen Armen in Sicherheit. In meine Sicherheit. So wie ich es immer wieder tun würde, solange sie mich mit diesen blaugrünen glänzenden Augen ansieht und ich ihre Liebe fast spüren kann.

„Faith", antworte ich knapp und einsilbig ohne jegliche Emotionen in meiner Stimme, mehr hatte er einfach nicht verdient. Wer es sich einmal verbaut hat bei mir, der kann auf ewig auf Vergebung warten. „Er hatte so glänzende Augen, funkelnd, fast magisch", wie betäubt steigt sie von meinen Armen, von dem sicheren Nest und vergräbt sich in der Bettdecke. „Er ist keiner von den guten, meine Liebe. Es tut mir leid, aber er ist wie eine böse Ausgabe von Jason. Deine Augen täuschen dich. Seine Iris ist keinerlei magisch, es ist das reine Böse das dich da anfunkelt. Lass es dich nicht berühren, er sieht dich an durchsiebt deinen Geist und findet all deine Schwächen. Er merkt sich diese ein Leben lang und reißt dich durch sein Wissen, welches dein betäubter Geist ihm sozusagen freiwillig überlassen musste, in die Tiefen", ein kleines Nicken bekomme ich als Antwort, dann krieche ich zu ihr.

„Vergiss, dass du ihn gesehen hast, vergiss welche Augenfarbe dich betrachtet hat", während ich das so zu ihr sage, ist es mir eigentlich ganz Recht, dass Faith eine große Ähnlichkeit mit Jason hat. Von ihm soll sie sich nämlich auch entbehren. Weil ich der Einzige sein will, der sie zum Lächeln bringen kann, ich will der Einzige sein, der ihr zeigt, dass die Welt so viele gute und schöne Verstecke besitzt...aber doch merke ich das ich diesen Kampf ständig gegen Jason verliere, so wie sie ständig den Kampf gegen Lyl verliert. Man will immer das was man nicht haben kann, aber man will nicht, dass der andere nicht das bekommt was er will.

„Ich verstehe", ein sanftes Leuchten glimmt in ihren Augen auf, als ich sehe wie sie mir sacht über das freiliegende Schlüsselbein streicht. Ich weiß nicht mal ob ihre Hand warm oder kalt ist. Wenn ich ihre Hand nicht sehen würde, wäre da rein gar nichts.

„An was hast du eben gedacht?" sie sieht verwirrt drein und küsst meinen Arm.

„Als ich Faith gesehen habe, kam es mir vor als stünde Jason genau vor mir, in seiner vollen Gestalt. Ich hörte seine helle, klare Stimme in meinem Kopf und roch den vertrauten Geruch nach sonnenüberfluteten Seen. Die Locken kitzelten mich an der Nase und seine Finger berührte kurz meine Wange. Es stahl sich ein Kuss auf meine verlassenen Lippen", sie entfernt blitzschnell ihre Fingerspitzen von meiner Haut und dreht sich von mir weg, ihr schöner Rücken liegt nun in meinem Blickfeld.

„Manchmal denke ich nicht nach...ich schäme mich so!" quietscht sie und setzt sich auf, vergräbt ihr schönes Gesicht in ihren kleinen Fingern.

„Ich liege in dem Bett mit einem wundervollen jungen Mann, den ich liebe, und schwärme von meiner alten Liebe, die hin und wieder erneut mein kleines Herz entflammt", ich ziehe ihre Hände von ihrem Gesicht und führe sie zu mir hinab, dann küsse ich sie.

„Ich habe dich eigentlich gefragt was dir durch den Kopf ging, als du mich so angelächelt hast", sie drückt erneut ihre Lippen auf die meinen.

„Ich dachte darüber nach, dass ich froh bin dich gefunden zu haben, nach alldem was passiert ist. Nach Kalkews Tod, war alles plötzlich ganz anders, ich habe gemerkt, dass alles von einen auf den anderen Moment verändert werden kann und zwar so abrupt, dass man selbst nicht mehr weiß wo hin mit sich. Ich habe den Platz für mich aus meinen Augen verloren, auch wenn du da warst und mich errettet hast, wollte ich dir nicht auch sofort mein geschundenes Herz in die großen, warmen Hände legen. Aber du hast mir gezeigt, dass ich das gar nicht muss, man kann sich auch erst an einen Menschen gewöhnen. Es kommt nicht auf den ersten Moment an, er entscheidet zwar viel, aber ich kann mich dir auch noch später öffnen", erschüttert von all den Worten, die so ehrlich und so plötzlich über mich hineinbrechen, lächle ich. Da war es wieder. Irgendetwas richtet sie in meinem Körper an, was mich dazu treibt bei ihr zu bleiben und sie bei mir zu wissen, wenn ich nur wüsste was dies ist.

"Das dir so viel durch den Kopf jagt, wenn du an mich denkst", sage ich und sehe wie sie sich wieder entspannt neben mich legt und sich an meinen Oberkörper kuschelt.

"Warum an was denkst du denn, wenn du mich ansiehst?" ich höre das leichte Zittern in ihrer Stimme, vermutlich hat sie Angst vor meiner Antwort, wer weiß wie viele sie schon enttäuscht haben, als sie das gefragt hat?

"Eigentlich nichts", sie nickt.

"Also zumindest mal nicht die Menge die dich verschlingt", ein Lachen befreit sich aus ihrer Kehle aber wahrscheinlich nur, damit die Tränen nicht ans Tageslicht gelangen.

"Sondern nur das ich dich liebe", kurz hält sie die Luft an und seufzt erleichtert. "Das ist mehr als alles was ich gesagt habe", wispert sie und haucht mir einen Kuss in die Kuhle an meinem Hals hinein.

"Ich liebe dich", da waren sie die drei Worte die bei ihr klangen wie ein kurzes, liebevolles Lied. Ich glaube, es gibt keinen Menschen auf der Welt der dies schöner und ehrlicher sagen kann als sie. "Ich liebe dich auch", antworte ich und genieße das Strahlen ihrer Augen. Weil sie das spürt, als wären meine Worte Berührungen die ihre Seele und ihr Herz umschlingen, für mich waren Worte meist leer. Und ich wünsche mir jeden Tag, das ich daran etwas ändern könnte, das sie Gefühle in meinen Augen sehen konnte so wie ich in den ihren.

„Du gibst mir so viel und ich kann dir nichts geben", schlüpft es aus meinem Mund, obwohl ich es verhindern wollte sickern sie nun bleischwer über das weiche Bett.

„Warum sagst du denn so etwas?! Das ist doch gar nicht wahr. Du schenkst mir Sicherheit und Geborgenheit und Liebe. Du lässt mich bei dir leben und vertraust mir Geheimnisse an", das waren ein paar Dinge.

„Und was ist mit all den Dingen die du mir schenkst: Dein Lachen, jede einzelne deiner Tränen, deine Emotionen und Gefühle, wie du mich immer wieder berührst und hoffst irgendetwas in meinem Blick zu sehen außer den Riss der sich durch die Iris zieht? Deine Worte und deine Ehrlichkeit. Deine Gedanken", sie umarmt mich auf einmal, lässt mich nicht los.

„Das ist alles was ich will und brauche. Dich. Mehr benötige ich nicht, mit jeder Macke und jeder perfekten Reaktion von dir, fühle ich mich lebendig. In deinen Armen fühle ich mich geborgen. Und ich schwöre dir ich habe mein Herz noch nie so schnell und laut pulsieren gehört wie in deiner Gegenwart", wenn ich weinen könnte, würde ich es jetzt vermutlich tun. „Und das reicht dir wirklich?" ich hebe sie etwas von mir weg.

„Ja, denn das hat mir nie ein Mensch zuvor gegeben", „Sag mir nur was du brauchst", wispert sie. „Die Bestätigung in deinen Augen, das ein gefühlsloser Esctoile ein gefühlgefülltes Mädchen lebendig macht", sie lächelt und strahlt wie ich, wenn ich in den Himmel aufsteige. Vielleicht braucht es nicht mehr als das hier. Sie und mich. Um vollkommen und glücklich zu sein.

Blut und Herzschlag

Seht die Menschen an aus Fleisch und Blut, wie ihr Herz pulsiert um sie am Leben zu erhalten, und dann lasst andere Eure Haut fühlen und sie werden kein warmes, entspanntes Beben spüren, weil dort keines ist. Der Schöpfer ließ Euch nicht den Menschen auf Erden gleichen. Er spezialisierte Euch. Über Eure Haut sollte kein dickes Blut rinnen, wenn Eure zarte Haut verletzt wurde, schließlich sind die Sterne am Himmel auch nicht rot, wenn sie nachts die Erde in ein sanftes Glitzern hüllen. Somit beschloss der Schöpfer Euch einen anderen Herzschlag zu geben, er beschenkte Euch mit einem hellen, sanften Klirren. Welches durch das Blut in Euren Venen erzeugt wird, durch das Blut, das golden ist. Golden weil reines Gold durch Eure Venen fließt. Wenn Eure Haut durchschnitten wird, tritt dort reines, flüssiges Gold hervor, somit müsst Ihr versprechen dieses vor fremden Augen zu verstecken. Wenn man wüsste wie wertvoll dieses Blut ist, würden sie Euch festhalten und töten um reich zu werden. Vermeidet Euch zu verletzen, denn das Gold ist zu wertvoll, um an das Angesicht der Welt zu treten.

Sie ist eingeschlafen, während sie vollkommen ruhig und erschöpft neben mir lag. Und ich liege einfach nur neben ihr, streiche ihr durch das schöne Haar. Lasse einzelne, feine Strähnen durch meine Finger gleiten…ständig in der Hoffnung irgendetwas zu spüren. Doch nach wie vor ist dort nichts. Irgendwann schließe auch ich meine Augen und versinke in Tagträume, die nur verschwommen und verklärt sind. Wieder einmal ein schweres Los das zu tragen ist, wenn man die Gene eines Esctoiles in sich trägt. Es ist einem nicht mal möglich schöne Träume zu erleben, wenn man sich schon mal die Zeit nimmt und versucht in einen Tagtraum zu verschwinden, kann man diesen nicht mal genießen. Da unser Schöpfer der Ansicht war, wir würden somit das Wesentliche aus unseren Augen verlieren, genau wie wenn wir uns verlieben würden und weinen oder andere Emotionen Freiheit gewähren müssten. Dennoch würde keiner von uns etwas dagegen haben, sich zu entspannen und an etwas Schönes denken zu können und dieses nicht vollkommen verschwommen und unscharf tun zu müssen. Irgendwann gähnt sie leise und entfernt sich von mir. „Gut geschlafen, meine Schöne?" verlegen wischt sie sich mit ihren Fäusten den Schlaf aus den Augen. „In deinen Armen kann man nur schönes träumen." Ich werde das wohl niemals erleben, wie schön Schlaf oder Träume wirklich sein können, aber wenn ich sehe wie die Frauen immer vollkommen erholt aus der Traumwelt zurückkehren, durchzieht jäh ein Schmerz meinen Körper. Zu wissen etwas nie erleben zu dürfen, ist ein Verlust der einen nie los lässt, vor allem wenn es solche alltäglichen Dinge wie Schlafen oder Träumen sind. Andere Menschen tun das immer und man selbst ist dazu nicht fähig. Sie setzt sich auf und sieht mir direkt in die blauen Augen und nähert sich mir, schließt die blaugrünen Augen und ich tue es ihr gleich. Nur weil sich mein ganzer Körper darauf konzentriert spüre ich die Luft, die sie ausatmet. Dann lacht sie und springt vom Bett.

„So eine bist du also…", ich schnappe nach ihrem rechten Bein und ziehe sie näher ans Bett, reiße meine Hand hoch zu ihrer Taille und befördere sie in einem großen Bogen auf die Matratze.

„Nein, das war doch nicht böse gemeint…", sie beginnt zu schmollen und ich springe auf ihre Hüfte und umgreife mit einer Hand ihre beiden Handgelenke und halte diese über ihrem Kopf zusammen. „Sondern?" herausfordernd hebe ich meine rechte Augenbraue und setze meine Finger an ihren Bauch um sie zu kitzeln, falls sie falsch antworten sollte.

„Ich wollte … ich wollte dich … hm",

„Ha, dir fällt wohl nichts ein", lache ich und beginne sie zu kitzeln, sie lacht und verbiegt sich um meinen Fingern zu entkommen, irgendwann lasse ich schließlich locker und sie versucht wieder normale und regelmäßige Atemzüge auf die Reihe zu bekommen. Und dann setze ich mich neben sie und kann nichts mehr tun, außer sie anzusehen und zu grinsen, sie macht rein gar nichts und beraubt mich meines Atems. Diese Art von Momenten habe ich vermisst, jemanden neben mir zu haben, der es einfach so schafft mich um den Verstand zu bringen. Diese Momente waren immer da, als Lyl noch lebte, Jeden Tag habe ich sie angesehen und war glücklich ohne etwas zu tun, ohne etwas zu sagen und schließlich auch ohne sie zu spüren, am Ende unserer gemeinsamen Zeit. „Was ist?" will Racquel wissen und ich schüttle nur den Kopf und lächle.

„Das weißt du noch nicht?" antworte ich entsetzt und schlage die Hand vor den Mund.
„Was ist passiert?" sie springt drauf an.

„Du bist los", gebe ich vollkommen kühl zurück und sie springt auf mich zu und kullert mit mir über die Bettkante auf den Boden. Dabei kratze ich mich am Arm auf und mein Instinkt ist sofort geweckt, ich schiebe sie von mir weg und sperre mich im Bad ein. Verstecke meinen Arm, die Wunde, damit ihre Augen nichts sehen, damit sie nicht fragt. Ich will nicht sehen wie ihr Blick sich verändert wenn sie etwas von mir erfährt, sie zweifelt bestimmt schon an meiner Liebe weil ich keinerlei Emotionen empfinde und keine Berührungen auf meiner Haut spüre und wenn ich ihr jetzt sage, dass ich kein Herz besitze, wird sie einfach gehen… und nie wieder kommen … und ich werde sie nie wieder vergessen können.
„Azul?" sie fragt und ich drücke meinen Rücken gegen die Türe, verdecke die Wunde spüre die Panik wie sie in mir aufkommt, ich sehe vor mir Lyls unklaren Blick, wie Tränen aufsteigen wegen mir, wie ich diese Trauer nicht wegnehmen kann. Ich nehme *sie* in den Arm und *sie* schluchzt, *sie* kann nicht antworten nichts sagen, das war zu viel für *sie*. Diese Tatsache, dass da kein Herz schlägt in meiner Brust.
„Aber auch wenn ich keine Berührungen auf der Haut wahrnehmen kann, spüre ich sie doch in meinem Inneren, da ist zwar kein Herz das schlägt, aber da sind Gedanken die alles für ewig aufnehmen. Ich

schwöre dir ich werde dich niemals vergessen, Lyl. Niemals", und so war es ich habe *sie* nie vergessen können.

Draußen hämmert Racquel an die Tür und bittet, dass ich sie reinlasse. Aber ich kann nicht, ich sehe die Wunde an, sehe wie das Gold über meine Finger rinnt und auf den Boden tropft. „Warte", zische ich kalt und da hört sie auf zu bitten und ich öffne die Tür, drehe langsam den Schlüssel im Schloss, lasse sie ein und schließe sie in meine Arme: „Bitte verlasse mich nicht, nicht für das was ich bin. Sondern für etwas das ich falsch mache. Ich bete jeden Abend, dass ich nicht so bin wie ich bin, aber ich kann nichts daran ändern, ich liebe dich. Egal was mein Körper sagt und wie er gebaut und geformt worden ist. Aber das was mich am Leben lässt bist du, der Gedanke an dich und das du da bist", sie streicht mir über den Arm und ich weiß, dass sie Gold an ihren Fingerkuppen trägt.

„Was ist das?" da war sie, die Frage und ich spüre die Angst, auch wenn ich nichts empfinde merke ich, wie meine Atmung in die Höhe steigt.

„Das ist mein Blut. Ich habe keinen Herzschlag und somit auch kein Herz, sondern es fließt reines Gold durch meine Adern, deswegen hörst du dieses helle, sanfte Klirren wenn du auf meiner Brust ruhst. Weil das Gold aneinanderstößt und dieses Klirren erzeugt", sie drückt mich etwas hinfort und legt ihre Hand auf meine Brust, dort wo eigentlich mein Herz sein müsste.

„Und warum sollte ich dich deswegen verurteilen? Ich liebe dich doch weil du so bist wie du bist, weil ich dich ansehe und merke, dass du etwas in mir bewegst. Man muss keine Augen haben um sehen zu können, man muss nicht sprechen um Menschen zu berühren und letztendlich braucht man auch kein Herz um Lieben zu können", nun sehe ich sie an und sehe diesen Riss in ihrer schönen Iris, der wegen mir entstanden ist, aber ich sehe auch das Strahlen das daraus hervor dringt.

„Verletzen und zum Funkeln bringen ist wohl das Einzige was ich kann…",

„Und lieben. Jemanden dazu bringen sich besonders und angenommen, zuhause und sicher zu fühlen", vielleicht war es doch richtig sie mit zu nehmen, dieses Mädchen, das mich von Anfang an fasziniert hat. Durch ihre Art, später durch ihr Aussehen und schließlich auch durch ihre Geschichte, weil sie einfach irgendetwas in mir ausgelöst hat, was mich spüren lässt. Auf irgendeine neue Weise die mir bis jetzt nicht bekannt gewesen ist. Ich setze mich hin und ziehe sie mit, lege meine Hände auf ihre Oberarme und verstecke mein Gesicht hinter ihrem Rücken.

„Was bringe ich denn, wenn ich traurig mache. Ich bin der Mann, ich soll dich trösten und Treue zeigen, dich auf Händen tragen, dir Blumen schenken…", sie unterbricht mich: „Na los, dann fange damit mal an, schenke mir Blumen", ich tauche von meinem sicheren Standort hervor und hieve sie auf meine Arme. Begebe mich mit ihr nach unten auf die riesige Wiese in die Nähe des Pavillons, dort setzt sie sich inmitten der Blumen, aus welchen ich beginne einen schönen Strauß zu formen.

Ich nehme verschiedene Blumen und rangiere sie zu einem großen Strauß, während sie es sich auf meinem Oberschenkel bequem gemacht hat und meinen Händen dabei zu sieht wie sie ein Geschenk für sie vorbereiten.

„Wie ist es schon so lange zu leben?" Will sie wissen und krabbelt mit ihren Fingern zu den meinen, öffnet meine Faust und legt sacht den Blumenstrauß auf den Boden. Racquel sucht meinen Blick und verflechtet ihre Hand mit der meinen, ich streiche mit meinem Daumen über ihre Haut.

„Irgendwann hört man einfach auf zu zählen, die Stunden, die Tage, die Monate und letztendlich auch die Jahre werden immer unbedeutender für einen, jeden Tag dasselbe. Als würde man sich auf ewig nur im Kreis drehen, alles nimmt zu, außer die Sinne, die nehmen ab. Man beobachtet sich wie man Jahre auf den Markt geht und immer den gleichen Menschen sieht und irgendwann erwischt man sich wie man selbst weinend vor dessen Grab steht und sich verdammt das man ewig lebt. Ich würde lieber für ein sterbliches Leben mit Emotionen sein, als es auf ewig zu verschwenden und nichts genießen zu können", mich stimmt es immer traurig darüber zu reden, aber so ist das Leben nun mal, wir sind so, so wie wir geboren worden sind.

„Ich habe auch eine Frage?" fange ich leise und bedrückt an, sie nickt nur, vielleicht fühlt sie sich schlecht, weil sie mit diesem Thema meine Laune runtergedrückt hat.

„Wie lebt es sich so, wenn man so unglaublich hübsch ist?" ein Grinsen erhellt sofort ihr ganzes Gesicht, ich mag es Menschen mit der Wahrheit glücklich zu machen, dafür bin ich da, nämlich um das Leben zu verschonern. Denn immer wenn sie lacht, merke ich wie das Leben ein bisschen besser wird, weil ich nicht sinnlos meine Zeit hier auf Erden verbringe, sondern sie nutze, indem ich anderen Menschen zeige, was ich für sie empfinde. Und für Racquel empfinde ich unsagbar viel.

„Eigentlich ganz gut, solange man nicht von irgendwelchen Jungs Blumen geschenkt bekommt", sie will gerade aufspringen, da drücke ich sie sacht auf den Boden und reiße Blumen aus, um diese wild und wahllos auf ihren Körper zu schmeißen. Sie kreischt und irgendwann kann ich nicht anders als mich hinunter zu beugen und sie zu küssen, sie fest zu halten, ihr über die Arme zu streichen und immer wieder zu küssen. Weil ich so glücklich bin sie hier bei mir zu haben.

Ein Räuspern lässt uns auseinander fahren. Sirius steht vor uns, den Kopf schütteln und stöhnend eine Augenbraue hebend.

„Hier bist du also", ich lasse von Racquel ab und zupfe mir die einzelnen Blumen aus den Haaren. Faszinierend beobachte ich die schwarzen Strähnen in dem strahlend weißen Haar und sehe ihm direkt in das blau leuchtende Dreieck in seiner Iris. Es macht mich stolz diese Veränderung wegen mir auf seinem Körper zu sehen. „Skyler geht es nicht besonders gut, sie fühlt sich nicht gut und will mit niemandem reden außer mit dir. Vernachlässige nicht deine Familie für ein paar schöne Momente", bei diesen Worten wandert sein Blick von mir auf Racquel, welche ebenso die Blumen von ihrem Körper entfernt.

„Momente machen nicht das Leben aus, sie lenken dich von deinem eigenen Ziel ab und treiben dich hinfort von deiner Familie und deiner Bestimmung. Der Schöpfer hätte das so nicht gewollt, vergiss das nicht", mit diesen Worten klopft er mir auf die

Schulter, nimmt Racquel an der Hand und führt sie von mir weg.

„Wer vergeblich nach etwas sucht wird es niemals finden", höre ich ihn wispern, während er den Arm um Racquels Schulter legt. Ich gehe zu Skyler und trete ein ohne anzuklopfen, für gewöhnlich spürt sie meine Anwesenheit. Sie meint meine Präsenz sei fast annähernd so stark wie die von Sirius. „Was ist?" ich sehe wie sie starr auf dem Boden sitzt und das Sternenlicht auf ihren Rücken fallen lässt. „Ich vermisse Lyl, ich vermisse sie wirklich, wie sie mich angelächelt hat und wie du sie im Arm gehalten hast. Jetzt vermisse ich die Zeit wo du alleine warst, wo die Frauen kein Strahlen in dir hervorgerufen haben, es hört sich grausam an, aber ich habe es genossen, deine Aufmerksamkeit mir gegenüber. Nun ist Racquel da, die dir mehr bedeutet und die du gerne siehst und bei dir hast, für mich ist kein Platz mehr in deiner kleinen Welt. Du sagtest zu mir, Liebe gibt es nur einmal für jeden Mensch auf Erden...", ich unterbreche sie und schreite langsam zu ihr voran.

„Aber wir sind Esctoiles, da ist das etwas anderes, wir können uns öfters verlieben", da beginnt sie zu lachen.

„Du meinst wohl wir können uns niemals verlieben, dafür sind wir nicht gemacht. Das wollte der Schöpfer nicht. Dich wollte er ganz bestimmt nicht!" kreischt sie und dreht sich um, ihr Blick ist nicht wütend, wie ich erwartet hätte, sondern von Tränen verklärt. Sie weint oft in letzter Zeit, wegen mir? „Und ich will dich genauso wenig, du interessierst dich nicht mal mehr für mich. Sieh doch die Esctoiles mal richtig an, siehst du nicht wie Levke darunter leidet, dass Racquel hier ist. Du hättest dort draußen bleiben sollen, ich weiß nicht warum man dich in den Himmel aufsteigen lässt, obwohl du dich so gegen das Schicksal aufbäumst. Warum bin ich hier auf die Erde verbannt obwohl ich nie etwas getan habe das irgendjemanden verletzen könnte. Ich habe bereits meinen späteren Verlobten kennengelernt und ich mag ihn, aber du wehrst dich gegen alles und trotzdem darfst du jeden Abend deinen Stern am Himmel platzieren und ich darf das nicht", sie kommt auf mich zu und stößt mich weg, als ich sie in meine Arme schließen will.

„Glaube mir Skyler, ich wünschte auch, dass du die heiligen Pforten übertreten könntest, ich habe damals alles versucht, aber es sollte nicht so sein. Und ich bin der letzte auf der Welt, der dir etwas Schlechtes will. Weil ich dich liebe", sie scheint mir nicht zu glauben, sie tut so als würde sie mich nicht hören, was ich daran fest mache, dass sie ihre Hände auf die Ohren legt. Ich gehe auf sie zu und umgreife sanft ihre Handgelenke und nehme diese von ihrem bisherigen Platz.

„Ich will dich nicht hier haben, ich will das du einfach gehst, mit deinem Grinsen und deinen glimmenden Augen die nur noch für Racquel lachen", es ist als würde ich direkt in Levkes Gegenwart sein, genau die gleichen Worte, der gleiche Tonfall.

„Hast du mit Levke geredet?" will ich wissen und lasse von ihr ab.

„Sie hat mir erzählt, das du sie geküsst hast, warum tust du ihr das an...und mir und unserem Schöpfer?" als sie schließlich wieder klar durch ihre Augen sehen kann, fällt ihr auf, dass ich ihr bereits einfach den Rücken zu gekehrt habe. „Gemma, warte...", doch ich laufe einfach weiter, sie wollte mich nicht hier haben, kein Problem.

Ich renne geradewegs in Levke rein: „Was fällt dir ein?!" zische ich ihr zu und muss mich beherrschen um nicht meine Wut an ihr auszulassen. „Was?!" kreischt sie nur als Antwort, als sie die kalte Wut in meinen Augen brennen sieht.

„Du hast ihr alles erzählt?" ich deute mit meinem Daumen auf den Raum, in welchem Skyler auf dem Boden sitzt. „Sie hat mich gefragt, und ich bin wenigstens ehrlich zu ihr. Meine Güte, verstehst du denn nicht, dass wir dich alle nur beschützen wollen. Nachdem Lyl von uns gegangen ist, dachten wir alle du wirst niemals wieder der Alte...", ich lache gehetzt auf.

„Von uns? Wer bitte ist uns? Es hat doch keinen Interessiert. Sie ist von mir gegangen nicht von euch. Sie hat euch doch rein gar nichts bedeutet. Und wenn sie euch doch etwas wert war, dann noch lange nicht so viel wie mir. Ich habe dieses Mädchen geliebt, jeden Tag mehr als den davor und sie wurde immer wichtiger. Ihr wusstet alle, dass ich mich wieder verlieben würde",

„Das nennst du Liebe?" steigt Levke auf meinen Apell ein: „Nie und nimmer ist das Liebe, zwischen Racquel und dir. Liebe ist etwas das du mit Skyler teilst oder mit ...", sie bricht ab und beißt sich auf die Unterlippe, ich sehe die Röte auf ihren Wangen.

„Sag schon ... die Liebe die ich mit dir teile?" ich spreche das aus was sie denkt.

„Vielleicht. Gemma. Ich brauche dir nicht sagen was ich denke, du weißt es schon längst, du ahnst was ich denke. Keiner weiß mehr über mich als du. Niemand hat mich mehr geliebt als du", bettelt sie dann plötzlich als würde sie sagen wollen, und bitte höre niemals auf damit.

„Wenn du das was ich dir gebe Liebe nennst…", sie unterbricht mich barsch.

„Wie würdest du es denn nennen?" sie hat Recht, einen anderen Namen dafür gibt es wohl kaum, dass ist Liebe und nichts anderes.

„Ich gebe dir Recht, es ist Liebe, Levke. Vielleicht sogar mehr als das, weil dort viele Sachen sind die uns verbinden. Aber ich sehne mich nach etwas anderem, nach Menschen die einen neuen Luftzug durch mein Leben wehen lassen und die einen neuen Duft in meinen Garten des Lebens geben", ich nehme ihre Hand.

„Und das bin ich nicht, ich weiß. Ich gehöre ja auch eigentlich jemand anderem. Jemandem der mich nie geliebt hat, liebt oder lieben wird. Und ich verliebe mich wieder in jemanden der mich nie geliebt hat, liebt oder lieben wird. Schade, dass gerade du derjenige bist, der mich all diese Jahrhunderte hinweg begleitet hat, mich getragen wenn es zu schwer für mich war zu gehen und mir jetzt das Messer in die gleiche Wunde ritzt", sie geht einfach an mir vorbei.

„Du sagtest immer du weißt alles über mich, jetzt merke ich, dass du all die Jahre nur gelogen hast", „Ich habe nicht gelogen, Levke", wispere ich.

„Dann verschließt du eben jetzt die Augen vor den meinen, denn sonst würdest du darin alles wieder finden was ich verloren habe. Aber lebe mit dem Gefühl, welches es dir einfacher macht zu lächeln", sie öffnet die Türe zu Skylers Raum.

„Und lächle für mich mit, einer hat es ja verdient glücklich zu sein, in dieser hässlichen Welt", mit diesen Worten verschwindet sie aus meinem Blickfeld und ich kehre mit hängenden Schultern zu

Racquel zurück und höre ständig Levkes Worte in meinen Ohren.

Hässliche Welt, wie recht sie doch hat, ist mein letzter Gedanke bevor ich ein falsches Lächeln aufsetze und zu Racquel gehe.

Miyakin

Schaut auf Eure Mitte, der Punkt Eures Körpers der
das ist wozu Ihr lebt. Der Schöpfer hat Ihn Euch
geschenkt, den Stern in Eurer Mitte den Ihr Miyakin
nennt. Dieser strahlt so hell wie Euer Stern am
abendlichen Himmelszelt. Weibliche Esctoiles
besitzen diesen in Ihrem Nacken, damit er gut
versteckt vor fremden, unwissenden Augen ist. Bei
männlichen Esctoiles liegt dieser tief vergraben, gut
beschützt in Ihrem Bauch. Der Miyakin dient dazu,
dass die Menschheit auf der Erde Euch aufleuchten
sehen kann. Versteckt Ihn jedoch gut vor dem
Angesicht der Menschen, denn Eure Gestalt löst
Angst bei den Gemütern der Menschen aus, alles was
sie nicht kennen bedeutet für sie sofort Gefahr.
Ebenso ist der Miyakin das Höchste was Ihr besitzt
und das Wertvollste an Eurer Gestalt, er hält Euch am
Leben. Vergleichbar mit dem menschlichen,
pulsierenden Herz.

„Wo warst du?" will sie wissen und ich zögere, lege meine Hand auf ihre Schulter, setze mich mit schweren Gliedern neben sie.

„Ich habe mit Skyler geredet, sie findet es nicht in Ordnung, dass ich ihr so wenig Aufmerksamkeit entgegen bringe, aber daran kann ich nichts ändern. Sie hat sich verändert. Sie ist längst nicht mehr die, die sie einmal war", lange sieht sie mich an und ich sehe an ihren angestrengten Gesichtszügen, dass sie sich überlegt was sie darauf antworten kann.

„Vielleicht war es doch keine so gute Idee, dass ich sehen wollte woher du kommst. Schließlich bin ich dir nicht versprochen, ich gehöre nach wie vor Jason, er ist mir Versprochen. Und du bist ein Esctoile ohne Gefühle, eigentlich nicht fähig zu lieben", sie erhebt sich und geht im Raum auf und ab, während ich erstarrt da sitze.

„Lass dir das nicht einreden, von niemandem. Vielleicht habe ich Levke geküsst, vielleicht habe ich meine Schwester vernachlässigt, vielleicht habe ich ein paar Esctoiles enttäuscht...aber das bedeutet nicht, dass du nicht hier her gehörst, du gehörst zu mir. Ich brauche dich, denn du gibst mir irgendetwas was ich nie zuvor gespürt habe", sie schüttelt den Kopf ununterbrochen, während sie sich durch die Haare fährt.

„Nein, Azul, ich möchte das nicht. Ich bin damals aus meinem Dorf geflohen, weil ich nie dazugehört habe, weil ich mich hätte verbiegen und anpassen müssen, gib mir nicht das gleiche Gefühl, wenn du willst, dass ich bei dir bleibe", sie läuft zur Tür und ich springe auf, greife ihre Hand, die sich von meiner wieder entreißen will.

„Nicht so Racquel, verdammt es tut mir leid, dass die anderen Esctoiles dir dieses schreckliche Gefühl geben!" als sie sich umdreht und die Worte sanft aus ihrem Mund befreit, begreife ich erst zu spät was sie sagt, was ihre Zunge für Worte geformt hat, bevor ich sie einfach gehen lassen muss.

„Es sind nicht die anderen, du bist es", es muss Wut sein, das durch meinen Körper rast, die mich brodeln lässt und glühen, die mich auffrisst und beinahe explodieren lässt. „Verdammt!" ich haue mit der geballten Faust gegen die Steinwand meines Zimmers und sehe wie das Material Risse bekommt, welche sich weiter nach unten ziehen. Risse die Kluften entstehen lassen, so wie in Racquels Iris. „Racquel!" ich renne los versuche sie ausfindig zu machen, sie zu sehen, sie wieder in meinen Armen halten zu können. Es kann nicht sein, dass ausgerechnet Levke mir mein Glück zerstört, ich habe sie so viele Jahre glücklich gemacht, sie gestärkt, damit sie ihr Leben durch all den Nebel wieder sehen kann. Ihre Träume mit ihren Fingerspitzen berühren kann. Und jetzt verbindet sie mir die Hände und hält mir mit den Händen die Augen zu, nimmt mir alles was mich kurz wieder Luft in meinen toten Lungen hat spüren lassen.

Schließlich höre ich Racquels gebrochene Stimme: „Entschuldige, dass ich dich voll heule", ich sehe um die Ecke, so leise wie möglich um sie nicht zu erschrecken.

„Schon gut, meine Liebe", Faith?! Warum rennt sie zu ihm?

„Gemma ist eigentlich ein ganz guter Kerl, aber manchmal vergisst er was das Wesentliche ist. Weißt du, versuche zu verstehen, dass wir eigentlich nichts fühlen können, das wir eigentlich zu gar nichts fähig sind. Da können einen unbekannte Gefühle schon aus der Bahn werfen, ich meine so etwas Schönes wie dich gibt es nicht oft", sie schnieft und lacht peinlich berührt auf, Dinge die sie nur in meinen Armen tun soll. Ich würde ihre Tränen auffangen, ihr zeigen welche Farbe sie tragen, so wie damals im Wald. Mir war klar, dass Wahrheiten sie verletzen würden, vor allem die größte Wahrheit, dass ich ein Esctoile bin. Aber warum geht sie zu Faith um sich trösten zu lassen.

„Ach, Faith, ich weiß nicht, wie ich hier klar kommen soll. Es sind hier so viele Menschen, so viele andere Dinge von denen ich keinen blassen Schimmer habe. Ich gehöre hier nicht her, ich glaube ich sollte euch verlassen", ich unterdrücke den Schrei der sich in meinem Rachen aufbäumt und unendlich weh tut.

„Sag so etwas nicht, Racquel. Bleib hier, bleib bei mir", ich sehe wie er ihr die Strähnen hinter die Ohren schiebt und sie ansieht aber ich sehe seinen Blick nicht, sehe nur ihre tränenden, zugekniffenen Augen. Dann öffnet sie ihre Augen und sieht ihn an, geradewegs. Faiths Finger finden ihre Wange, die vor lauter Trauer rot getüncht ist. Bevor er mit seinen dreckigen Lippen die ihren berühren kann, stehe ich neben ihm und reiße seine Hand von ihrer Wange.

„Charmant, Faith!" spucke ich ihm vor die Stiefel.

„Äußerst Charmant!" verwirrt kreuzt sein Blick den meinen. „Ach, hast du ein Patent auf diese kleine Mädchen beansprucht oder was?" lacht er frech auf und schlägt meine Hände weg, die ihn drohend am Kragen packen.

„Nein, so etwas würde ich nie tun. Aber ich liebe sie und sie mich, ich glaube das reicht", Faith drückt mich gegen die Hauswand.

„Liebe? Gemma wirf nicht mit Worten um dich von denen du keine Ahnung hast, tausende Jahre steckst du schon in diesem Körper auf der Erde fest, ich zähle noch lange nicht so viel. Liebe ist ein Wort das ich noch mit meinen Sinnen verbinden kann. Du hingegen nicht", ich strauchle, schweife mit meinen Gedanken ab. Kein Gefühl er hat Recht, er hat so Recht, da war nichts.

„Vielleicht ja, aber dennoch ist es dann nicht mehr wert, dass ich sage, dass ich dich liebe obwohl ich jedes Gefühl nicht spüren kann?" mein Blick fällt auf Racquel, die nach wie vor auf dem Boden sitzt: „Ist es dann nicht eine Ehre?" ein sanftes Lächeln tritt durch den Tränenschleier auf ihrem Gesicht.

In dem kurzen Moment in welchem ich nur Augen für sie hatte, ballt Faith seine Faust und lässt diese auf meinen Magen zu sausen, ich spüre es nur ganz schwach.

„Lege dich nicht mit einem Älteren an, Faith. Ich habe keine Gefühle und kein Gespür mehr, egal wie oft du mir eine verpasst ich schlage zurück und es wird zehnfach mehr schmerzen auf deiner Haut als auf meiner", Faith lässt von mir ab und reicht Racquel die Hand. „Ich werde ihr schon noch zeigen, wer hier mehr für sie empfinden kann", er zieht ihre Hand zu seinen Lippen und haucht einen Kuss auf ihre Rückhand, dann verbeugt er sich und verschwindet.

„Immer musst du beweisen, dass du der Beste bist", lacht sie und ich ziehe sie nahe an mich ohne ein Wort zu sagen, lasse meine Hände über ihren Rücken gleiten.

„Ich liebe dich, Racquel, ich liebe dich wirklich mit allem was ich habe", sie befreit sich aus meiner Umklammerung und fährt mit ihren Fingern, auf denen ich die Tränen schimmern sehe, über meine Wangen - was ich nur sehe und nicht spüre - stellt sich auf die Zehenspitzen. Dann legt sie ihre Lippen auf meine, Ruhe berührt mich. Wie ein Blitz taucht Lyls Gesicht vor meinen Augen auf, was dazu führt, dass ich Racquels Kuss abbreche, in dem ich sie auf meine Arme hieve und zurück in unsere vier Wände bringe. Die Dämmerung bricht bereits herein, während ich auf dem Fensterbrett sitze und warte das Racquel ihre Abendroutine im Bad erledigt hat. Es fliegen nach und nach Esctoiles in den Himmel und ich betrachte lächelnd das Schauspiel des Lichtes.

„Also, bekomme ich eine Gute-Nacht-Geschichte?" will sie wissen und huscht mit ihrem kurzen Nachtkleid unter die Bettdecke, sachte lege ich mich zu ihr.

„Na gut, nur weil du es bist. Über was soll sie denn handeln?" lache ich und sie fährt, wie ich sehe, mit ihren Fingern über meine Brust, gleitet hinab zu meinem Bauch und schaut dann verdutzt drein. „Was ist das?" will sie wissen, als ihre Hand direkt über dem Miyakin liegt. Geschwind knöpfe ich das Hemd von Lyl auf und enthlöße den hellen, markanten Stein, der inmitten meines Bauches vorzufinden ist.

„Dies ist Gemma, mein Stern der nachts am Himmel strahlt, wenn ich mich im Himmel befinde. Soll ich dir die Legende von Miyakin erzählen?" gespannt darauf zu erfahren welches Geheimnis der Stein besitzt, nickt sie und betrachtet ihn eingehend, während ich beginne zu erzählen.

„Der Miyakin war der erste Stern am Himmelszeit, der je entdeckt wurde, hell leuchtete er am Himmel und auch tagsuber glomm er stark, so dass die Menschen ihn immer sehen konnten, wenn sie ihren Blick hinauf zum Himmel richteten. Ein reicher Mann, der der Herrscher über das Dorf Sabbia war, welches vollkommen aus Sand bestand und somit das Symbol für langes Leben verhieß, wollte diesen Stern unbedingt in seinen Händen wissen. Denn er wollte der mächtigste Mann auf der Welt sein. Somit beauftragte er Sirius, einen weisen, alten Jäger dazu ihm den Miyakin vom Himmel zu holen und übergab Sirius dafür drei goldene Pfeile. Der Jäger stellte sich jede Nacht auf den höchsten Berg und versuchte mithilfe seines Bogens und den drei goldenen Pfeilen den Miyakin für den Herren von Sabbia vom Himmel zu holen. Jeder Versuch scheiterte. Irgendwann sprach der Miyakin zu Sirius: Wenn du mir versprichst mich nicht mit den goldenen Pfeilen zu verletzen so tue ich dir den Gefallen und rase zur Erde aber nur wenn du dich mir versprichst, mit deiner Seele. Sirius willigte dem Packt ein, weil er nur den Reichtum vor seinen gierigen Augen sah, den er vom Herrn von Sabbia bekommen würde. Der Miyakin stürzte sich selbst vom Himmelszelt und durch die Geschwindigkeit zerschellte er in tausend Stücke, das eine landete im Bauch vom Sirius, dem Jäger. Der Jäger sammelte alle Stücke ein und brachte sie zu seinem Auftraggeber, dieser überschüttete Sirius mit Reichtum. Als Sirius seines Todes geweiht war, hörte er das Stück des Miyakin, welches immer noch in seinem Bauch steckte zu ihm sprechen: alle deine Nachkommen, werden mich, den Miyakin, in ihrem Körper tragen und alle werden sie mir versprochen sein, den Himmel jede Nacht im hellen Licht erstrahlen zu lassen. Sie alle werden ewig leben und all ihre Sinne und Gefühle verlieren, weil du so von Habgier getrieben warst. Reines Gold wird durch ihre

Venen fließen, weil deine drei Pfeile aus purem Gold gewesen sind und ich ebenso.

Als Sirius starb stieg er in den Himmel auf und wurde der erste Esctoile, somit wird alle Jahrtausende ein Sirius geboren, welcher den alten Hauptstern ablöst", sie sieht nicht auf, betrachtet eingehend den Miyakin und streicht mit ihren Fingern darüber. „Er ist wunderschön", höre ich sie wispern und dann bettet sie ihren schönen Kopf darauf und lauscht dem Klirren welches in meinen Venen verursacht wird.

Es herrscht Stille und ich höre nur noch ihren beruhigenden Atem, jedoch spüre ich ihn nicht auf meiner Haut. Leider. Sacht bette ich ihren Kopf auf die Kissen und streiche ihr die wirren Strähne aus dem Gesicht, drücke einen Kuss auf ihre Stirn und hauche leicht über ihre geschlossenen Augenlider.

Mit einer einzigen, schwungvollen Bewegung reiße ich mich von ihrem Anblick los und öffne das Fenster, springe mit einem lautlosen Satz auf das hölzerne Fensterbrett.

Einen letzten Blick werfe ich auf Racquel, schließe dann die Augen zum Gebet und setze zum Sprung an.

Als ich mich in die Tiefen fallen lasse, spüre ich nur die Schwerelosigkeit in meinen Gliedern, und erinnere mich an den Moment, als Racquel und ich uns damals im Wald in die Tiefen stürzten.

Gemeinsam. Als sie sagte, dass sie mir vertraut weil ich blaue Augen habe, weil es in ihrem Dorf Darja für Vertrauen steht.

Oben angekommen schnappe ich erstmal nach Luft und reiße meine Augen auf, da die Hölle im Himmel los ist.

„Was höre ich da?" versucht Eloy gespielt die Frage an mich zu richten, welcher vollkommen entspannt wirkt. Schenkt dem Trubel um ihn herum keinerlei Aufmerksamkeit. Ich winke mit einer schnellen Geste ab und löse die Kette von meinem Hals, ziehe daran bis ich schließlich den Miyakin in meinen Händen halte, das Loch das er in meinem Bauch hinterlassen hat, schließt sich nach wenigen Sekunden. Mit meinen Augen platziere ich meinen Stern an seinem Punkt ans Himmelszelt. Suche erst mit meinen Fingern das Sternenbild der Nördlichen Krone und setzte ihn dann an den Platz des Sternes Gemma. Neben meinem Stern strahlt bereits hell leuchtend Nusakan, Levkes Stern.

„Was ist denn hier eigentlich los?" frage ich Eloy, nachdem ich mich zu ihm durchgekämpft habe und zu ihm geselle. „Stress um Nichts", lacht er und ich wende kurz den Blick ab, weil ich gerade keine Lust auf Späße habe.

„Also wegen mir?" rate ich und Eloy nickt nur, legt mir den Arm freundschaftlich um die Schulter.

„Mann, Gemma, ich bin verdammt nochmal da für dich wenn was ist, aber ich verstehe momentan selber nicht was mit dir los ist. Lyl ist nicht mehr da, ich verstehe das, sie war deine Frau. Die einzige Seele die dich berührt, die es ermöglicht hat den Bann des Miyakin zu zerbrechen, in dem sie dich fühlen lassen hat. Aber Racquel ist das nicht, es gibt nur einen Menschen der für dich geschaffen sein kann. Vergiss nicht, dass der Schöpfer nur einmal dein Ebenbild erschaffen…" ich schüttle Eloys Arm ab und vergrabe meine Zähne in meiner Unterlippe.

„Eloy, sei doch wenigstens du auf meiner Seite, ich weiß, dass es so jemanden wie Lyl nicht nochmal gibt. Ich hab es verstanden, ich habe das Gefühl, dass ihr das alle macht um mich zu provozieren. Verdammt ich habe dieses Mädchen geliebt!" ich packe ihn grob bei den schmalen Schultern. „Denkst du das weiß ich nicht? Denkst du ich bin dein bester Freund und hätte nie deine Augen strahlen gesehen? Denkst du wahrhaftig es war nicht grausam dich sterben zu sehen als sie fort war? Verdammt! Gemma es gibt auch Menschen hier die dich verstehen", mein Lachen klingt rau und trocken als es aus den tiefen meiner Brust ans Licht tritt.

„Aber trotzdem Gemma, habe ich auch deine Augen schimmern gesehen, wenn du von deinen One-Night-Stands nach Hause kamst. Und ich war froh, dass du dir die Menschen aus dem Kopf gestrichen hast. Das du wieder angefangen hast zu leben, irgendwie. Und dann verschwindest du plötzlich wie vom Erdboden und kehrst zurück mit Racquel", meine Finger lösen sich von seinen Schultern und er nimmt meine Hände, er ist einer der wenigen Menschen bei denen ich diese Nähe zulasse. Auch wenn ich die Anwesenheit der Körper um mich herum nicht auf meiner Haut wahrnehmen kann, so können sie mir doch in irgendeiner Weise zu viel werden. Aber mit Eloy habe ich mein ganzes Leben verbracht, mit ihm und mit Levke. Es ist so viel geschehen, zwischen Eloy und mir, dass unsere Freundschaft aushalten musste, aber wir haben alles überstanden.

„Sei ehrlich spürst du nicht, siehst du etwa nicht das Racquel etwas in mir berührt?" mein bester Freund schweigt, sieht mich lange an und senkt dann die dichten Wimpern über die hellgelben Augen.

„Ich sehe es, ja. Aber ich habe Angst nochmal zu sehen wie du zugrunde gehst", und wenn ich ganz ehrlich zu mir selbst bin, habe auch ich davor Angst. Alleine gelassen zu werden, erneut, von jemandem der mich irgendwie lebendig macht. Der etwas in mir regt, etwas berührt, obwohl ich das eigentlich nicht sollte. Fühlen.

„Vielleicht verletzt es mich auch nur so, weil ich niemandem versprochen bin. Weil der Schöpfer mir kein Ebenbild zu Teil werden ließ", das ist der Unterschied zwischen Eloy und den anderen Esctoiles, neben seiner besonderen Aufgabe ist er leider auch dazu verdammt, nie eine Partnerin zu finden. Daraufhin bedeute ich Eloy näher zu mir zu rücken und flüstere ihm leise in sein rechtes Ohr: „Oh doch und zwar mich", seine Reaktion auf meine Worte, die ich ihm im Vertrauen geschenkt habe, ist eine Umarmung.

„Weißt du ich glaube ich habe mir da vielleicht meine eigene Partnerin gesucht und biete dem Schicksal mal etwas die Stirn, hast du mir ja beigebracht, du Schelm", das mir so bekannte süffisante Lächeln folgt, welches seine linke Augenbraue mit dem Piercing immer etwas in Richtung Stirn tanzen lässt. Damit ich den lauten Geräuschen entgehen kann laufe ich etwas durch den Himmel und hänge meinen Gedanken nach: denke an Lyl, so wie ich es immer zu tun pflege wenn ich nicht weiß wohin ich mit meinen Gedanken gehen soll. Sie hat mich immer verstanden, wenn ich meine Trauer und Bedenken mit ihr teilte, wann ich reden musste und wann ich schweigen wollte und schließlich hat sie mich berührt, in … ein Herz besitze ich anatomisch gesehen nicht, aber trotzdem hat sie es berührt. Es erschaffen, es wachsen, schlagen, lieben und leben lassen, bis es zerschellte nachdem ihr Atem nicht mehr über meine Haut strich, wie der Miyakin als er für Sirius vom Himmel fiel. So zerfiel auch mein Herz, dass sie erschaffen hat und zerbrochen. Ungern denke ich an ihren Tod zurück, den ich nie jemandem erzählt habe, der ein Moment nur für uns war.

„Ich verlasse dich", hatte sie gewispert mit schwerer Zunge und einer glühenden Haut, die ich damals noch spüren konnte, damals als ich noch ein junger Esctoile war und die Sinne noch besaß. Die trockenen Lippen hatten ihren rosigen Glanz verloren.

„Nein, bitte nicht. Du darfst nicht gehen, nicht jetzt", ich habe ihre Tränen aufgesammelt die ungehalten aus ihren Augenwinkeln traten.

„Endlich werde ich den Himmel sehen, der mir jede Nacht meinen Mann gestohlen hat", unter Tränen hat sie gelächelt, das Leben floss aus ihrem Körper wie das Wasser durch die Finger.

„Bleib bei mir, hier ist es so viel schöner", ich konnte nicht weinen, ich konnte ihr nicht zeigen wie sehr mich das zerstörte, das sie sterben würde, weil ich zu viel empfunden habe in diesem Moment, so unheimlich viel.

„Das würde ich gern, aber meine Zeit ist gekommen", ich hatte so viel Respekt vor ihr wie sie dem Tod entgegenblickte.

„Ist sie nicht Lyl, nicht jetzt. Du musst doch bei mir bleiben und lachen und atmen und leben", jedes Wort zauberte ihr ein neues Lächeln ins Gesicht das nach wenigen Sekunden wieder zerbröckelte. *„Du bist der wundervollste Mensch im Universum, ich danke dir für dieses wundervolle, magisch erfüllte Leben"*

„Es muss noch nicht vorbei sein, Lyl, das muss es nicht wenn du einfach weiterhin atmest so wie bisher", sie schüttelt den Kopf und legt ihre eiskalten Finger auf die meine, stoppt somit meinen Versuch die Tränen zu sammeln, sie legt meine Hand an ihre Wange und

dreht dann leicht ihren Kopf um die Innenfläche zu küssen.

„Weißt du was ich am meisten da oben vermissen werde?" ich führe ihre andere Hand an meine Lippen, küsse die Fingerspitzen, an denen sich unendlich viele Nervenzellen befinden, weil ich will, dass sie mich spürt.

„Ich weiß es nicht", ihre Atmung verlangsamte sich wurde schwerer und flacher.

„Das Klirren deiner Vene, die blauen Augen, dein Lachen. Und kurz gesagt: Dich" das waren ihre letzten Worte, mein `ich liebe dich` das ich ihr immer wieder zuflüsterte während ich sie hin und her wog, hat vielleicht nie ihr Gehör erreicht.

Die Esctoiles stürmten ins Zimmer weil ich schrie, weil ich nicht weinen konnte und ich musste meiner Trauer und meiner Wut Platz schaffen. Eloy kam nahm mich in den Arm und ließ mich nicht mehr los. Nie mehr. Nachdem ich mich auf dem Boden niedergelassen habe, ziehe ich die Beine an meinen Körper und schlinge die Arme darum. Schließe die Augen und lege meine Stirn auf die Knie, denke an das leise „Dich", dass Lyls letztes Wort an mich war. Racquel hat dies auch gesagt, als wir auf dem Floss saßen, sie meinte sie habe ihr ganzes Leben nach etwas gesucht, nach mir. Und mein zersplittertes Phantomherz hat angefangen zu schlagen als es das ihre gespürt hat, welches im Takt eines Rebellen pulsierte und schöner war als jedes andere.

Künste

Der Schöpfer gab jedem von Euch etwas Besonderes mit auf seinen Lebensweg, eine Kunst die kein anderer Esctoile besitzt. Diese Kunst verbindet sich meist mit Eurer Bestimmung, die in einem ganzen Bild gesehen, etwas Schaffen kann und wird. Der Schöpfer hat Euch ausgewählt um die Geschichte seiner Welt die er geschaffen hat nie enden zu lassen. Viele Menschen sollen auf dieser Erde wandeln und sollen von ihr scheiden wenn der Moment für diese gekommen ist. Ihr jedoch sollt nahezu ebenso ewig leben um den Kreislauf der Welt in Schwung zu halten. Eure Künste solltet Ihr zum Nutzen aller anderer einsetzen, gerade unter Euch als Volk der Esctoile. Denn Euer Schöpfer hat Euch vieles genommen doch mit diesen Künsten hat er Euch etwas Einzigartiges geschenkt. Die Kraft Eurer Künste wirkt bei jedem bei dem Ihr es wünscht, bei Euch selbst jedoch nicht. Deswegen sehnt Ihr Euch am meisten danach diese Kunst an Euch selbst anwenden zu können, dies ist Euch verwehrt. Ihr sollt anderen damit eine Freude machen und dem Leben lebenswerte Momente schenken.

Schließlich lege ich meine Hand auf die linke Seite meiner Brust, da wo sich das Herz der Menschen befindet, bei mir jedoch nichts. Bei Racquel schlägt dort ein Herz, das ich nicht fühlen kann weil es mir verwehrt ist irgendetwas auf meiner Haut wahrzunehmen. Aber ich weiß, dass das ihre schlägt und dass sie atmet obwohl ich davon nichts fühle. Dennoch sagt irgendetwas tief in mir, dass sie mich spürt, mich sieht, mich wahrnimmt und mich gerne um sich hat.

Langsam stehe ich wieder auf und schaue auf die endlosen Weiten um mich herum. Racquel befindet sich irgendwo tief dort unten auf der Erde und schläft, träumt, während ich sie nicht beschützen kann, weil ich dazu verdammt bin hier oben zu sein und Stunden abzusitzen welche ich viel lieber an ihrer Seite verbringen würde. Direkt neben ihr, versuchen würde ihre Haut zu spüren, obwohl ich es nicht kann. Ständig daran zu verzweifeln ihr nicht zu beweisen das ich um sie kämpfe. Niemals werde ich um sie weinen können, ihr zeigen, dass ich empfinde. Und jeden Tag bete ich zu meinem Schöpfer, dass dies nicht irgendwann zum Grund für Racquel wird mich zu verlassen, weil sie bei mir nie glücklich werden kann.

Wäre ich nicht so verdammt selbstsüchtig und egoistisch hätte ich ihr niemals Jason genommen, denn er hat etwas gespürt und sie dasselbe. Und Jason vielleicht sogar noch etwas mehr als sie, er kannte sie, er hat alle Geschichte, die sie mir erzählt, miterlebt. Und ich selbst weiß doch wie grausam es ist einen Menschen zu verlieren, der einen ein Leben lang begleitet hat, denn dieser Mensch kannte den Menschen der man früher war und der in

Vergessenheit geraten ist. Diese Person durchlebte die Veränderung des Gegenüber mit, diese Person teilte alles mit einem und wenn dieser Mensch einmal verschwunden ist, wünscht man sich nichts sehnlicher zurück. Genau wie ich mir Lyl zurückwünsche, die Zeit in der ich noch spüren konnte, zwar nur schwach, aber ich konnte ihre Tränen auffangen und fühlen wie sie immer kälter wurden ich konnte ihre sanften Herzschlag spüren und ihren Atem der über meine bloße Haut strich. Und ich weiß, ich wusste auch schon damals als ich das erste Mal ihre Augen sah, dass ich sie nie wieder vergessen können würde.

So vielen Menschen bin ich begegnet die ich alle vergessen habe, dessen Gesichter verblasst sind über all die Jahre, aber bei Lyl würde es niemals so weit kommen, niemals würde ich sie vergessen können. Ihr braunes, kurzes Haar welches in der Sonne strahlte und die hellbraunen Augen welche mit dem Schnee um die Wette glitzerten. Als ich meinen Blick auf meine Hände gleiten lasse, welche sanft durch ihr Haar fuhren und ihre Hand hielten, wie mein Daumen über die weiche Haut ihres Handrückens streichelte und sehe das diese beben. Irgendwann würde ich auch um Racquel so trauern, aber wie oft kann ein Herz zerbrechen bis man daran zugrunde geht? Wie oft können sich schwere Steine auf die Lunge legen bis man nicht mehr atmen kann?

Ich vergrabe meine Finger in meinen Hosentaschen und straffe meine Schultern, dann begebe ich mich zurück zu dem Tumult und begegne LuLu die ich noch gar nicht gesehen habe, seit ich hier bin. „LuLu, wie geht es dir?" frage ich und freue mich als sie sich in meine geöffneten Arme stürzt und sich von mir an mich drücken lässt.

„Solange habe ich mir überlegt ob ich aufbrechen soll und dich suchen, du hast mir ja so einen Schrecken eingejagt", wispert sie an meine Brust gedrückt und ich streiche ihr über das pechschwarze Haar welches durch rote Strähnen unterbrochen wird.

„Du musst dich nicht wegen mir hier fort begeben, du gehörst hier hin", lächle ich und es ist nicht gespielt, es ist ein echtes Lächeln nach welchem ich mich wirklich gesehnt habe in den letzten paar Stunden.

„Du hast Sidl´s Verschmelzung verpasst…er war sehr bedrückt, dass du nicht da warst", sie bewegt ihren Kopf um mir in die Augen schauen zu können, rote Augen strahlen mich an. Wie wundervoll ihre Augen doch waren, so rot wie das Blut der Menschen.

„Es tut mir schrecklich leid ich wäre sehr gerne dabei gewesen, aber du weißt das ich einfach mal hier raus musste, ich habe viele von euch verletzt und dafür kann ich mich nicht entschuldigen. Ich werde euch nicht mehr im Stich lassen", versprechen konnte ich jetzt leider noch nichts, weil mich diese Flucht ständig einfach übermannt.

Schon öfters bin ich einfach abgehauen, hinaus in irgendein fernes Land um einfach mal etwas Abstand zu gewinnen. Immerhin sind in diesen Wänden dort unten die schönsten Zeiten meines Lebens passiert aber auch Dinge die ich nie wieder vergessen kann. Denn dort unten wurde ich geboren und gleichzeitig immer wieder getötet und neu geboren. Jedes Erlebnis hat mich verändert, immer etwas mehr.

„Ich bin einfach froh, dass es dir gut geht", sie lächelt mich an und streicht mir eine verwirrte Strähne aus der Stirn, stellt sich dann auf die Zehenspitzen und drückt mir einen Kuss auf die Wange.

„Die Sonne geht langsam auf, wir sollten wieder hinab auf die Erde", erwähnt sie, nachdem sie einen Blick auf den Mond geworfen hat. Schließlich nicke ich und gerade als sie gehen will stoppe ich sie, indem ich ihre Hand nehme.

„Sei mir nicht böse bitte, sei wie du immer schon warst, anders als all die anderen hier", denn das war sie.

„Du kennst mich Gemma, ich bin immer auf deiner Seite, ich bin froh, dass du mich damals am besten aufgenommen hast, du hast mich immer beschützt. Ich lasse dich nicht fallen wie einen heißen Stein nur weil du abgehauen bist, nur weil du das tust was jeder hier tun will", sie versteht mich, das hat sie schon immer getan.

„Danke, Lunae Lumen", spreche ich meinen Dank aus mit ihrem ganzen Namen, LuLu war nur die Abkürzung. Nach einem Handdruck von mir gebe ich sie frei und entferne sacht meinen Miyakin vom Himmelszelt und lege mir die Kette, an welcher er befestigt ist, um den Hals. Lasse den hellen Miyakin dann in meinem Bauch halbwegs verschwinden und mache mich bereit die Himmelspforten wieder auf den Weg nach unten zu durchqueren. Ich setze zum Sprung an und lasse mich dann mit ausgebreiteten Armen fallen, in die Schwerelosigkeit und denke nur kurz, für einen Sekundenbruchteil an den Moment in welchem Racquel und ich uns zum ersten Mal gemeinsam in die Tiefen stürzten. Sofort als ich unten ankomme, renne ich in das Haus und flitze zu meinem Zimmer, ganz leise öffne ich die Türe und sehe wie die ersten Sonnenstrahlen langsam durchs

Zimmer wandern und nur darauf warten meine Geliebte zu wecken, doch ich werde schneller sein als die Sonne.

Als ich dann neben ihr auf dem Bett sitze, traue ich mich gar nicht sie zu berühren. So perfekt und schön liegt sie in den weißen Laken und träumt. Dennoch fahre ich mit meinen Fingerspitzen vorsichtig an ihrem Wimperkranz entlang und höre kurz darauf wie sie nach Luft schnappt und dann erwacht.

„Guten Morgen, Hübsche" wispere ich und drücke ihr einen Kuss auf die Wange, auf welcher das zerknitterte Laken seine Falten abgezeichnet hat.

„Morgen", sie wirft mir einen müden Blick zu und erhebt sich nachdem sie mich gemustert hat und begibt sich dann ins Bad. „Warum redest du nicht mit mir?" frage ich lächelnd und klopfe an die Tür. „Du warst..." sie öffnet die Türe und ich sehe wie eine kleine Träne ihre Wange hinabkullert: „...heute Nacht nicht bei mir, was ich daraus schließe das du keine Schlafklamotten trägst".

„Und warum weinst du?" meine Stimme klingt besorgt.

„Weil ich die Annahme habe, dass du heute Nacht bei jemand anderem warst, ich meine kaum waren wir hier, hast du sofort gemeint du müsstest Levke küssen, vielleicht war es heute Nacht mehr", ich bin geschockt, ganz kurz nur, bevor ich mich fassen kann, sehe ich, dass da etwas in mir passiert.

„Du wirfst mir vor, dass ich dich betrüge!" ich kann gar nicht anders als sie anzufahren und in dem Moment tut es mir nicht mal leid.

„Meine Güte, bist du wahnsinnig nur weil dein toller Jason dir ewig treu geblieben ist, du hast ihn doch selbst betrogen mit diesem Kalkew und mir!" da brannte etwas so stark in mir, das ich am liebsten in eiskaltes Wasser springen würde um es zu löschen.

„Was habe ich?! Ich habe etwas für Jason empfunden, ja. Aber ich habe ihn nie betrogen", doch ich sehe, dass sie selbst weiß, dass sie Jason nicht so treu geblieben ist wie er ihr.

„Während der Zeit mit Kalkew, habe ich einfach die alte Racquel vergessen und dich habe ich erst geküsst, nachdem ich mich für dich entschieden habe. Für einen Menschen der mich gerettet hat, der mich gleichzeitig zum Glücklichsten und Unglücklichsten Menschen auf der Erde macht. Sag mir wo du warst!" verlangt sie wütend von mir zu wissen. „Da gibt es einiges zu erzählen. Und leider wird es dir nicht gefallen aber zweifle nicht an meiner Treue...bitte", sie nickt nur und ich setze mich, sie folgt meiner Bitte, sich zu setzen. Verwundert bin ich nur darüber, dass sie sich auf meinen Schoß setzt, mir zugewandt.

„Du weißt ja bereits dass ich ein Esctoile, ein Stern bin. Dies bringt es mit sich, dass ich jede Nacht in den Himmel aufsteige und meinen Miyakin befestigen muss, damit ihr Menschen, ihn wenn es dunkel ist, betrachten könnt. Ebenso wie ich in den Himmel aufsteige besitze ich auch andere Eigenschaften die den Esctoiles eigen sind", sie schmiegt sich an meinen Hals, zittert und schluchzt. Dennoch kann ich nichts tun um ihr wirklich sichtbar zu zeigen wie leid ich dieses verdammte Leben bin und sie ständig mehr und mehr durch jede Offenbarung zu verlieren. Das Einzige was ich tun kann ist ihr immer wieder mit meinen Händen sanft über ihren Rücken zu streicheln.

„Hätte ich das gewusst, hätte ich dir das alles niemals vorgeworfen, ich fühle mich so scheußlich es tut mir so furchtbar leid", das Gesicht in ihrem Haar vergraben, abgeschottet von der Außenwelt, schließe ich meine schweren Lider und atme tief ein und aus. Immer wieder werde ich ihr vergeben, weil sie irgendetwas mit mir anstellt, was ich nie zuvor erlebt habe. Racquel würde ein Namen mit ganz viele schönen Momenten werden, ein Name der mich erzittern lassen wird und trauern und hassen, weil er in mir Emotionen auftauchen lässt die ich gar nicht fähig bin zu fühlen. Lange sitzen wir einfach so da und ich warte, warte das etwas passiert, dass mir plötzlich ein Herz wächst und es anfängt zu schlagen. Aber dies ist unmöglich.

„Das Schlimme an der Sache ist eher, dass ich dir den Anlass dazu gegeben habe mir zu Misstrauen, weil ich Levke geküsst habe. Ich kann mir nur vorstellen wie weh dir das getan hat, wie weh es deinem kleinen Herzen getan haben muss, als du hören musstest das dein Mann die Lippen einer anderen berührt hat mit den seinen", unerwartet fängt sie noch heftiger an zu schluchzen. Bis ich sie etwas von mir weg halte um ihr in die Augen zu sehen...sie lächelt.

„Da waren sie, diese zwei kleinen Worte die mich glücklich machen", verwirrt blicke ich drein und versuche meine Worte von eben wieder zu finden in diesem Raum, in ihrem Gesicht, in ihren wunderschönen Augen. „Dein Mann", erläutert sie flüsternd und ich schweige, diese Worte waren ganz von allein über meine Lippen gekrochen, direkt von dem Herzen welches sie zum Leben erweckt hat.

„Ich glaube ich habe da noch etwas, dass dich glücklich macht", flüstere ich und bedeute ihr, ihr Ohr

nah an meinen Mund zu führen: „Ich liebe dich",
niemals mehr werde ich dieses Lächeln vergessen,
niemals. Weil es wirklich mit Abstand die schönste
Reaktion auf diese drei Worte gewesen ist, für einen
Esctoile der nichts empfindet aber sieht das seine
Worte Anklang finden.

„Weißt du was, ich liebe dich auch", sie legt ihre
Lippen auf meine und ich umschlinge ihre Taille lege
mich zurück auf meinen Rücken und sie folgt mir.
Meine Finger fahren durch ihr Haar über ihren
Rücken, streichen über ihren Hals, den Nacken. Über
ihre Haut…die ich nicht spüren kann.

„Willst du noch etwas Besonderes über mich
erfahren?" kurz flackert Unsicherheit in ihrem Blick
auf. „Etwas Schönes?" bemerke ich und sie nickt
schließlich, kullert von mir hinab auf ihre Seite und
lässt es zu, dass ich ihr die Strähnen aus der Stirn
streiche und hinter ihr Ohr klemme.

„Jeder Esctoile kann etwas Anderes, meine Fähigkeit
hat mit dem Schlaf zu tun. Ich kann dich jeder Zeit
dazu bewegen, dass du schläfst und erst wieder
aufwachst, wenn ich dich erwecke", ich bin froh als
ihre Augen zu strahlen beginnen, denn somit hatte
ich Recht behalten es war etwas Schönes. Dass es so
etwas überhaupt gab, etwas Schönes über mich.

„Na los, sag schon, wie stellst du das an?" will sie
gespannt wissen und ich beginne leise zu reden.

„Meine Zeigefinger sondern eine bestimmte Substanz
aus, welche sich löst sobald meine Finger sich auf
einem Augenlid befinden, damit fahre ich den
Wimperkranz entlang und beschere den Menschen
somit einen erholsamen Schlaf. Wenn die Person
wieder erwachen soll, fahre ich wieder mit meinem
Zeigefinger den Wimperkranz entlang und löse somit

die Substanz welche den Schlafenden sanft erwachen lässt", sie sieht mich lange an.

„Das ist eine sehr große Gabe und etwas sehr Schönes. Vor allem ist es sehr nützlich wenn man seine Geliebte anlügt und sich nachts aus dem Staub macht, ohne, dass sie es merkt", stellt sie gespielt schimpfend fest und ich halte sie an den Oberarmen fest.

„Gib zu du hattest erholsame Nächte seit du bei mir bist", und ihrem Lachen entnehme ich, dass ich Recht habe. Manchmal klappt es sogar, dass ich Esctoiles dazu bringen kann einen erholsamen Schlaf zu finden, mich selbst jedoch kann ich nicht dazu bewegen. Das ist immer der Nachteil einer solchen Eigenschaft oder Gabe – wie Racquel es eben so lieb gemeint hat – man sieht wie sie bei anderen wirkt, aber bei einem selbst wird man diese nie anwenden können.

„Aber es gibt noch etwas was dich vermutlich noch viel mehr verzücken wird", sie unterbricht mich: „Azul mich verzückt alles an dir, du brauchst nicht mal etwas zu tun", jetzt bin ich an der Reihe zu lächeln, diese Frau ist unglaublich. Dennoch schweige ich.

„Ich dachte du wolltest prahlen?" ich glucke auf. „Ich dachte, dass brauche ich jetzt nicht mehr", doch als sie schmollt, lasse ich ihre Oberarme los und verflechte stattdessen ihre Finger mit den meinen.

„Kannst du dich noch entsinnen, als du weintest und ich deine Tränen mit meinen Fingern von deinen Wangen pflückte um dir dann die Farben zu zeigen, die sie beinhalteten", sie nickt gespannt um endlich zu erfahren wie dieser magische Moment entstanden ist.

„Das hängt mit der Fähigkeit zusammen andere Menschen in den Schlaf zu wiegen, denn ebenso bin ich dazu befähigt Träume zu erschaffen", das hat ihr die Sprache verschlagen, was man ganz deutlich daran sieht, das sie vollkommen entgeistert schaut.
„Du kannst Träume machen?" ihre Augen werden noch großer und runder als sie eh schon sind.
„Das gehört zu meiner Gabe, ich kann dich zum Schlafen bewegen und dann entscheiden was du träumst. Das du zum Beispiel von mir träumst und all die Sachen die ich im Traum sage sind meine Worte, die ich dir gerade in dem Moment sagen will. Auch wenn ich nachts am Himmelszelt strahle, kann ich dennoch gedanklich bei dir sein und dafür sorgen das du einen erholsamen Schlaf erhältst und dich in schönen Träumen befindest", die Reaktion die sie dieser Information über mich entgegenbringt, zeigt mir für einen Augenblick die schönen Seiten ein Esctoile zu sein. Denn häufig vergesse ich, dass ich diese Fähigkeiten besitze so wie jeder Mensch in seinem Leben täglich vergisst, dass er dankbar sein sollte hier sein zu dürfen.
„Weißt du Azul, ich bin unheimlich froh, dass mein Herz sich für dich entschieden hat. Du machst mich komplett, du bist so voller Wunder und Magie, dass ich gar nicht weiß, wie ich dich auch nur eine Sekunde vergessen könnte. Du bist ständig in meinem Kopf, ich höre immer deine Stimme in meinem Kopf und ich spüre wie mein Herz höher schlägt wenn du da bist. Spüre wie meine Haut prickelt wenn du sie berührst...das Einzige was wirklich weh tut ist, wenn ich mit ansehen muss wie du verzweifelt versuchst etwas zu spüren. Du bist nicht dazu ausgelegt zu fühlen, genauso wenig wie du dazu ausgelegt bist zu

fliegen und genauso wenig wie ich dazu geboren bin ohne dich zu sein", da liegt dieses unscheinbare Wesen neben mir und sagt solch weise, wahre Worte, dass ich wünschte ich könnte weinen und ihr zeigen wie schön ich diese Worte finde.

„Du kennst mich erst seit einer so kurzer Zeit, meine Liebe und scheinst mehr über mich zu wissen als ich jemals fähig sein werden zu erfahren. Wie kannst du wissen was ich denke und welche Zweifel ich hege, obwohl ich dir diese niemals geschildert habe? Wie kann es sein, dass du hier neben mir liegst und mir mein Leben wieder schmackhaft machst mit deiner bloßen Nähe?" ein flüchtiger Kuss auf meine Fragen ist die erste Antwort die sie mir gibt.

„Ich bin zwar jung und weiß nicht viel über Liebe, aber ich weiß das Liebe das gewesen ist was Nita und Jinkx einander schenkten und du gibst mir genau das gleiche Gefühl. Du wirfst mir genau den gleichen Blick zu. Ich glaube das ist Liebe, Azul", lange sehe ich sie an und weiß nicht wo hin mit mir, wo hin mit meinen Händen, wohin mit meinen Gedanken, weil ich so berührt von diesen Worten bin. Doch sie hilft mir, nimmt sacht meine Hände und führt sie an ihre Taille, sieht mich lange an, umschlingt ihren sanften blaugrünen Blick mit dem meinen. Lässt mich kurz vergessen, dass sie eine Lunge und ein Herz besitzt, welche beide irgendwann aufhören werden ihre Arbeit zu verrichten.

„Ich wünschte, ich könnte für immer hier so mit dir liegen, nichts anderes als in deine Augen zu sehen. Und ich werde das so lange ausnutzen wie es möglich ist, bis du mir genommen wirst", Racquel lächelt weiterhin.

„Ich sterbe noch lange nicht, du hast dir eine junge, starke Elfe ausgesucht die dir noch lange bleiben wird. Dennoch weiß auch ich, dass mein Leben nur wie ein Atemzug in dem deinem ist, aber ich genieße jede Sekunde mit dir. Denn mein Leben, das so kurz wie ein Atemzug ist, lebt von dir, Azul", lange Küsse folgen, gehen ineinander über, tanzen ebenso über den Hals und wirbeln meinen Verstand auf. Ergießen sich wohlig warm über meine eiskalte Seele, die über die Jahre hinweg eingefroren sein muss.

Jahrhunderte lang war ich wie betäubt, erstarrt und stecken geblieben in meiner trostlosen Welt, bis dieser strahlende Mensch auf mich zu kam, mir die Hand entgegenstreckte und mich in ihr Licht zog. In ihre Welt. Mir einen Platz in ihrem Herzen geschenkt hat.

„Azul, ich habe noch eine Frage: Der Tautränen-Moment, war…", sie schluckt schwer: „…er auch nur eine Geschichte die du geformt hast?", eine Träne fließt aus ihrem Augenwinkel und sie nimmt mit einem tiefen, schweren Atemzug, die silberne Tautränen-Kette in die Hand. Für welche wir beide unser Leben aufs Spiel gesetzt hatten, für einen Moment der so voller Magie gewesen ist.

Ohne zu zögern lege ich meine Hand um ihre die zitternd die Kette umgreift, aus Angst, dass dieser Moment eine Erfindung von mir gewesen ist.

Dann gebe ich ihr die einzige und ehrliche Antwort: „Nein, meine Liebe, das war reine Magie, das war ich nicht", ein zauberhaftes Lächeln ziert ihr Gesicht und lockert ihre verkrampfte Hand, welche die Kette nun frei gibt und dafür meine Finger umschließt.

Bestimmung

Jeder von Euch bekam von dem Schöpfer eine Kunst geschenkt welche nahe mit Eurer Bestimmung verbunden ist. Ein paar von Euch werden lange nicht Ihre Bestimmung kennen, nur manche bekommen die Verantwortung mit in die Wiege gelegt. Eure Bestimmung erklärt Euren Charakter, sie zeichnet ihn aus und lässt andere verstehen warum Ihr gerade in diesem Moment so reagiert. Denn Gefühle sind Euch verwehrt somit bleibt Euch nicht viel neben Euren Künsten und Euren Bestimmungen, dennoch wurde alles vom Schöpfer genau durchdacht. Er sprach jedem von Euch einen Miyakin zu, ordnete Euch einem Sternenbild zu, schenkte Euch magische Augen und zeichnete Euch mit einer Besonderheit aus um Euch von der gefühlslosen Menge abzuheben um Euch wenigstens etwas Menschenähnliches zu geben. Damit er Euch nicht alle durch das brennende Feuer verliert.

Noch lange lagen wir so, verloren in den Augen des anderen, sich nicht bewegend der Gefahr heraus etwas zu verändern. Wir konnten nicht ewig so sein, das war uns beiden klar, aber dennoch muss man nicht gleich jegliche Hoffnung aufgeben. Racquel mir gegenüber, schließe ich kurz die Augen verschwinde in meinen eigenen Gedanken, trete kurz weg, für einige Sekunden. Sehe lange in Lyl´s Augen und erkenne mich darin, meine Augen wie sie sich entschuldigen für Fehler, für Fehler die ich bereits begangen habe und immer wieder tun werde. Wie auch bei Racquel, weil ich vergesse dass ich für diese ein ganzes Leben bin und sie in meinem nur wie ein Atemzug wiederzuerkennen sind.

„Es tut nicht weh, Gemma. Es tut nicht weh was du tust, es tut weh wie du es versucht zu verstecken. Es tut weh, dass du mich anlügst!", hatte Lyl gebrüllt und ich hielt ihre zarten Handgelenke mit meinen rauen Fingern fest, als sie begann auf mich einzuschlagen.

„Vergebe mir…", bettelte ich, wie zu oft schon.

„Vergebung? Das ist das Einzige was du immer zu von mir hören willst. Vergebung, Vergebung, Vergebung. Damit dein Schöpfer da oben nicht verärgert ist über dich",

„Das stimmt nicht! Ich will, dass du es sagst weil du es tust. Du interessierst mich und deine Gefühle", sie lacht auf.

„Ich und meine Gefühle? Du weißt doch nicht mal wie es sich anfühlt wenn man Gefühle hat, wüsstest du es nämlich dann würdest du das nicht tun. Lügen", wie sie damals Recht hatte, wie Recht sie hatte. „Und warum tut es mir dann weh wenn du so etwas

sagst?", wollte ich wissen und wie immer hatte sie eine Antwort parat.

„Phantomschmerz. Du schaust dir einiges von mir ab und reagierst dann ähnlich, aber Gemma, das ist nicht der Sinn einer Liebe. Das man nachahmt was der Gegenüber tut, das man für die gleichen Dinge steht die der andere verkörpert, man soll sich selbst nicht verlieren wenn man sich in jemanden verliebt…", doch ich musste sie unterbrechen.

„Ich habe mich nicht selbst verloren, ich habe mich gefunden", und das war es, der Streit war vorbei, vergessen. „Du bist so gemein, dass du mich einfach unterbrichst und etwas sagst was…", sie befreit ihre Finger von meiner Haut und wischt sich die Tränen hinfort. „…was so wunderschön klingt", so gerne hätte ich mir auch die Tränen abgeschaut von ihr.

Lyl´s Tränen waren wie aus Glas geformt, glitzernd, wärmend und sie sprachen mehr als Worte es je vermocht war zu tun.

Häufig werden Tränen als Schwäche anerkannt, doch was ist wenn sie vielleicht schöner sind als ein Lächeln. Lyl´s Tränen haben mich damals wachgerüttelt mir gezeigt, dass das was ich manchmal tue wirklich schmerzen muss. Von da an habe ich meine Grenze erkannt und damit aufgehört…nachdem ich ihr diesen selben Schmerz ungefähr 15 Mal zugeführt habe.

Jedoch hatte mich nie ein Esctoile verstanden, warum ich das tat, warum ausgerechnet ich mich verliebte obwohl es uns eigentlich nicht möglich war. Deswegen erzählte ich ausgerechnet diesem Mädchen nichts davon, weil ich es eigentlich noch eine Ewigkeit mit ihr aushalten musste. Gerade als ihr Bild sich langsam vor meinem Blick verschärfte, drückten sich Racquels Lippen auf meine und ich scheuche das Bild des anderen Mädchens hinfort. Denn jetzt war nur Platz für die Gedanken an Racquel, zu mehr war ich gerade nicht fähig. Das was sie mit mir anstellte war nicht mehr in einem Rahmen den ich für möglich gehalten hatte.

Nach ein paar Minuten und umwerfenden Küssen später begeben wir uns hinab, damit Racquel was essen kann. Sie sucht mit ihren Händen in der Küche, ihre Finger gleiten durch verschiedene Zutaten bis sie sich schließlich ein paar Früchte herausgefischt hat und ein Messer in die Hand nimmt und beginnt die Früchte in mundgerechte Stücke zu schneiden. Währenddessen lehne ich mich ans Fenster und starre nach draußen.

„Sollen wir etwas nach draußen auf den Rasen sitzen?" als ich sie ansehe, kippt sie gerade Joghurt über die Früchte und nimmt mich bei der Hand. Wir laufen nach draußen und ich nehme sofort das Gezwitscher der Vögel wahr, welches sich so lieblich an mein Gehör schmiegt. Kleine Schritte die sie nahezu schwerelos neben mir geht, schließlich lässt sie sich nieder neben dem kleinen Teich und legt ihre Schüssel auf ihren Schoss und nachdem ich mich hingesetzt habe, reicht sie mir mit der Gabel eine Erdbeere, die sich unter dem weißen Joghurt versteckt.

„Das ist wunderschön hier", flüstert sie und schiebt sich daraufhin eine Gabel mit einer Banane in den Mund.

„Lange habe ich das aus den Augen verloren, dass es etwas Schönes auf der Welt gibt und seit du hier bist, sehe ich irgendwie mehr. Weißt du, als hättest du mir die Augen geöffnet. Auf einmal fällt wieder Licht in die Dunkelheit", Racquel legt kurz die Schüssel beiseite und schmiegt sich an mich, eine kleine, glitzernde Träne bahnt sich ihren Weg hinab und fällt zu Boden.

„Ich bin so glücklich hier zu sein, nachdem ich alles verloren habe, habe ich dich gewonnen und das bedeutet mir so viel. Du bedeutest mir viel", ich nicke und fische nach der Schüssel, immer wieder schiebe ich ihr die Gabel mit einer Frucht und Joghurt zwischen die Zähne und sehe ihrem Lächeln zu. Sehe wie es sich verbreitet, über ihre Lippen zu den Wangen wandert, bis hin zu ihren Augen. Worin das Glück strahlt.

„Da haben wir ja die zwei Turteltäubchen", Eloy taucht auf und setzt sich zu uns, legt den Arm um mich. „Ich schwöre dir, Kumpel. Die da oben, die schnapp ich mir", er zeigt mit seinem Finger auf die Sonne und schenkt dieser ein unglaubliches Lächeln.

„Die Sonne?" Racquel klingt verblüfft sieht mich an und dann Eloy, sachte entferne ich Eloys Arm von meiner Schulter und schließe meine Finger um Racquels. „Ja, meine Liebe, die Sonne", antwortet Eloy ihr und schaut erneut nach oben.

„Diese Frau ist unglaublich, weißt du sie hat so viel Humor und ich rede jede Nacht mit ihr", Racquel staunt nur, betrachtet den Himmel, während ich eine Strähne immer wieder um meine Finger wickle. „Hast du sie nach einem Date gefragt?" will ich wissen und mein Freund läuft rot an, windet seine Hände und blickt mir scheu in die Augen.

„Direkt…jetzt nicht wirklich. Das braucht seine Zeit", er nickt selbstbewusst und wirft dann einen Blick auf uns Beide. „Wisst ihr, dass was ihr habt, das will ich auch. Jemanden immer berühren zu dürfen,

anzuschauen und ihm ständig sagen zu können wie viel er mir bedeutet. Ich spüre, dass da was zwischen euch ist, etwas das irgendwas in meinem Gemüt hervorruft. Vielleicht ist es die Sehnsucht weil Liebe können wir ja nicht empfinden",
„Du wirst das finden Eloy, denn du bist einer der wenigen der es *spürt*. Also ist es dir auch erlaubt jemanden zu finden, wer einmal auf die Suche geht wird irgendwann jemanden finden. Wer jedoch gar nicht daran glaubt, braucht auch nicht zu erwarten, dass ihm dieses Wunder wiederfährt", gestehe ich meine Gedanken, so habe ich schon immer gedacht, dass der der sucht auch fündig wird, früher oder später. Eloy hat mich schon verliebt gesehen, jetzt zum zweiten Mal, er weiß, dass wir Esctoiles irgendetwas empfinden das der Liebe der Menschen ähnelt und vielleicht ist das wirklich nicht weit von der Sehnsucht entfernt.
„Weißt du, ich überlege mir mit Racquel etwas unsagbar Schlaues und dann überrasche ich die Lady da oben", er nimmt Racquel an die Hand und sie lässt mich los, greift schnell nach ihrer Schüssel und wird dann von Eloy mit gezogen. Noch bin ich nicht bereit aufzustehen, ich möchte mich gerade nicht bewegen, weil ich nicht entgleiten möchte aus dieser Zeit. Dann fällt mir ein, dass ich noch etwas vergessen habe, die ganze Zeit über. Ich gehe also in mein Zimmer und hole das Samtsäckchen aus seinem Versteck. „Schwesterherz", flüstere ich als ich mich in ihrem Raum befinde, in welchem sie still sitzt und ins Nichts starrt.
„Ich habe total vergessen, dass ich dir etwas mitgebracht habe" sie wird hellhörig, nimmt mich wahr und erwacht aus ihrer Trance.

„Es tut mir leid, was ich dir gesagt und vorgeworfen habe…das Gefühl dich zu verlieren hat mich einfach verrückt gemacht", sanft gleite ich zu ihr und lege ihr meine Hände auf die Schulter, nachdem ich ihr das Samtsäckchen in die offenen Hände gleiten lassen habe. „Schon längst habe ich dir verziehen, Worte verletzen, das mag sein. Aber diese Stille danach schmerzt mehr und ich bin dein älterer Bruder. Der erwachsenere, derjenige der nach einem Streit der erste sein sollte der verzeiht oder darum bittet. Denn schließlich fungiere ich als Vorbild, ich erteile Rat, helfe, beschütze und errette", eine lange Zeit reagiert sie nicht, bis sie das Säckchen fallen lässt und ihre Hände auf die meinen legt, sanft umschließe ich diese und so verharren wir. Genießen den anderen bei sich zu haben, das Gold in den Venen klirren zu hören, zu merken, dass da jemand ist. Der die Geschichte teilt, der weiß wer man wirklich ist und nicht wer man zu sein scheint.

„Was hätte ich nur ohne dich getan, Gemma. Ich brauche dich hier bei mir du zeigst mir alles, du bist alles für mich. Du gibst mir etwas, was kein Esctoile besitzt. Du bist anders, besonders und lebst irgendwie", noch nie hatte mir das jemand klar gemacht, seitdem Lyl verstorben ist, versteckte ich mich hinter der Lüge selber verstorben zu sein. Aber das bin ich nicht, ein Teil von mir, ein Lebensabschnitt…das schon. Dennoch befindet sich Gemma hier, er hinterlässt immer noch Spuren auf der Erde, durch Worte, Schritte und Gedanken.

„Skyler…ich weiß ich habe viele Fehler gemacht, seit Lyl nicht mehr präsent ist…ich weiß ich habe vieles vergessen und vieles kaputt gemacht oder zerstört, glaube mir ich versuche zu lernen wie es ist ohne sie zu sein und dafür habe ich eine Menge Zeit gebraucht. Jetzt bin ich wieder da, dein alter Bruder ist wieder zurückgekehrt", und während ich ihr diese tröstenden und um Verzeihung bittenden Worte enthülle, bemerke ich erst selbst, dass ich Recht habe. Es sind keine Wort hinter denen nichts steht, so wie viele Menschen es zu tun pflegen. Diese Worten besitzen einen Sinn, vielleicht nicht den größten, oder einen der etwas verändern würde im Leben der Menschen die ich kenne. Sie offenbaren schlicht weg: ich lebe.

„Ich hätte dir dafür unendlich viel Zeit gegeben, dass du wieder den Mut zu leben findest, natürlich habe ich immer gedacht, dass ich darin vorkomme…nie hätte ich daran geglaubt, dass du jemand Neuen findest. Das war sehr egoistisch von mir, zu meinen, dass ich der Dreh- und Wendepunkt in deinem Leben bin. Es hat sehr lange gebraucht bis ich es verstanden und eingesehen habe, aber ich bin bereit deiner Vergebung zuzusprechen. Ich vergebe dir, Gemma", sacht legt sie ihren Kopf in den Nacken und ich beuge mich hinab um ihr einen zarten Kuss auf die Stirn zu geben. „Lyl hat uns zusammengeschweißt und auch wenn es nicht glaubwürdig erscheint, Gemma. Vergiss bitte nicht, dass es mir auch wehgetan hat sie zu verlieren…auch wenn ich viel weniger Zeit mit ihr verbracht habe und sie nicht so kennengelernt habe wie du. So ist sie doch eine sehr wichtige Person in meinem Leben gewesen. Und auch ich habe sie verloren", es ist ein so unwirklicher Moment, dass Esctoiles sich gegenseitig ihre Gefühle offenbaren, gerade die Lebewesen, die man erschuf, dass sie nichts empfinden. Sprechen offener über Emotionen als jeder Mensch es jemals tun würde, habe ich das

Gefühl. „Das habe ich vergessen. Unglaublich egozentrisch von mir", flüstere ich und sie zieht mich sacht nach unten. Wie selbstverständlich lege ich meine Hände um ihren Körper und bette mein Kinn auf ihre Schulter. Beobachte ihre kleinen Finger dabei, wie sie das Samtpäckchen gespannt öffnen. Mit ihren Fingerspitzen zieht sie die Kette heraus, an dessen Ende ein kleines Fläschchen baumelt, kaum größer als ein Fingernagel. Sie versucht zu lesen was darauf steht: *Tränen*. Skyler schenkt mir ein so bezauberndes Lächeln, das aus den Tiefen ihrer Seele herausgeklettert ist.

„Das ist wunderschön, als wären es meine Tränen, die ich irgendwann nicht mehr werde zeigen können", zuerst bin ich verwirrt, weil genau das meine Absicht gewesen ist, ihr diese Kette zu schenken. Eine Aufmunterung als würde es sagen: du brauchst nicht traurig zu sein, mein Liebling. Nachdem sie mich gefragt hat ob ich es ihr gerne umlegen würde, verschließe ich die Kette an ihrem Nacken und mein Blick fällt auf den Miyakin. Dieser scheint traurig, unglücklich darüber, dass er nicht fähig ist in den Himmel aufzusteigen. Als würde der Miyakin zu mir sagen: „Wenn dein Sinn ist in den Himmel aufzusteigen, dort oben den Menschen nachts den Weg zu zeigen und du diesen nicht erfüllen kannst...dann fühlst du dich leer und unglücklich, egal zu welcher Zeit", fest kneife ich meine Augen zusammen und versuche nicht daran zu denken, wie Skylers Leben sein muss. Ständig davon getrieben zu sein, nicht das tun zu können, wofür man geboren ist. „Gemma ich...", das reißt mich aus meinen Gedanken und ich sehe sie an, reiße sie herum und muss mit ansehen wie ihre Hände sich um meine Finger krallen.

„Ich will nicht, hol mich raus", Skylers Bestimmung lag darin Visionen zu sehen, Geschehnisse die in naher Zukunft lagen. Meine Bestimmung hatte ich bis heute noch nicht erfahren...das Einzige was ich wusste, das viel von mir abhing. „Ganz ruhig, alles wird gut. Ich bin da", ich sende einen Ton aus, den alle Esctoiles wahrnehmen wenn sie sich in meinem Umkreis von 100 Metern Entfernung befinden. Somit wissen sie Bescheid, dass hier etwas passiert und sie schnell antreten sollen. Das menschliche Ohr nimmt diesen Ton als Fiepen war. Kurz denke ich daran zurück als ich in Jasons Gegenwart mit diesem Geräusch überprüfte ob er ebenfalls ein Esctoile ist, weil die braunen Haare und die grünen Augen dafür hätten sprechen können.

Die ersten Esctoiles betreten stürmisch den Raum und versammeln sich um Skyler, welcher ich mit dem Saum meines Hemdes, vorsichtig die Schweißperlen auf der Stirn abtupfe.

„Ich habe Angst...", dann herrscht Stille.

Jetzt handelt es sich meist um ein paar Minuten, bis sie wieder aus ihrer Vision erwacht und uns dann alles brühwarm erzählen kann. Alle halten gespannt und hochachtungsvoll den Atem an um kein Wort von Skylers Bericht zu verpassen. Während dieser Stille, in welcher ich sie halte ohne sie zu spüren, denke ich über ihr Leben nach.

Als die Esctoiles herausfanden, das Skyler nicht dazu fähig gewesen ist die Himmelpforte zu überschreiten, gab es viele lange Sitzungen bei denen wir über ihren Lebenssinn verhandelten.

„Ihr Lebenssinn ist quasi nicht vorhanden, wir müssen sie hinrichten", viele schmerzenden Worte, die Lyl und meine Beziehung auf die Probe stellten. Nur dank Lyl stimmte ich dagegen das Skyler hingerichtet wird. Aufgrund ihrer Fehlentwicklung. Lange habe ich mit mir gehadert als Lyl dann gestorben ist, habe ich oft daran gedacht wie sich die weinende Lyl mir um den Hals geworfen hatte und sagte, ich solle nicht zulassen das man Leben zerstört nur weil es nicht vollkommen ist. Dennoch wollte ich das nicht, ich wollte nicht mein ganzes Leben dafür verantwortlich sein was ich mir angenommen habe. Denn genau das ist daraus geworden, dass ich sie am Leben ließ, sie stirbt seit sie geboren ist. Weil sie tagtäglich miterlebt wie wir alle über den Himmel klagen und sie ihn noch nie sehen durfte. Eines der positiven Dinge ein Esctoile zu sein ist definitiv, dass man bei Nacht die Welt von oben sehen darf. Hingegen kann Skyler nicht fühlen, nicht spüren und darf als Entschädigung nicht mal in den Himmel aufsteigen.

„Sie kommt wieder zu sich", Sirius Stimme löst sich aus der Dunkelheit und ich sehe, dass er im Moment nur auf mich achtet, bin verzaubert durch sein Antlitz. Mit einem Stöhnen hebt sie ihren Kopf und ihre Stimme zittert noch leicht, während sie anfängt uns zu berichten, was sie eben erlebt hat.

„Es muss kalt sein draußen, denn es liegt Schnee auf dem sonst so saftigen Gras. Jemand stirbt, aber weil er muss, nicht weil er vergaß zu huldigen", Beath unterbricht sie barsch: „Wer stirbt?!" wenn ich ein Herz hätte würde es jetzt für einen Schlag aussetzen.

„Es tut mir leid, das habe ich nicht gesehen...aber alle waren so tiefbedrückt und jeder nahm Anteil. Der Miyakin wurde weitergereicht, an jemand anderen", sie zittert was ich ganz klar an ihren Händen sehe, also nehme ich diese und streiche mit meinem Daumen über den Handrücken, obwohl sie das nicht richtig spüren kann, scheint es sie irgendwie zu beruhigen.

Es herrscht Stille, dann steht ein Esctoile nach dem anderen auf und verlässt den Raum, sie alle unterhalten sich angeregt und Skyler wispert mir mit einer leicht Wut angehauchten Stimme zu: „Wie oft habe ich dir jetzt schon gesagt, dass ich nicht will, dass alle meine Visionen direkt zu hören bekommen, wenn ich sie eben erst erlebt habe. Ich enttäusche sie alle immer nur, weil ich nicht alles genau erkenne und sie dann verunsichere", ich streiche ihr als Entschädigung mit meiner Hand über den Scheitel. „Weißt du sie sehen mich immer so traurig an, wenn ich ihnen nicht die ganze Wahrheit erzählen kann…ich mache sie unglücklich", stellt sie klar. „Unglücklich sind sie auch schon ohne dich, du gibst dir nur den Grund dafür, aber das brauchst du nicht. Keiner von denen ist so mutig wie du es bist. Lass dir das bitte niemals von jemandem nehmen, das macht dich aus, das macht dich so einzigartig", sie lächelt und Sirius tritt vor sie.

Skyler erhebt sich und er stützt sich auf ein Knie zu ihr hinab, legt die eine Hand ausgebreitet über ihren Miyakin, der schwach beginnt zu glühen. „Vergiss nicht, du bist hier sehr wichtig für uns, jedes Wort das du sagst, führt uns weiter. Es wird die Zeit kommen, da bist du reif genug um alles zu verstehen was du siehst. Dann wirst du alles deuten und dann brauchst du nicht mehr denken, dass du die anderen enttäuschst. Versprich mir nur, dass du nie aufhörst an dich selbst zu glauben, meine Liebe", sie berührt mit

ihren kleinen Fingern seine Wange und dieser
Moment ist so innig, das ich beschämt wegsehe.
Sirius Strähnen färben sich blond und lila, das pinke
Dreieck in seiner Iris glitzert und strahlt, während er
sie einfach nur ansieht. Skylers Miyakin strahlt noch
stärker und ein Lächeln hebt ihre Mundwinkel an.
Ein Moment den ich nie wieder vergessen werde,
meine Schwester die ihr Leben ohne Sinn lebt, mit
einer Bestimmung, die andere enttäuscht und sie
selbst am meisten…strahlt als würde es kein Morgen
geben.
Nachdem ich Sirius zugenickt habe entferne ich mich
von den beiden Esctoiles, die beide eine wichtige
Rolle in meinem Leben spielen. Dann stupst Racquel
mich an, was ich nicht spüre sondern nur bemerke an
ihrem Kichern. „Ich glaube, ich habe dir da was ganz
Wichtiges von mir verschwiegen", und ich nehme sie
bei der Hand, lasse mich von ihr nach draußen
führen. Egal was es auch sein mag, nichts wird mich
mehr von ihr entfernen.

Glaube

Euer Glaube ist das Wichtigste was Ihr habt, Euer Glaube seid Ihr. Wer nicht glaubt, der wird nie rein den Himmel betreten können, sondern wird seine eigenen Wunden davon tragen. Vergesst nicht wer Euch dieses wundervolle, lange Leben schenkte, dankt Ihm dafür und huldigt Ihm. Er hat Euch zu etwas Besonderen gemacht, nur Er allein. Über Generationen hinweg müsst Ihr den Glauben weitergeben, jeder soll die Gelegenheit dazu haben, ein langes Leben zu leben als Esctoile. Aber wer ungläubig ist, wird seinen Frieden im Himmel nicht finden und muss irgendwann mit der schlimmsten aller Strafen rechnen.

Ihre Hand zerrt an der meinen und sie will, dass ich ihr folge, weit, weit weg von unserem neuen Zuhause. „Wohin willst du?" verlange ich zu erfahren, doch sie dreht mir ihr Gesicht zu und lächelt, ein Lächeln, welches mir für einen kurzen Augenblick all meine Gedanken raubt. Wie wundervoll sie ist, jedes Mal wenn ich sie ansehe, verfalle ich ihr mehr. Darin was sie mir schenkt, pures Licht, welches durch meine Pupillen wahrgenommen wird und bis hinein in mein nicht vorhandenes Herz strahlt.

Abrupt bleibt sie stehen und zieht ihr Kleid über den Kopf und das was ich dann tue, hätte ich nicht tun dürfen, das wurde mir in dem Moment klar, als ich es tat. Ich schmiege mich an sie heran und streiche mit meiner Hand über ihre nackte Haut, spüre nichts, aber habe sooft die Haut einer Frau berührt, dass ich genau weiß wie es sich anzufühlen hat.

„Hör auf!" mit Tränen in den Augen sieht sie mich an, kein Rettungsboot, das mich aus dem Sturm der in dem See ihrer Augen tobt, in Sicherheit bringen kann. „Es tut mir leid, ich dachte du wolltest das?" sofort greife ich nach ihrer Hand, damit sie nicht flieht, denn ich will nicht das sie vor mir flieht. So wie Lyl es tun musste, damit ich mir selbst klar werde, was in meinem Kopf vorgeht. „Was soll ich wollen?" kurz herrscht Stille bis ich zu sprechen beginne. „Das ich dich berühre", einfache Worte, die meine Sichtweise erklären und sie vergessen lässt, dass dort Wut zwischen uns brodelt. Nachdem die Träne sich aus ihrem Augenwinkel befreit hat, fange ich sie in meiner anderen Handfläche auf.

„Eigentlich wollte ich dir erklären, warum ich meine Mutter getötet habe", ich konnte ihre Verletzlichkeit spüren, wie sie auf das Gold in meinen Adern stößt und diese sich augenblicklich erwärmen.

„Das hat sie mir angetan..." sie wendet sich mir zu und ich betrachte die Sonnenstrahlen, die sich an den Kanten ihres Körpers mit der Sonne verbinden, aufgrund dessen, sehe ich erst zu spät was sie mir zeigen will. Über die Seite ihres Körpers zieht sich eine tiefe Narbe, welche noch nicht vollständig verheilt ist, wobei ich ganz genau erkenne, dass dort nicht nur ein Messer im Spiel gewesen ist.

„Ich setze mich aufgrund des Schocks und du erklärst mir, wie genau so eine Narbe entsteht und warum jemand das meiner geliebten Racquel angetan hat", von da an, würde sich meine Sichtweise komplett verändern und es war an der Zeit sich eines Besseren belehren zu lassen.

„Am besten fange ich ganz vorne an: Ich wurde gezeugt von einem Menschen und einer Elfe, was mich also als Mischling auszeichnete. In meinem Dorf, welches du leider nur vom Kampfe zerstört erblicken konntest, gibt es einige Regeln und Rituale die man zu bestehen hat. Beginnen wir mit dem Kampf den ich als erstes bestreiten musste...", während sie redet von Kämpfen mit großen, schwarzen Panthern und vom Töten junger Rehe begreife ich erst wie viel diese Augen wirklich schon sehen mussten. Wie viel diese helle Haut schon aushalten musste.

„Die Verschleppung meines Vaters, war der größte Schmerz den ich je gespürt habe, nichts in meinem Leben hat mehr versengende Hitze in meinem Herzen ausgelöst, als dieser Moment. Nie wieder hat mich irgendetwas so sehr berührt wie dieser Einschnitt in mein Leben", sie dreht ihre Handinnenfläche nach oben zur Sonne hin und zeigt mir die tiefe Narbe an ihrem Unterarm.

„Diese Narbe sollte mich für immer an diesen Augenblick erinnern, der mich tausende Tränen kostete, und so viele unendlich zähen Momente in welchen ich nicht zu Atem kam, weil ich an seinen Verlust dachte und dieser mir Steine auf die Brust legte und Asche in meine ausgestorbene Lunge. Weißt du manchmal, da wollte ich, dass die Asche dort verweilte und die Steine so schwer wurden, dass sie auf die Hitze in meinem schmerzenden Herz trafen. Damit ich einfach nicht mehr spüren musste...einfach nicht mehr von diesem Verlust übermannt wurde", ganz vorsichtig besuchen meine Finger ihre Fingerspitzen, streichen weiter über die Handinnenfläche die kurz zuckt, dann wandere ich bis hin zur Narbe und kann meinen Blick nicht davon reißen.

„Hätte Anala damals nicht ihre Peitsche auf mich niedersausen lassen, hätte ich noch die Gelegenheit gehabt ihn zu retten", an dem Klang ihrer Stimme erkenne ich, dass sie sich selbst die Schuld an der Verschleppung ihres Vaters gibt. Obwohl sie vermutlich diejenige ist, die am wenigsten dazu beigetragen hat. „Mit acht sollte ich dann die Tortur...", sie berührt die Stelle an ihrem Hals an welchem die Narbe beginnt, die sich bis zu ihrer Hüft hinfort zieht.

„...über mich ergehen lassen, doch als ich sah, welchen Schmerz meine Mutter mir zufügen wollte, floh ich und ein paar Jahre später bekam ich die Gelegenheit erneut, endlich zu Darja dazuzugehören. Und ich ließ die Schmerzen über mich ergehen. Ließ zu, dass sie mit dem Dolch, den ich bei mir trug als du

mich kennenlerntest, einen tiefen Schnitt durch meine Haut zog. Danach ging sie denselben Weg mit einem kühlen, spitzen Gegenstand, welcher mir nahezu die Sinne raubte. Das schlimmste jedoch war, als sie das Ganze mit einem glühenden Eisen verschloss und mein Schicksal damit besiegelte", mein Blick muss so mitfühlend sein, dass Racquel aufhört zu reden und mich in die Arme schließt. Sanft wiegt sie mich hin und her und lässt mich nicht los.
„Bist du froh fort von ihr zu sein?" sie entfernt sich etwas von mir, weil sie weiß, dass ich nicht spüre und nur sehen kann und nickt schließlich.
„Hier bei dir kann ich sein wer ich bin, muss mich nicht darum bemühen der zu sein der jeder von mir erwartet. Kann lachen und fühlen was ich will, darf dir sooft sagen wie sehr ich dich liebe und wie wichtig mir das Genießen der Zeit mit dir ist", ich greife geschwind nach ihrem Nacken und ziehe sie zu mir um sie augenblicklich zu küssen.
„Weißt du eigentlich, dass deine Lippen ständig nach mir rufen?" lachend sehe ich ihr in die blaugrünen Augen, in die Ruhe die gerade jetzt darin strahlt und hoffe, dass meine ebenso blau sind wie sie es sich wünscht. Nämlich so blau, dass sie diese immer lieben wird und immer vertrauen in diese hat, dass sie immer weiß, dass genau dieses Blau ewig an sie denken wird und sie wunderschön findet. „Das kann gut sein, dass du dir das nur einbildest", flüstert sie herausfordernd und beißt auf ihre Unterlippe, die prallgefüllt, glänzend rot gegenüber von der meinen sich befindet. „Dies glaube ich nur herzlich wenig muss ich dir zu deinem Bedauern mitteilen, ich irre mich nämlich nie", daraufhin legt sie ihren

Zeigefinger auf meine Lippen und schiebt ihre Unterlippe trotzig hervor.

„Ich möchte nicht dein Selbstbewusstsein ankratzen, aber ich glaube dir ist nicht bewusst, dass du dich erst kurz vor meiner Offenbarung getäuscht hast in mir und meinen Bewegungen", nur über eins bin ich froh in dieser überaus peinlichen Situation und zwar, dass sie bereits wieder darüber lachen kann. „Immerzu meine Schwäche für dein Recht zu benutzen, das ist gemein. So dachte ich doch du wärst eine ehrliche Kämpferin", blitzschnell springe ich auf und bringe geschwind und sanft ihre Hände auf ihrem Rücken um sie dort mit einer Hand an den Handgelenken an ihrem Platz zu halten. „Am liebsten wäre es dir würde ich deine Schwächen gar nicht bemerken. Und sie dann auch noch auszunutzen, wie unfair von mir", als würde ich es vor mir sehen höre ich ihr Lächeln und schiebe mit meiner freien Hand ihre Haare zur Seite um meine Lippen an ihren Hals zu drücken. „Ich habe gar keine Schwächen, ich lasse dich nur in dem Glauben welche zu haben, dass du dich mir überlegen fühlen kannst".

„Dennoch hättest du nie gedacht, dass ich dieses Spiel so fehlerlos beherrsche", fast hätte ich durch mein Glucksen diese Stimmung zerstört, aber ich konzentriere mich auf ihre herausfordernde Stimme und suche nach einer ebenso koketten Antwort. „Vielleicht lasse ich dich etwas aufholen, aber niemals wirst du ins Ziel kommen bei diesem Spiel", sanft streiche ich mit meinem Atem über ihr Ohrläppchen, was sie kurz dazu treibt zu zappeln. „Und warum nicht?" und meine Antwort gleitet mir wie Wasser über die Lippen: „Weil ich es erfunden habe", ich spüre genau, dass sie auf jeden Satz gefasst gewesen wäre, aber dieser kam unerwartet. Schnell entwindet sie sich mir und kniet sich vor mich, drückt ihre Lippen auf die meinen und ihre kleinen Finger verschwinden in meinem dichten Haar, damit bringt sie mein Bandana soweit, dass es sich von meinem Kopf löst und zu Boden gleitet, genau wie wir beide. Sacht knöpft sie die verzierten Knöpfe meines Hemdes auf, während ich weiter damit beschäftigt bin sie zu küssen, auf diese schönen Lippen. Die bestimmt süß schmecken und warm sind, wenn ich sie spüren könnte. Schließlich streift sie das weiße Hemd von meinen Schultern und ihr Mund findet meinen Hals und küsst diesen, was mir mein Gehör sagt und nicht meine Haut. Mit meinen tauben Händen, versuche ich ihrem Körper blind Hitze zu bringen. Was nur durch die viele Übung mit anderen Frauen so einfach zu bewältigen ist, denn davor wusste ich nicht wie ich mit tauben Händen andere etwas spüren lassen konnte. Aber die Übung brachte Erfahrungen die dann zur Perfektion wurden.

„Applaus, Applaus! Für diese grandiose Vorstellung", mit einer frech hochgezogenen Augenbraue lehnt Faith an einem Baum nicht weit von uns und betrachtet Racquels bloßen Rücken, den ihr langes Haar fast gänzlich bedeckt, worüber ich gerade überaus erfreut bin.

„Ernsthaft? Du stehst hier und beobachtest uns, sag mal hast du nichts Besseres zu tun?" Während meinen Worten klaubt er Racquels Kleid vom Boden auf und reicht es ihr, dankend nimmt sie es an sich und streift es sich über ihren schönen, von Narben gezeichneten, Korper.

„Was anderes habe ich schon zu tun, aber die Hitze habe ich schon gute 100 Meter in der Luft gespürt", Belustigung durchtreibt mich. „Nirgendswo hat man hier Privatsphäre", spucke ich ihm genervt vor die Füße und werfe mir mein Hemd über die Schultern, binde mir mein Bandana um den Kopf und mache mich daran die Knöpfe vorsichtig zu zuknöpfen, welche Racquel so liebevoll mit ihren kleinen Fingern geöffnet hat.

„Du hattest die ganzen Jahre in deinem verdammten Leben Privatsphäre, tue nicht so als hättest du jemals etwas tun müssen, was du nicht wolltest. All die Frauen die unendliche Fragen aufwarfen…", bevor er weiter Worte gedankenlos aus seinem Mund entlassen konnte, habe ich ihn schon gepackt, fest um die Kehle. Stoße ihn zurück, während Racquel ein leises: „Bitte nicht", flüstert. Doch alles geht in meiner Wut unter, er würde nicht mit seinen Worten meine Trauer und den Verlust zurückrufen. „Hüte dich vor deiner Zunge, mein Lieber. Schmecke deine bitteren Worte zuerst bevor du sie ausspuckst", noch ein Stoß von mir, bevor in seinen Augen Verständnis auftaucht und er sich entfernt. „Behalt du deine Hände bei dir, Gemma", wirft er mir an den Kopf und Racquel hindert mich daran ihm zu folgen und ihm seine rechtmäßige Strafe zu erteilen.

„Was meinte er mit vielen Frauen?" wie ich Faith dafür hasse, erst versaut er mir meine Tour und dann bringt er meine Geliebte dazu, dass diese Trauer in ihrem Blick liegt.

„Er meint ich hatte viele Frauen in meinem Leben, viele Frauen die mir nichts bedeuteten und mir für einige Stunden ein Lebensgefühl schenkten. Ich habe mit ihnen geschlafen um meine Sinne zu schulen um zu lernen, wie man fühlt mit tauben Händen. Denn sollte ich die Richtige finden, wollte ich fähig sein sie Wunder auf ihrer Haut knistern spüren zu lassen", mit geballten Fäusten, hoffe ich, dass sie mir glauben schenkt, das sie sieht das die Wahrheit aus mir spricht.

„Aber du musst auch bedenken, Racquel, wie viele Jahrtausende ich gelebt habe...und dennoch gibt es mir nicht das Recht dazu. Aber das war alles vor deiner Zeit", sie braucht einige Sekunden, bis sie ihre Hand löst von meinem Oberarm, die sie dazu genutzt hatte um mich Zurückzuhalten in meiner Wut auf Faith, dann sieht sie mir direkt in die Augen.

„Das ist eine ungleiche Liebe, aber ich glaube Liebe ist so. Drei Menschen habe ich erst geliebt und einer davon warst du. Nur Küsse tauschte ich aus, vielleicht hier und da eine zärtliche Berührung, aber nie mehr als das. Du jedoch hast so viel Erfahrung und Liebe, dass du mich damit regelrecht erdrückst...mit diesen Gedanken und Bewegungen die du ausführen kannst, du passt sie nicht individuell an, was vielleicht auch zu viel verlangt ist von mir. Das du dich, ohne etwas zu spüren, darauf einlässt was ich will, ich bin nicht wie all die anderen Frauen. Ich bin eine Elfe, die alles verloren hat in ihrem Leben, alles aufgegeben um dich lieben zu können. Bist du es mir dann nicht schuldig, anders an unsere Liebe ranzugehen? Du hast so wunderschöne Augen", bei diesen letzten Worten berührt sie meine Wimpern und sieht mich weiterhin an.

„Kannst du sie nicht dazu benutzen, mich klar zu sehen, den Moment. Den Atemzug zu leben...", sie greift nach meiner Hand: „...mit mir?", so viele verschiedene Worte mit demselben Gefühl. Kurz schließe ich fest meine Augen und versuche all die Erfahrungen einzuschließen, damit ich Platz dafür habe nur noch Racquel zu sehen, in ihrer vollen Präsens. Dann öffne ich sie zaghaft wieder und blicke direkt in ihr zartes Gesicht, welches all meine Aufmerksamkeit und Liebe verdient hat. „Du hast recht mit alle dem was du sagtest. Du bist anders, anders als jeder andere Mensch den ich kenne. Du liebst und lebst mit solcher Kraft und Schönheit, dass ich gar nicht anders kann, als dich niemals zu vergessen. Aber du musst nur verstehen, dass ich perfekt für dich sein will. Perfekt in alldem was ich tue", sie schmiegt sich an mich und ich lege meine Arme um ihren Körper.

„Du musst nicht versuchen perfekt zu sein für mich, dass Einzige was ich will ist, das du echt bist. Du selbst", erleichtert atme ich auf. „Zum Glück, der ganze Perfektionismus ist mir schon über den Kopf gewachsen", lache ich und sie steigt mit ein, steht dann auf ihre Zehenspitzen und flüstert mir ins Ohr: „Wenn ich bereit bin, dann werden es deine schönen, blauen Augen sehen. Versprochen", mit einem entspannten Lächeln betrachte ich ihre leicht geröteten Wangen und schiebe ihr Haar hinter das Ohr. „Ich danke dir für all die Geduld die du mit mir hast", wispert sie und ich sauge, das sichtbare Glück das sie ausstrahlt auf.

Wir kehren zurück ins Haus und begeben uns hinauf in unsere eigenen vier Wände. „Wie geht es eigentlich Skyler?" fragt sie nachdem ich die Tür geschlossen habe und sie es sich auf dem großen Bett bequem gemacht hat.

„Sie kann in die Zukunft sehen und hat eine Vision gehabt, die keinem von uns gefallen hat", antworte ich und versuche keine Emotionen in diesen Satz zu legen, versuche ihn so bedeutungslos wie nur möglich auszusprechen. Aber Racquel ist zu hellhörig oder vielleicht einfach nur zu neugierig um meine Worte einfach so anzunehmen. „Das bedeutet?" hakt sie nach und ich setze mich neben sie, nehme ihre Hand, mehr für mich selbst als um sie zu unterstützen.

„Sie hat gesehen, dass einer der Esctoiles demnächst sterben wird", als hätte ich die Nachricht eben erst selbst erfahren, beginnen meine Gedanken zu rasen und das Gold in meinen Adern rebelliert gegen den starren Strom. Auch ich hätte Skyler gerne dazu gezwungen zurückzukehren in ihre Vision um uns allen berichten zu können, wer sterben würde. Jedoch wünschte ich mir auch, wie bei jeder Vision die sie plagte, dass es nicht passieren würde, dass ihr Gehirn ihr nur einen Streich gespielt hat und es nicht wirklich eine Vision gewesen ist. Dennoch saß ich direkt neben ihr und habe genau gesehen, dass es eine Vision gewesen ist, was sie in diesem Moment beherrscht hat.

„Ich bin froh", beginnt sie und legt ihre Hand auf die meine, welche ihre fest umklammert. „Das ich Darja verlassen habe und hier mit dir bin, du hast Familie und Freunde, du verdienst es, sie alle täglich zu sehen", ein Lächeln zaubert sich auf mein Gesicht, es ist naiv von ihr zu denken ich wäre hier glücklich. Aber immerhin weiß ich, dass in diesem Gebäude ihr kleines Herz sicher ist vor jeglichen Gefahren, keiner konnte ihr etwas anhaben. Dort draußen in den Tiefen des Waldes, habe ich ständig um ihr Leben gebannt, habe Angst gehabt, dass sie zurückkehrt zu Jason und bei ihm bleibt. Mich verlässt, weil die bekannten Lippen ihre Heimat waren, aber zum Glück hat sie sich für das Unbekannte entschieden. Sich von einem fremden Kuss begeistern lassen, ihre Gedanken um etwas Neues kreisen lassen. „Dort draußen, hatte ich Angst dich zu verlieren", das ich mich Jason unterlegen fühlte, verkneife ich mir, ich möchte nicht, dass sie auf unserem gemeinsamen Bett sitzt und an ihn denkt. Lyls Stimme ermahnt mich: *„Du bist so ein Egoist, keiner darf mich berühren oder mit mir reden, ich liebe dich. Ich haue nicht ab zu dem Nächstbesten, weil es den für mich gar nicht gibt. Und um dein Ego noch zu verstärken, nur du existierst in meinem Geiste",* Lyl kannte mich besser als jeder andere auf dieser Welt oder im ganzen Universum, sie erlebte mich in meinen stillsten Moment in welchem meine Gedanken schrien, lauter als es der Donner je vermag war zu tun.

„Du wirst mich nicht verlieren, du hast mich befreit von meinen Fesseln und ich weiß, dass du nicht der nächste sein wirst der mir welche anlegt", fest kneife ich meine schmerzenden Augen zusammen und hoffe, dass sie Recht behalten würde, ich bete nicht der Nächste zu sein, der sie gefangen hält. Aber wer sagt, dass der, welcher dir die Fesseln abnimmt, nicht derjenige ist, der neue um deine Handgelenke schlingt?

„Wenn ich dich irgendwann einenge, dann musst du mir das deutlich sagen, damit ich mich ändern kann", ich schlucke heftig. „Du spürst vielleicht nichts auf deiner Haut, aber du spürst mit deinem Herzen...sagen wir mit deinem Miyakin, sonst könntest du mich nicht lieben", mit diesen Worten bewegt sie mich, als würde dort wirklich irgendwo in meinem alten Körper unermüdlich ein emsiges Herz vor sich her schlagen. In seinem eigenen kleinen Rhythmus.

„Und ich, enge ich dich ein?" fragt sie mit zittriger Stimme und entfernt ihre Hände von den meinen.

„Wie kommst du darauf, meine Schöne?" hake ich gleich nach, eifrig, getrieben von dem Zittern ihrer Stimme schlage ich meine Augen auf, welche bis eben geschlossen waren.

„Immerhin klebe ich an dir, seit ich dich kenne, seit Kalkews Tod. Denkst du nicht es würde uns gut tun, wenn ich dich für einige Zeit in Ruhe lasse?" ein tiefer Stich jagt durch meine klirrenden Venen und stoppt kurz das Gold, welches sich sonst nicht aus seinem starren Strom abbringen lässt.

„Gehe nicht fort von mir, meine Liebe. Ich brauche dich hier in meiner Nähe, auch wenn ich dich nicht spüren kann, so merke ich es doch wenn du bei mir bist und ich genieße es unheimlich. Endlich jemanden in meiner Umgebung zu haben, der mich gerne bei sich hat, der mir zuhört, mich berührt auch wenn es vergeblich ist. Du hast mich verändert mich berührt mit irgendetwas, das mich glücklich werden lässt. Ich sehe dein Glück, ich spüre es in meinem Inneren. Auch wenn ich nichts schmecke, rieche oder spüre so sehe und höre ich dich. Nehme deine Präsens war wenn du hier bist. Jedes Mal wenn du für eine kurze Zeit nicht bei mir bist, vermisse ich dich", nach einem Kuss von ihr, den ich erwidert habe, entfernt sie sich und sieht mich mit leicht schräg gelegtem Kopf an.

„Ich vermisse dich auch und bin froh, dass ich dir nur noch gute Nacht sagen muss und nicht mehr auf Wiedersehen, denn wer weiß schon ob es immer wieder ein Wiedersehen gibt?" auch wenn ich dank

ihren Worten lächle, so spüre ich in meinem Inneren,
wie weh es mir tut jede Nacht in den Himmel
aufzusteigen und sie zurückzulassen.
„Ich liebe dich", wispere ich.
„Ich liebe dich, auch".

Huldigen

Wenn Ihr Euren allmächtigen Schöpfer nicht huldigt,
droht Euch eine bittere Strafe. Um in den Himmel
aufsteigen zu können, müsst Ihr rein sein. Dort
droben dürfen nur Esctoiles sein mit einer reinen
Weste und wer diese nicht besitzt muss sich vor
jedem Betreten der Heiligen Pforte eben reinwaschen
lassen. Bevor die Nacht hereinbricht und Ihr Euren
Platz einnehmt, besucht Ihr die Kapelle und sprecht
die heiligen Worte, lasst die Schuld von Euch nehmen
und befreit Euch von all Eurem Schmutz. Somit steigt
Ihr in den reinen Himmel auf und dürft die Welt,
Nacht für Nacht in Lichtern erstrahlt, sehen.

Nachdem sich Racquel hingelegt hat und eingeschlafen ist, habe ich mich sacht von ihr losgemacht und bin losgelaufen zu unserer Kapelle, lange habe ich die stillen vier Wände nicht mehr betreten und schäme mich als ich vor den hölzernen Türen stehe. Vorsichtig lege ich meine Hand auf den Türknopf und trete ein, der Schein der durch das Dach tritt strahlt auf eine weiß gekleidete Gestalt, welche sich mit weit geöffneten Armen auf den Bauch gelegt hat.

„Levke", wispere ich und höre meiner Stimme dabei zu, wie sie davonschwebt zu ihrem Gehör. „Was machst du hier?" antwortet sie erstickt und setzt sich auf, klopft sacht den Staub von ihrem weißen Kleid.

„Ich wollte mal wieder zu unserem Schöpfer beten, aber ich glaube du bist mir eine Erklärung schuldig", sie nickt widerwillig und klopft mit ihrer Hand auf den Boden, direkt neben sich. „Ich verdiene das nicht", wimmert sie und ich nehme sie in den Arm, drücke sie ganz fest an mich obwohl sie das nicht auf ihrer Haut spüren kann.

„Er geht mir nicht aus dem Kopf, du weißt ja nicht was ich erfahren habe...", ich weiß, dass sie von Dew spricht, während sie niedergeschlagen neben mir sitzt.

„Er hat dich damals verlassen...", das war das Problem, warum Levke auch manchmal gegen meine Arten von Liebe war. „Jeder ist jemandem versprochen und zugeteilt, das hat der Schöpfer sich so überlegt und da kann man nicht einfach seinem Schicksal wiedersprechen, das gehört sich nicht. Zu wem soll ich flüchten? Wenn keiner zu mir passt?" Levke ist der Meinung, dass wir dem Esctoile welchem wir versprochen sind, gehören und uns nicht dagegen weigern sollen. Dew jedoch, welcher ihr Versprochen war, hat sich gegen sie entschieden, er meinte er kann sich das Leben mit jemandem wie Levke nicht vorstellen. Sie war so bestürzt über seine Entscheidung, dass sie sterben wollte und nie wieder spüren. Das Spüren gelang ihr damals noch, sie fühlte sich alleine gelassen und verletzt und ich war bei ihr, jede Nacht und jeden Tag, all die Stunden die ich lebte verbrachte ich in ihrer Nähe um ihr Hoffnung zu schenken. Deswegen verband auch uns beide eine magische Verbindung, ich hatte ihr gezeigt, dass das gefühlslose Leben sich zu leben lohnt. Und habe mittlerweile doch selbst verlernt wie das Ganze funktioniert.

„Er bereut es", wispere ich leise in ihr Ohr und sie kuschelt sich noch fester an mich.

„Er hat einen anderen Esctoile gefunden, er kam zu mir und sagte er liebt. Jetzt?! Diese fremde Frau", sie löst sich von mir und greift nach meiner Hand.

„Eine andere?" wiederhole ich leise und spüre etwas in mir, als ich in ihre gebrochene Iris schaue. Es tut mir weh das zu sehen, wie sie dort sitzt neben mir in einer Kapelle, beide unserem Schöpfer am nächsten, der uns sagte wen wir zu lieben haben. Und wir beide brechen sein Gesetz, indem ich mich bewusst dagegen entscheide und eine Elfe liebe und Levke indem sie nicht lieben darf wen sie will. „Ja, er sagte ich sei nie so wie er mich will, er ist extra hierhergekommen hat den weiten Weg gewagt um mich zu sehen und hat geschaut ob es sich gleich anfühlt. Aber das hat es nicht", dieser Riss in ihrer blauen Iris weitet sich und klafft tief auf, wie Blut aus einer Wunde rinnt, kann ich beinahe erkennen wie das Gold heraustritt und sich den Weg nach draußen bahnt.

„Es tut weh", ihr Brustkorb spannt und verhärtet sich wie ich sehe, als ich ihr über den Rücken streichle. „Es tut mir so leid, du hast das wirklich nicht verdient, jemand der all die Regeln einhält, hat niemanden verdient der sie bricht", selten habe ich sie so verletzt gesehen, oder habe kaum eine Erinnerung daran, weil sie all diese Gedanken gelöscht hat, denn sie hat die Macht dazu andere vergessen zu lassen. Anderen etwas auszulöschen weil sie nicht möchte, dass die Menschen es in ihrem Gehirn behalten. Levke kann es nicht ertragen sich zu öffnen, anderen zu zeigen, dass sie ebenfalls eine Schwäche aufweist und doch etwas in ihrem Inneren spürt obwohl der Schöpfer uns sagte wir dürfen nichts fühlen.

„Am liebsten würde ich all seine Worte ungesagt machen indem ich sie vergesse...wie er die Sätze formt die er mir an den Kopf wirft, das hasse ich. Ich hasse, dass ich ihm nicht genug bin", diese Aussage von Dew kann ich nicht begreifen, bis heute noch nicht, dass er jemanden wie Levke nicht fest umklammert und nie wieder loslässt. „Ich weiß, dass sein Gesagtes schmerzt, aber willst du wirklich alles vergessen, was jemals zwischen euch passiert ist, es einfach...", genau in diesem Moment sieht sie mich an, blickt ohne Scheu in meine Iris und findet dort Funken die lange nur Gluten waren und jetzt durch ihren Sturm der Unruhe entfacht wurden.

„...auslöschen?" ihr ist bewusst, dass ich von uns beiden rede, von damals als mein Phantomherz, welches Lyl erschaffen hat, noch nicht mal existierte. „Die Zeit will ich niemals vergessen, und das werde ich auch nicht, weil immer wenn ich dich sehe, ist es, als wäre nie auch nur eine Minute vergangen. Wir haben uns vielleicht verändert gegenüber den anderen, aber tief in uns, wenn wir beide alleine sind, sind wir genau dieselben die wir damals waren".

Es folgt eine Stille die wir lange auf uns wirken lassen, dann nimmt sie meine Hände, so wie damals: die kleinen Finger verwoben wie Fäden mit den meinen. Dann sehe ich sie an, nehme ihre ganze Gestalt und Präsens in mir auf und mit dem nächsten tiefen Atemzug verschwindet das Umfeld in einem Strudel und ich erblicke nur sie.

Meist waren es eben diese Momente, in welchen wir uns wirklich lieben konnten, wenn die ganze Welt von unseren Gefühlen zum Anhalten gezwungen wurde.

Ich erinnere mich, jedes Mal wenn ich sie ansehe, daran wie wir damals am Wasser saßen, in der Nähe wo Racquel und ich zum ersten Mal gemeinsam das Ufer betraten. Levke und ich saßen neben einander und betrachteten den immer heller werdenden Horizont, die Nacht hatten wir im Himmel verbracht und uns gleich verabredet uns unten auf der Erde hier am Wasser zu treffen.

Es war eine schöne Zeit um sich zu verlieben, wir konnten noch spüren und der schwarze Horizont färbte sich langsam in ein schwaches altrosa. „Ich kann mir nicht vorstellen irgendwann nichts mehr zu spüren", wisperte sie leise und ihre Worte malten kleine, weiße Wölkchen in die klare Morgenluft.

„Solange wir es können, sollten wir es ausnutzen", lachte ich und sie zog ihre Füße aus dem Wasser, welche bis zu den Knöcheln feucht waren, dann setzte sie sich mir im Schneidersitz gegenüber und ich tat es ihr gleich. Sacht fuhr ich mit meinen Fingerknöcheln über ihre weiche Wange und schließlich nahm ihre

Hand die meine und legte meine Handinnenfläche an ihre Haut, damit sie ihren schönen Kopf darauf betten konnte. In diesem Moment durchfuhr mich etwas, ich weiß nicht ob es die Schräglage ihres schönen Hauptes war, oder die Nähe die wir uns zuteilwerden ließen oder ob es einfach nur die selbe Angst gewesen ist…aber dies war der Augenblick in welchem ich mich in sie verliebte und mich dann nach vorn beugte. Ständig den Kontakt zu ihrer Iris behielt um zu erkennen ob sie dies ebenso sehr wollte wie ich.

Als sich einige zittrige Atemzüge später meine Lippen auf den ihren befanden, wusste ich, dass da zwischen uns etwas passierte. „Wie wunderschön du bist, und wie sehr ich mich gerade schäme es all die Jahrhunderte verkannt zu haben", wie eine Prinzessin lag sie neben mir im Gras und betrachtete meine Kinnpartie nachdenklich. „Ich frage mich ständig ob ich die ganze Zeit auch wirklich dieses Gesicht betrachtet habe, als ich mit dir redete…du kommst mir anders vor und doch bist du derselbe", mit warmen Händen streichelte ich ihren Arm entlang und spürte jede Reaktion die ihr Körper vollbrachte als er mich erkannte.

Gänsehaut war eines der schönsten Dinge gewesen, ich liebte es wie die Haut sich dann unter meinen Fingerkuppen anfühlte. „Du weißt, dass ich eigentlich Dew gehöre", hatte sie gewispert während ich sie mit Küssen immer wieder zum Schweigen brachte, bis sie mich von sich wegschob, mit solch einem Ruck, dass ich erschrak. „Nicht mal eine Sekunde will ich daran denken, dass ein anderer dich berührt", Wut glimmt in ihren schönen, blauen Augen auf und sie schlägt meine Hände weg, als ich sie zu mir ziehen wollte.

„Darauf läuft das hier alles also raus?" erst ab diesem Moment begriff ich, dass sie mich falsch verstanden hatte. „Der dich berührt, Levke, in deiner Seele". „Nach diesem Satz zufolge, bist du der Meinung du hast meine Seele berührt? Mit bloßen Küssen und Berührungen", es folgte ein Glucksen, dass sich aus meiner Kehle befreite, nach ihren gekeiften Worten. „Mit Worten, meine Liebe. Eine Seele berührt man immer noch mit Worten", wie sehr ich es doch liebte Menschen mit meinen ehrlichen Worten sprachlos zu machen, ihnen Atem und Stimme zu rauben für kurze Zeit. „Dann hast du sie wohl berührt, und was stellt man mit so einer Seele an?" will sie wissen, indem sie ihr Kinn trotzig nach vorne streckt. „Mit DEINER Seele kann man nur eines tun: sie ganz furchtbar fest halten".

Als ich aus meiner Erinnerung auftauche sitzt sie mir gegenüber, hält meine Finger so wie früher und da liegt dieses Lächeln auf ihren Lippen, doch als ich in ihre Augen sehe, herrscht dort ein Unwetter. „Habe es wohl mit den Jahren verlernt schön für dich zu sein", im ersten Moment stoppt etwas in mir und ich bin vollkommen verständnislos für das was sie da von sich gibt.

„Niemals, Levke, du bist…", ich lege meinen Zeigefinger unter ihr Kinn und zwinge sie dadurch mich anzusehen: „… perfekt", die nächsten Worte die sie aus ihren Lippen entlässt und aus ihren Gedanken befreit, sind unüberlegt, schnell und schmerzhaft. „Vielleicht, aber nicht für Dew und dich und was nützt mir schon Perfektion, wenn ich doch alleine bleibe? Ich will teilen, Gemma, Liebe und Schmerz oder Sehnsucht", sacht schüttle ich den Kopf und nehme sie in den Arm, küsse ihren Scheitel. „Wir haben uns geliebt, meine Schöne, ein Gehirn vergisst vielleicht die Erinnerungen, aber niemals vergisst die Haut was sie spürte und niemals vergisst das Herz was es liebte. Wer einmal liebte, liebt immer".

„Ich bin erleichtert, dass du immer wieder Liebe schenkst, es wäre schade dies verderben zu lassen. Es war mir eine Ehre dich für eine Zeit lang verrückt zu machen", ein Kuss auf ihre Wange später denke ich daran, als Sirius Levke und mich entdeckte.

Für ihn waren Gefühle ein Gräuel, er konnte nicht nachvollziehen, dass Menschen sich lieben oder nach etwas streben, dass sich in Zuneigung und Glück und Vertrauen zeigt. Sirius schritt auf uns zu, als wir uns leise Worte ins Ohr des anderen flüsterten und die Hände gleich zusammen trugen wie immer: die Finger ineinander verwoben.

„Zärtlichkeiten herrschen nicht zwischen Esctoiles, nur weil ihr noch jung seid und gewisse Dinge spüren könnt, bedeutet das noch lange nicht, dass ihr euch einbilden könnt etwas zu fühlen, dass a) nicht existiert und b) wenn es existieren sollte, nicht für euch geschaffen ist. Muss ich euch die Chronik etwa nochmals verinnerlichen lassen?" diese Wut die dort in seinen bemerkenswerten Augen brodelte erschreckte mich, er war mein Vorbild und ich würde alles für ihn tun, um ihm zu gefallen. „Wir unterbinden jeglichen Umgang, der dich verärgert und verstimmt", doch dies waren die ersten Worte in der Beziehung zwischen Levke und mir, die sie wirklich verletzen, ich sah wie sie nach Luft rang und dieser Blick der dort in dem blau lag, schmerzte mehr als jedes Wort.

„Ich bin erfreut und stolz auf deine Entscheidung, Gemma. Nusakan du könntest von ihm lernen", sie

nickt und entreißt ihre zarten Finger den meinen und eilt mit schnellen Schritten davon. Danach saß ich lange alleine und konnte nicht aufhören auf meine Hände zu starren, die sich plötzlich so leer anfühlten, kein anderes Klirren, das sich mit dem meinem vermischte. Und diese Erkenntnis brachte mich dazu sie zu suchen und das erste was ich tat, war meine Finger wieder mit den ihren zu verbinden und ab diesem Moment kam ich wieder zu atmen.

„Bitte entscheide dich nicht gegen mich, entscheide dich aus nichts in der Welt gegen dein Glück, egal wen du verlierst, wer einmal glücklich ist, sollte alles daran setzen es auch zu bleiben. Den Glück findet man so selten auf der Welt", für ihre weisen Worte küsste ich sie und nach diesem Gefühl, das ihre Lippen auf den meinen hinterlassen habe, öffne ich meine Augen, die ich geschlossen haben und blicke in ihr Gesicht, das sich so wunderschön vor mir offenbart.

„Mach das nicht mit mir", wispere ich und merke, dass etwas passiert, verliere meine festen Strukturen, die ich für Racquel wieder erarbeitet habe. „Was soll ich nicht tun?" diese sanfte und zugleich laszive Stimme die sich um mein Gehör schmiegt und diese wenigen Zentimeter die sie von mir entfernt ist.

„Sieh mich nicht so an", meine Stimme klingt heiser, ich erkenne sie kaum wieder, ich weiß, dass ich so viel Abstand wie möglich zu Levke bewahren sollte, aber ich ... ich kann nicht. Denn wenn ich die Luft einatme welche sie ausstößt, fühlt es sich kurz wie Leben an, als hätte ich nie irgendeinen Sinn verloren oder ein Gefühl.

„Sagtest du nicht, dass Herz vergisst nicht", meine Gedanken schwinden langsam und driften weg, schweifen zu Küssen und Berührungen zwischen blauen Augen und schwarzen, langen Haare. Blutrote Lippen streifen meinen Hals, meine Brust, ich verliere mich in Gefühle, die so viele Jahrhunderte zurückliegen.

„Ja, und ich habe Recht es vergisst nicht", raune ich und betrachte diese Augen die vorhin so leblos erschienen und jetzt Funken sprühen. „Sollen wir die Liebe wieder etwas aufflackern lassen, dass sie aus der dicken Eisschicht herauskommt und mal wieder Luft schnappen kann", und ihre Worte hören sich gut an, wie Balsam für meine geschundene Seele und ich lasse mich noch ein Stück mehr fallen, lasse mich zu ihr ziehen, zu Nähe und Zuneigung. Wir teilen viel Schmerz und Hoffnung und gaben uns früher eine Menge Leidenschaft.

„Warum haben wir damit bloß aufgehört?" ihre Stimme schlägt in einen süßen, schüchternen Ton um, das habe ich immer so an ihr bewundert, dass sie es schaffte mich zu verzaubern in jeglichen Lebenssituationen. „Es war falsch aufzuhören…", mehr kann ich nicht mehr sagen, dann fährt sie mit ihren Fingern meinen Arm entlang, was ich zufällig bemerke, weil ich es aus dem Augenwinkel heraus wahrnehme. „Und es wäre noch viel schlimmer damit wieder anzufangen", ich räuspere mich um meiner Stimme mehr Kraft und Wille zu verschaffen.

„Das geht nicht, Levke, du kannst mich nicht jetzt wieder zurücknehmen, nur weil Dew eine neue Liebe gefunden hat, kannst du nicht unsere alte Leidenschaft wiederbeleben", sie reißt ihre Augen auf und vergräbt ihr Gesicht in den zarten Händen. „Es tut mir leid, ich lasse dich das vergessen, diese Nähe damit du nicht denkst du müsstest Racquel etwas erzählen. Ich will nicht, dass du dein Glück wegen mir

verlierst", und dann sieht sie mich an und ihre Lippen
streifen wie ein Windhauch die meinen, dann legt sie
ihre Daumen an meine Schläfe und ihre Handflächen
auf meine schwarzen Haare.

Es dauert ein paar Sekunden bis ich wieder zu mir
komme und mich auf dem Boden der Kapelle befinde
wie ich dann schnell begreife, ich setze mich auf und
blicke mich um, doch keiner scheint hier zu sein.
Langsam stemme ich mich auf die Beine, lasse mich
auf einen der Sitzbänke fallen und falte die Hände
zum Gebet. Bevor ich beginne, forsche ich in meinem
Gedächtnis um herauszufinden, was passiert ist, aber
das letzte an das ich mich erinnere ist, dass ich in die
Kapelle gehen wollte und zu meinem Schöpfer beten.
Ihn huldigen so wie ich es seit meinem Lebensbeginn
getan habe, in meiner Sprache.
„Azul?" eine leise Stimme berührt mein Ohr und ich
drehe mich um, sehe sie dort neben mir stehen, mit
vom Schlaf verquollenen Augen, meine Liebe die ich
hier her gebracht habe. Racquel.
„Was machst du denn hier, meine Liebe?" sie setzt
sich auf meinen Schoß und schlingt ihre Arme um
mich. „Ich brauche dich, ich kann nicht mehr gut
ohne dich schlafen. Neben dir schläft es sich so gut
und dann bin ich beruhigt und entspannt, da fühle ich
mich zu Hause", ich lege meine Hand auf ihren
Hinterkopf und wiege sie leicht hin und her.
„Ich bin immer für dich da, meine Elfe. Ich liebe dich",
sie erwidert die Worte schnell und leise und dann
habe ich sie schon in den Schlaf begleitet und richte
mich vorsichtig auf um sie nicht zu wecken. „Du bist
so wunderschön und so echt und lebendig, am
liebsten würde ich auch ein Mensch sein um dir zu

zeigen, dass ich sehr wohl spüren kann, aber ich bin froh dich gefunden zu haben. Unter all den Menschen die mir seit Jahrtausenden begegnet sind, bist du doch der Wichtigste", auch als keine Antwort folgt, weil ich weiß das sie schläft, so bin ich mir doch bewusst, dass sie meine Worte hört. „Ich hoffe, dass ich dir ausreiche und dass du nicht irgendwann nach mehr suchst, denn perfekt bin ich nicht, ich bin voller Fehler, aber ich liebe und das unterscheidet mich von einigen Menschen. Vielleicht habe ich Sinne und Gefühle verloren aber ich werde darum kämpfen dich nicht zu verlieren, weil du mich lebendig machst, wie stellst du das an? Etwa mit deinen schönen Augen? Oder deiner lieblichen Stimme?" dann kommen wir in unseren vier Wänden an und ich lege sie auf die Matratze, decke sie zu und lege mich zu ihr. Genieße die Nähe und streiche ihr die verirrten Strähnen aus dem nahezu makellosen Gesicht. „Sie ist bemerkenswert", flüstert Eloy und tritt ein, ich habe ganz vergessen die Türe zu schließen, weil sie mich an sich reißt mit ihrer Anwesenheit. „Gut, dann bin ich nicht der Einzige der es sieht", Eloy schließt die Tür hinter sich und zieht sich einen Stuhl ans Bett um mir Gesellschaft zu leisten.

„Lass sie nicht gehen, behandle sie gleich wie Lyl, sie ist so wundervoll", wiederholt Eloy und ich setze mich auf und betrachte ihn eingehend. „Was ist passiert?" „Warum fragst du?" er zupft am Kragen seines T-Shirts, ich merke, dass ich etwas gesagt habe, was ihn verunsichert. „Warum sagst du Dinge die ich aus Selbstverständlichkeit verwirkliche?" er atmet tief durch und reibt seine Hände vor lauter Nervosität an seiner Hose ab.

„Ich habe da was gesehen was mir gar nicht gefällt, warum tust du das mit Levke?" die Stirnfalten scheinen meine Verwirrung klar genug auszudrücken.

„Ihr saßt auf dem Boden der Kapelle und sie hat dich regelrecht verführt mit ihren Worten, du bist geschmolzen wie Schnee in der Sonne, immer mehr hast du deine Konturen verloren. Deine Augen waren so wild wie damals, als du mit ihr im Geheimen zusammen warst, damit Sirius nicht von dir enttäuscht ist. Sie hat dich um ihren kleinen Finger gewickelt, lass das nicht mehr zu. Hörst du!" die letzten Worte zischt er mir gefährlich, regelrecht bedrohlich zu.

„Dieses junge Geschöpf neben dir hat es verdient mit vollem Herzen verehrt und geliebt zu werden. Sie hat mir heute von diesem Jason erzählt, der scheint ja ein grandioser Kerl zu sein, bin ehrlich gesagt extrem darüber verwundert wie sie ihn sitzen lassen konnte", etwas brannte in mir, genau an der Stelle wo sich mein Phantomherz befindet und manchmal vielleicht sogar den einen oder anderen Schlag vollführt.

„Ich weiß, dass ich sie nicht verdient habe, aber ich kann Levke Wiederstehen. Der Kuss der damals…", Eloy schaut verwirrt drein und wedelt mit seiner Hand vor meinem Gesicht herum.

„Was ist denn los mit dir? Du hast dich eben von ihr küssen lassen", schwere Steine legen sich auf meine Lunge und ich schlage mir die Hand vor den Mund.

„Das glaube ich jetzt nicht, wenn ich mich beruhigt habe, dann werde ich der netten Dame mal einen Besuch abstatten. Danke, dass du mir das gesagt hast, Eloy".

„Dafür sind Freunde doch da", er schiebt den Stuhl beiseite und verlässt den Raum, lässt mich mit meinem schlechten Gewissen neben meiner Liebe zurück, welche ich schon wieder enttäuscht und verletzt habe.

Verbrennung

Euer Schöpfer schenkte Euch ein geteiltes Leben,
welches Ihr während die Sonne am Himmel strahlt
auf der Erde verbringt und des Nachts selbst ein Teil
der Unendlichkeit werdet. Diesem großen Geschenk
sollt Ihr huldigen, Eurem Schöpfer, der Euch
erschaffen hat. Euch als vollendete Geschöpfe des
Himmels, die Kinder der Planeten. Die Sterne die
tagsüber als Esctoiles die Erde beleben. Wer nicht
huldigt und unrein in den Himmel aufsteigt, der möge
bei lebendigem Leibe verbrennen und sterben. Euer
Leben ist nahezu zeitlos, der Tod ist Euch verwehrt,
weil der Schöpfer Euch braucht. Jedoch sollt Ihr das
Geschenk ehren und wer dies nicht tut, der fliegt als
Sternschnuppe vom Himmel und wird somit sein
Erdenleben und das jene welches er im Himmel
führte beenden. Somit ist dies der einzige Weg, das
Leben eines Esctoiles zu zerstören.

Und während die Stille über mir zusammen bricht, entferne ich mich von ihr, lass mich an der Wand, welche fünf Meter von ihr entfernt ist, zu Boden gleiten. „Du, Vollidiot!" stoße ich wütend hervor und lasse meinen Kopf in meine geöffneten Handinnenflächen rasen. Werde nahezu von meinem schlechten Gewissen übermannt, versuche die brodelnden Gedanken zu stoppen. Jedoch bringt nichts mich dazu Ruhe zu finden. Diese Lippen haben dieser Elfe versprochen ihr nicht wieder wehzutun und genau diese brechen das Versprechen wieder.

„Ich hasse dich!" flüstere ich aggressiv zu mir selbst und höre leise Schritte, die immer lauter werden. Jemand zieht sacht an meinen Fingern, mit denen ich mir die Sicht auf die Welt versperre.

Das Nächste was ich sehe sind die blaugrünen Augen, welche mir so liebevoll entgegenblicken, dass mein Phantomherz darunter zerbirst.

„Ist alles gut?" Lügen über Lügen die ich ihr unterbreite, Schmerzen die ich versuche mir anzutun, damit sie diese nicht verletzen. Am Ende führt es immer dazu, das sie dann nicht nur die Wahrheit schmerzt sondern auch die Lüge.

„Ich widere mich an", gebe ich zurück als wäre es die Antwort, die sie hören will. Ihre Zehenspitzen verlassen den Boden, welche sie bis eben noch berührt haben und schaffen den Knien Platz. Ihre zarten Finger finden die Stelle über ihrem Herzen und lassen sich dann zittrig nieder.

„Aber ich kann dir noch nicht sagen warum, zuerst muss ich einiges in Erfahrung bringen. Sinnlose Schmerzen will ich dich nicht spüren lassen", mit diesen Worten blitzt Erleichterung in ihrem sanften, verwirrten Blick auf und sie sinkt in sich zusammen, entfernt die Hand von ihrem bisherigen Platz und sucht nach der meinen. „Keine Reize", wispere ich: „lohnt sich nicht die Kraft aufzubringen mich zu berühren", mit diesen Worten erhebe ich mich und schreite aus dem Raum. Lasse sie zurück mit ebenso rasenden Gedanken und fliehenden Fingern, weil ich mich dafür hasse was ich getan habe. Fast ebenso sehr wie ich Levke hasse, weil sie meine Schwäche ausnutzte und mich vergessen ließ. Sogar etwas Hass auf Eloy begegne ich in meinem Körper, weil er mich aufgeklärt hat.

Gerne hätte ich gewusst ob Liebe immer so schwer ist, oder ob diese sich nur so schwer gestaltet weil wir Esctoiles nicht für diese Gefühle ausgelegt sind. Ist es war, dass Liebe nie in Vergessenheit gerät sondern nur verblasst? Stimmt es, dass Herz und Haut nie vergessen, dass der Geist und die Seele sich immer merken, wer nahtlos sich mit ihnen verband? Aber ich werde das Gefühl nicht los, das keiner auf der Welt mir diese Antworten geben kann ohne parteiisch zu sein. Und zwar parteiisch für die Liebe. „Azul?" ihre Stimme lähmt meine Glieder, ich werde mich nie daran satthören können wie sie meinen Namen ausspricht.

„Ist dass das Ende?" Worte die etwas mit mir anstellen, die zeitgleich etwas verbrennen und zerbrechen in mir. Das Klirren des Goldes in meinem Herzen dröhnt in meinen Ohren, meine Gedanken verlieren sich, wenn ich weinen könnte würde ich es tun. Wenn ich sterben könnte, würde ich es in diesem Augenblick tun. „Es gibt kein Ende, Racquel. Niemals sag solche Worte nicht, bitte", voll Reue bewege ich mich zu ihr und verzweifle an ihrem Blick. Das ist das Erzeugnis meines Verhaltens, diesen Blick habe ich erschaffen, darauf bin ich nicht stolz für die Gefühle will ich nicht der Erzeuger sein. „Nie mehr", flüstere ich zu mir selbst und überquere die letzte Barriere die uns trennt, schließe sie in die Arme. „Nicht...das Ende?" stottert sie und versucht zu begreifen. Meine Finger liegen in der Kuhle unterhalb ihrer Schulterblätter und meine rechte Hand umgreift ihren zitternden Kopf. Mit ruhigem Atem wiederhole ich das Wort: „Niemals".

Versuche zu retten, weil ich sie nicht verlieren will. Racquel schluchzt und scheitert daran mich zu halten, immer wieder lässt sie von mir ab, Tränen fließen ihre Wangen hinab erreichen mich, obwohl ich sie nicht spüre, fühle ich sie in meinem Inneren. „So ...viel Schmerz in mir ... hol´ ihn raus", gehauchte Worte die ehrlich klingen, das Einzige was ich tue ist mich zu bücken und sie zu küssen. Sacht um sie nicht wie Glas zerspringen zu sehen, aber fest genug um ihre Strukturen bestand zu halten.

„Es tut mir so leid", wispere ich: „Ich will nicht, dass du so fühlst, ich will dir nicht weh tun", im selben Moment, in welchem meine Worte meine Lippen verlassen und durch die Luft ihr Gehör erlangen. Denke ich daran, dass ich nicht mal den Kuss zwischen Levke und mir erwähnt habe. Und wer weiß, welche Stürme dann in ihrem Inneren toben, welche Gedanken dann durch ihr Gehirn rasen, welche Gefühle ihre Venen durchfließen? Mit mehr Kraft beginne ich sie an mich zu drücken, hoffe somit ihr Zittern zu unterbinden, sie zu stärken für diesen schmerzenden Moment. Wenn der Gedanke, des Endes, ihr solche Sorgen bereitet, wie konnte ich dann nur zulassen, dass sie dies in Erwägung zieht. Die Gedanken drücken an die inneren Wände meines

Gehirns, lassen keinen Platz für Luft. Nur Hass pulsiert dort.

Die Scham kehrt mit so einer Wucht zurück, verlangt dass ich sie wahrnehme, doch ich möchte Racquel nicht los lassen. Nicht jetzt. Nicht in diesem Moment. Wenn ich ganz ehrlich zu mir selbst bin: Niemals.

Wie konnte ich mich nur darauf einlassen, Levkes Lippen zu berühren, mich von ihrem Blick in den Bann ziehen zu lassen, mich zum Bösen verleiten zu lassen? Obwohl dort eine Liebe zwischen Levke und mir herrscht, bin ich mir selbst bewusst und sie sich in diesem Falle noch mehr, das Racquel weitaus intensivere Gefühle in mir aufwallen lässt als die Schwarzhaarige. Auch wenn Esctoiles nicht fühlen können, so können sie doch andere in dem Glauben lassen zu leben. Vorausgesetzt sie sind schon lange in der Gefühlslosigkeit gefangen und sind aufgrund dessen nicht stolz darauf ein Stern zu sein.

Jemand der existiert aber nicht lebt.

Und was nützt einem die Welt, wenn sie einem nicht zu Füßen liegt?

„Ich habe mich wiedergefunden in dir", wispere ich Worte in denen so viel Bedeutung liegt, weil sie ehrlich sind. Ein Schluchzen von ihr und sie löst sich etwas von mir, nur soweit, dass sie mir in die Augen blicken kann.

„Ich will nicht, dass das zwischen uns verblasst. Ich will es mit bunteren Farben neu zum Leben erwecken, das es heller strahlt als die Sonne an einem ihrer besten Tage", und vielleicht will ich das auch, anderen zeigen, dass nichts unmöglich ist, ihr beweisen, dass sie mit all ihren Emotionen mich dazu bringt zu fühlen. Einen, der seine Sinne verloren hat, den Glauben an die große Liebe sterben sah und der sich schließlich zwischen all den Gedanken vergaß. Ich habe aufgehört zu leben und angefangen zu existieren. Nur weil das Leben an Glanz verlor und somit für mich auch an Wert. Ich hörte auf meine Tage auf der Erde zu zählen, dankte und schätze keine einzige Sekunde, weil ich dachte, dass all dies hier eine Strafe sei. Doch wäre ich nicht hier, hätte mich nicht damals in den Wald begeben, hätte ich diese wundervolle Persönlichkeit nie getroffen. Hätte nie in diese Augen geblickt und erkannt, dass dort meine Zukunft liegt, dass ihre Emotionen die Meinen sein können und letztendlich habe ich auch niemals mehr daran gedacht, dass ich jemals wieder jemanden finde der mir etwas bedeutet und zwar so viel, dass ich Schmerzen spüre in einem Herz das anatomisch nicht vorhanden ist.

Lyl sprach immer von einem „Phantomherz" das sich an ihrem orientiere, aber es ist selbständig geworden Lyl, es hat angefangen das zu tun was es selbst will. Denn könnte ich bestimmen wie es reagiert, oder wie meine Gedanken verlaufen, dann würde ich jetzt nicht hier stehen, gebrochen vor einem Mädchen, das ich zerstöre durch meine Taten. Dem ich die wahre Liebe zeigen wollte und es stattdessen verletze.

„Ich liebe dich, alles was ich getan habe, wollte ich nicht. Du musst mir glauben ich würde alles für dich tun, dir alles geben was ich kann. Mein Leben ist wertlos ohne das deine, ich bedeute mir nichts mehr und du mir dafür umso mehr. Glaube nie was mein Körper tut. Er hat keine Gefühle, keinen Verstand…ich flehe dich an höre nur auf meine Worte und glaube nur meinen Augen, glaube nur diesem Ausdruck", mit einem tiefen Atemzug entfernt sie

sich einen Schritt von mir, lässt zu, dass ich ihre zitternden Finger in die meinen nehme und je einen sanften Kuss auf die Fingerknöchel hauche. „Ich höre auf mein Herz, das mich schließlich auch zu dir geführt hat und es schlägt so schnell in deiner Gegenwart, dass ich Angst habe, dass es aus meiner Brust springt", die Erleichterung kann ich nicht zwischen dem tosenden Blau meiner Augen verbergen, sie bricht hervor, bleibt an der Oberfläche wie die Gischt wenn sie an die Felsen prallt.
„Und was sagt dir dein Herz?" ohne eine Antwort zieht sie mich mit einem schiefen Lächeln auf den Lippen in unsere vier Wände zurück, schließt die Tür hinter uns. Nachdem wir uns auf dem Bett befinden, legt sie sich hin und sieht mich herausfordernd an.
„Sag du es mir", raunt sie und ich sehe sie mit schief gelegtem Kopf an.
„Lausche selbst was es wispert", daraufhin deutet sie auf die Stelle wo ihr Herz unter den Rippenbögen versteckt liegt. „Dein Grinsen ist unbezahlbar", lacht sie während ich mich sanft zu ihr ziehe, den Moment genieße wie ihre Gesichtszüge verruchter werden. Schließlich bette ich meinen Kopf auf ihre Brust und lausche dem Pulsieren, das meiner Ohrmuschel begegnet. Stark erinnere ich mich daran, dass ich Lyls Herzschlag wesentlich deutlicher wahrnehmen konnte, aber viele Jahren lagen dazwischen. Jahre in denen mir die Sinne langsam schwanden und ich schließlich damit lernen muss mit immer weniger klarzukommen.
„Es sagt, dass es nicht mehr fort will von mir", sie entfernt mein Bandana und legt es neben uns, streicht mit ihren Händen durch mein Haar, was ich

nicht spüre – sondern nur sehe, weil mir Strähnen hin und wieder in die Augen rutschen.

„Ich glaube es sagt auch, dass es dich liebt mit jeder Faser die es besitzt und das es versucht dein Goldherz in Schwingungen zu bringen", mit geschlossenen Augen lausche ich ihren Worten, die sich immer mehr verlieren, in einem schönen Mischgesang den sie an den Tag legt. Nie würde ich müde werden diesem Klang zu lauschen, einer Stimme die mit so viel Emotionen redet, dass sie mich mitreißt und mich in andere Dimensionen zieht, welche ich nie fähig war zu erleben. Irgendwann gleite ich schließlich in einen meiner verschwommenen Träume, in welchen ich mit halben, leisen Sätzen und unklaren Bildern leben muss.

„Bleib bei mir…", meine Finger greifen nach Levkes.

„Ich will nicht… er macht alles kaputt", meine Stimme klingt anders als heute, damals war ich jünger und unbeholfener, wusste selbst nicht wie ich mit meinen Schwächen umgehen sollte.

„Er soll nicht so viel Macht besitzen…hasse ihn", es war eine unserer üblichen Diskussionen, in welchen wir uns trennten und damit aufhörten, das wir uns für ewig lieben würden. Es waren Momente die uns stärkten, weil wir gegenseitig die Geheimnisse des anderen erkannten, aber es waren auch Momente die uns an allem zweifeln ließen. Sirius war immer gegen unseren Zusammenschluss gewesen, er verabscheute die Liebe, vor allem die Liebe zwischen zwei Esctoiles die nicht für einander vorgesehen waren und die auch noch aus dem gleichen Sektor und dem gleichen Sternbild stammten.

Aber all dies hätte mich niemals dazu treiben sollen Levke zu verlassen…nein, da hätte ich drüber stehen

müssen. Dennoch habe ich sie verlassen, immer
wieder sie wissen lassen, das mir Sirius Meinung
wichtiger gewesen ist als das was zwischen uns war
oder noch herrscht.

„Wegen ihm willst du alles wieder zerbrechen?" und
ich nickte, nahm dann ihre Hand und zog diese an
meine Lippen, küsste die helle Haut.

„Wer weiß was geschieht, wenn er erfährt, dass wir
immer noch zusammen sind?" doch sie ließ sich nicht
von mir beirren und entzog ihre Hand der meinen, sah
mich dann an.

„Meintest du nicht mal, dass du Angst hast, dass mich
jemand dir wegnimmt?" wisperte sie und schüttelte
voll Enttäuschung den schönen Kopf.

„Aber so gebe ich niemandem die Möglichkeit dazu,
weil ich dich selbst von mir befreie", sie verdrehte die
Augen und als ich sie an mich ziehen wollte, stieß sie
mich aggressiv fort.

„Und du denkst wirklich das wäre etwas anderes?"
diese Wut die sie mir mit diesen Sätzen
entgegenschleuderte, überraschte mich und dann
dachte ich erstmals wirklich über meine Entscheidung
nach.

„Es tut mir leid", flüsterte ich nach ein paar Sekunden
die ich regungslos in Gedanken gefangen neben ihr
verbrachte.

„Damit ist also alles vergessen?" spuckte sie mir vor
die Füße und ihre Iris zuckte nervös.

„Nein, natürlich nicht. Aber hiermit vielleicht", meine
Augen nahmen diesen Blick an, den sie gut genug
kannte und ich um schmiegte mit meinen Fingern ihr
elegantes Kinn, kam ihr unheimlich nahe und drückte
meine Lippen auf die ihren. Erst sacht, dann
fordernder und schließlich mit solcher Intensität das

sie meine Fehler vergessen würde, weil dieser Kuss
alles andere in den Schatten stellte.

„Das war eine gute Entschuldigung", mit ihren kleinen
Fingerspitzen strich sie über ihre vollen Lippen und
spürte dem Kuss nach, der ihren Mund in einem
satten blutrot erstrahlen ließ.

„Ich lasse mir in Zukunft…", bei diesen Worten lege
ich meine Stirn an die ihre und sehe ihr aus diesem
Winkel in die strahlend, blauen Augen.

„…von niemandem mehr sagen, was dich betrifft.
Einverstanden?" allein in dem Meer erkenne ich das
sie lächelt und sie nimmt meine Hände in die ihre und
all diese Worte die sie mit ihren Augen spricht,
reichen mir um zu wissen, dass sie mich küssen will.
Als würden ihre Lippen nichts anderes begehren, geht
ein Kuss in den nächsten über, als würde sie das nie
wieder beenden wollen.

„Ich liebe diese Küsse, dieses Gefühl in dem Gold
meiner Venen. Was es mit mir anstellt", wispert sie
mit geschlossenen Augen und drückt sich näher an
mich, ihre Hände finden meinen Hals. Meine Haut
verbrennt unter ihren Berührungen, diese Wärme
verwandelt sich in Hitze. „Wie sehr ich dich liebe",
haucht sie.

„Azul?" Racquels Stimme reißt mich sofort aus
meinen Tagträumen und ich atme schwer.

„Alles in Ordnung?" Stille.

„Zum ersten Mal habe ich meine Tagträume klar vor
mir gesehen, zwar nur gewissen Details, aber ich
habe sie gesehen", diese Verwirrung die in meinem
Kopf herrscht, hört man klar in meiner Stimme
wieder.

„Was hast du denn klar gesehen?" lächelt sie mich
an, mit dieser unschuldigen Miene, wobei ich spüre,

dass sie will, dass ich an sie gedacht habe. „Nur Augen…", vollkommen weggetreten und benommen klingen die Worte aus meinem Mund, ein Teil habe ich zwar gesagt, aber er entspricht der Wahrheit. Wer nicht alles sagt, verschweigt nur und lügt nicht. Man schützt nur Herzen.

Vor Schmerzen.

Vor Narben.

Aber man schabt danach nur eine tiefere Kerbe in das Fleisch, in das Herz, mitten in den weichen Kern, welcher niemals vergisst.

„Wenn wir gerade bei dem Thema sind, deine sind so schön blau, wie der Himmel wenn all die weißen Wolken sich dazu entschieden haben ihn zu beschützen", leise Worte, während ihre Finger immer noch durch mein Haar fahren, dass erkenne ich erneut nur an den Strähnen die mir ab und zu in die Augen fallen. „Deine sind überaus begehrenswert", wie mechanisch antworte ich auf jeden ihrer Sätze, selbstverständlich süß und liebenswert, mit einer Spur Sarkasmus an den richtigen Stellen. Aber meine Gedanken waren weit entfernt von meinen Stimmbändern, losgelöst voneinander als hätten sie niemals zusammengehört. Als Kämpfe mein Verstand mit meinem nicht existierenden Herzen.

„Es schlägt nicht, glaube mir, dort ist nichts", hatte Lyl mich aus meinen Träumen gezerrt.

„Da ist etwas", meine Stimme starb mit jedem Luftzug und es klang nur noch ein zartes Wimmern durch meine Lippen.

„Hier, wer nicht hören will muss fühlen", diese Wut die ihre Augenbrauen zucken ließ, und welche meine Hand auf die Stelle über meinen Rippenbögen drückte. Da war nichts sie hatte Recht, kein Herz, kein

Schlag, kein Leben unter dieser Haut und doch spürte ich das Klirren in meinen Venen, wie das Gold in diesen rebellierte und sang. Bei Esctoiles scheint es als würde jeder Kreislauf des Goldes einen anderen Klang ergeben, eine andere Melodie, somit ist jeder einzigartig. „Ich glaube dir ja", ich selbst war nicht mehr Herr meiner Stimmbänder und konnte diesen kläglichen Ton deswegen nicht unterdrücken.

Meine Hand wandert zu meinen Rippenbögen, aber jetzt konnte ich nicht mal mehr spüren um mich davon zu überzeugen, dass dort kein Herz existiert.

„Ist irgendwas?" Racquels Stimmfarbe hüllt mich in helle Farben und weiche Stoffe, umwickelt mich, damit ich nicht an der grausamen Realität zerbreche. Lyl war ein herzensguter Mensch, sie wollte nur nicht, dass ich irgendwann aus meinem Himmel falle und bemerke, dass ich keine normale Identität bin, sie hat mich nur beschützt. All die Jahre. Vor mir selbst.

„Es ist alles in Ordnung, mein Liebling", bei diesen Worten drehe ich meinen Kopf nach oben und betrachte ihre Hand, die in der Luft erstarrt ist.

„Du wirkst … anders", traurige Worte die mich an den Streit von eben erinnern, an ihre gebrochene Stimme und ihre zitternde Gestalt. Diese Bilder würden meinen Kopf nicht wieder verlassen können, sie würden für ewig da vorzufinden sein. Zwischen all den anderen Erinnerungen aus denen ich bestehe, aus den Momenten die wie Zeitlupe vor meinen Augen tanzen, wenn ich nichts sehen will, die mich daran erinnern wie schön mein Leben einmal war. Damals, als ich noch ich selbst gewesen bin und sein konnte. Lyl hatte mich aufleben lassen, mich wiederbelebt, obwohl ich gar nicht wusste, dass ich tot gewesen war. Sie hat Worten, wie Liebe und

Zuneigung, eine Bedeutung gegeben und mir neue Worte gezeigt, die ich bis zu diesem Zeitpunkt nie gehört hatte.

„Ich denke nur nach", alles klang so schwer und so unnatürlich, dass ich am liebsten nichts mehr gesagt hätte. „Über was?" ich ziehe mich an ihr hinauf und küsse sacht ihre vollen Lippen, denke nicht darüber nach sondern tue es einfach, weil etwas in mir danach verlangt. Ihr zu zeigen, dass ich sie liebe...oder etwas für sie empfinde...wenn ich schon nicht lieben kann. „Über all meine Fehler", gebe ich ihr die Antwort unmittelbar in der Nähe ihrer Lippen und bedecke dann eben diese wieder mit Küssen.

„Vergiss nie, all deine Fehler, sagen wir lieber Entscheidungen, haben dich zu diesem Moment gerade geführt, dich zu dem gemacht was du heute bist, und ich muss sagen...", wenn ich für ewig nur den gleichen Menschen vor meinen Augen sehen könnte, dann wäre es Racquel, mit ihrem dunklen Haar und der blaugrünen Iris, die vollkommener wirkt als der Vollmond.

„...du bist das Beste, was mir je begegnet ist und deswegen bin ich froh, dass du und ich all diese Fehler oder Entscheidungen gemacht und getroffen haben, denn letztendlich haben sie uns zu diesem Moment geführt. In welchem wir beieinander sind und uns durch Küsse unsere gegenseitige Liebe offenbaren können", ich fahre mit meinen Fingern über ihren Hals und lege dann meine Hand auf ihre Wange, sehe sie direkt an und tauche ein, in diese außergewöhnliche Mischung aus blau und grün, die mich immer wieder aufs Neue verzückt. Schließlich bin ich es nur gewohnt, gestochen scharfen und grellen Augenfarben zu begegnen.

„Mit was habe ich eine so intelligente und selbstbewusste Geliebte verdient?" will ich wissen und recke mein Kinn etwas vor, damit sie mich nicht mehr küssen kann sondern antworten muss.

„Ich schaue mir alles von Ihnen ab, Herr Gemma", lächelt sie und etwas in mir macht einen freudigen Satz, ich tippe auf mein Phantomherz, weil sie mich Gemma nennt mit einem offenen, verständnisvollen Blick, weil sie begreift, dass dort in mir etwas anderes lebt. Ein Esctoile.

Ein Stern, der nachts am Himmelszelt strahlt, um die Menschen an die Unendlichkeit glauben zu lassen.

Geschwister

Ihr selbst besteht nur aus Wasserstoff, Kohlenstoff und Druck, Ihr seid aufgrund dessen nicht auf dieselbe Weise geboren wie Menschen.
Somit könnt Ihr auch keine Verwandtschaft im biologischen Sinne besitzen. Da jedoch jeder neugeborene Esctoile einen anderen braucht der Ihn in die Chroniken der Esctoiles einführt, nimmt sich ein ältere Esctoile jenem an.
Damit seid Ihr dazu verpflichtet diesem Esctoile ein gutes Leben zu garantieren, mit all dem was Ihr habt.
Kümmert Euch um die Nachkommen um damit das Leben der Esctoiles zu beschützen.

„Wie ist es ein Esctoile zu sein und nachts über der Welt zu erstrahlen?" will sie flüsternd wissen, als könnte jemand unser Geheimnis hören, als könnten diese Worte an das falsche Gehör gelangen. „Schließe deine Augen", wispere ich in ihr Ohr und streiche ihr über den Handrücken, bevor ich mich erhebe und etwas hole was ihr vielleicht verständlich macht wie diese Welt sich dort oben anfühlt.

„Vertraust du mir?" frage ich mit einer zarten Stimme und nehme sacht ihre Hand die sie mir entgegenhält, mit einem leichten Zittern, welches ich deutlich erkenne, welches jedoch verschwindet, nachdem ich diese zu meinen Lippen geführt habe.

„Mehr als meinem Verstand lieb ist", das Lächeln, welches diesem Satz folgt, treibt mich ebenso dazu meine Mundwinkel zu heben und ich führe sie nach draußen, in die Dämmerung die bald hereintreten wird. Der kühlen Luft entgegen, den Blüten die sich langsam schließen um ihre Ruhe in der Nacht zu finden. Dann setze ich mich plötzlich hin und sie folgt mir, macht es sich bequem auf dem Gras, welches bestimmt kühl ist von der bald hereintretenden Dunkelheit. Mit schnellen Fingern befreie ich meine Überraschung und entwirre diese, mit schiefgelegtem Kopf betrachtet sie mein Vorgehen. Welches mich dazu bringt, kurz von meiner Beschäftigung abzulassen und sie zu küssen. Racquels Anblick verzückt mich, berührt mich, verändert mich, macht etwas mit mir, was ich nicht in Worte fassen kann...und auch gar nicht will, weil es ewig dauern würde eine Erklärung zu finden.

Mit angestrengtem Blick lege ich die Lichterkette um ihren Körper und ebenso um den meinen, bis wir verborgen sind unter dieser. Dann lege ich die

Schalter um und die Batterien spenden ihre Energie um die kleinen Anhänger der Kette dazu zu bringen zu Leuchten. Erst in einem sachten gelb, welches immer stärker, strahlender und weißer wird. Racquel betrachtet das Gebilde um uns herum und schließt kurz darauf die Augen, nachdem sie eingehend alles um uns herum in sich aufgenommen hat.

„Gefällt es dir nicht?" meine Hand findet tröstend ihren Oberschenkel und ich verfluche mich diesen Weg der Antwort gewählt zu haben, Worte fanden besser ihr Verständnis.

„Sage so etwas nicht, ich habe all diese Einflüsse in mich aufgenommen und versuche sie nun tief in meinem Herzen zu verankern. Es ist ein wundervoller Moment, dieser hier...du hast keine Vorstellung davon...", Racquel öffnet ihre bis eben geschlossenen Lider, befreit die wunderschöne Mischung aus blau und grün.

„...wie glücklich du mich machst", meine Hände finden ihre Wangen und ich rücke zu ihr, küsse sie auf die roten Lippen. Wieder erfüllt mich Unruhe, darüber, dass ich nicht spüren kann, wie sich diese Berührungen anfühlen, die sie mir schenkt.

„Lass mich nie vergessen, was das Leben wert ist", befreie ich meine Gedanken und verleihe ihnen Gestalt. „Du bist es der mich glauben lässt, an all diese Schönheit", antwortet sie und eine Träne rinnt über ihre Wange, bevor sie auf den Boden fällt habe ich sie bereits in meinen Hände aufgefangen und betrachte ihre Perfektion. „An welche Schönheit?" ich versuche es wie Trauer klingen zu lassen, aber wer nicht fühlt, kann auch nicht so reden, als würde er fühlen. Kann niemals gleich reagieren wie ein Mensch mit Emotionen.

„Die Schönheit dieses Moments, das Glück der Tautränen und die Echtheit deiner selbst", ich frage mich, wie jemand der nichts fühlt echt sein kann.

„Du hast um mich gekämpft, du hast mich aufgenommen und mir beigestanden, bei Gräueltaten die ich verübt habe", sie meint den Mord an ihrer Mutter, aber ich weiß, damals wie heute, das jede Aktion eine Reaktion auf eine Tat ist. Und das jedes Verhalten einer geliebten Person ein Abbild seiner Taten ist.

„Glaube mir, auch wenn ich kein schlagendes Herz besitze, so werde ich dich doch immer lieben. Denn wenn ich kein Herz habe, welches verletzt werden kann, so verankere ich meine Liebe zu dir in meiner Seele, und diese beschütze ich mehr als alles andere", sie schließt mich in eine kräftige Umarmung und schluchzt.

„Ich weiß, dass es nicht verständlich klingen mag jemanden zu töten, der einen ins Leben gerufen hat. Aber genauso ungerecht ist es sein Erzeugtes zu demütigen und es so weit zu bringen, dass es selbst nicht mehr leben möchte, weil ihm sein Leben nichts mehr wert scheint", diese Worte verlangen, dass meine Arme sich fest um ihren schmalen Körper schließen. Ich denke an die Narbe an ihrer Seite und erinnere mich schmerzhaft und zeitgleich glücklich daran, dass ich keine Familie habe. Niemandem dem ich zu verdanken habe, dass ich dieses Leben lebe, in meinem Falle jedoch, eher niemanden den ich verfluchen kann. „Was hat sie dir getan?" wispere ich in ihr Haar und wünschte ich könnte sie wärmen, mit meiner Haut an der ihren.

„Nachdem mein Vater verschleppt und vermutlich getötet wurde, verlor sie den Glauben an die Liebe und auch in sich selbst. Viele Jahre verbrachte sie in Trauer und überließ mich mir selbst, einem jungen Mädchen, das ihren Vater verloren hatte, den Menschen den sie inniger liebte als sich. Du musst wissen, seine Augen und seine Nähe zeigten mir, was es heißt wenn man jemanden liebt. Zu alldem habe ich mich dann in Jason verliebt und wusste nicht, dass er mir bereits versprochen ist", sanft unterbreche ich sie: „Du hast ihn verlassen weil du dir nicht sicher sein konntest, dass er dich liebt?" nachdem sie sich von mir gelöst hat, hält sie meine Hände und sieht mich an.

„Daran sehe ich, dass du all das verstehst was ich fühle. Unglaublich für jemanden dem all diese Emotionen genommen wurden. Davor hatte ich Angst, er liebte es ein Elf zu sein, aber wie hätte ich jemals in diese grünen Augen sehen können und wissen sollen ob er die Wahrheit spricht?" diese Zweifel in ihrer Stimme würde ich gerne verschwinden lassen, sie lassen mein Phantomherz schwerer pumpen. „Bist du dir bei mir sicher, dass ich etwas für dich empfinde?"

„Bei dir bin ich mir mehr als sicher", dieses Lächeln erhellt die Dämmerung um uns herum, immer würde ich darum kämpfen dieses zu sehen, ich will in Zukunft immer der Grund für dieses Glück sein. „Ich liebe dich, Racquel", meine Hände bahnen sich ihren Weg zu den geröteten Wangen und dann küsse ich sie. Intensiv, damit ich ihr Stabilität verleihe und ich insgeheim hoffe, endlich etwas zu spüren. Lachend hängt sie an meinen Lippen und schiebt mich von sich weg: „Lass mich auch zu Worte kommen...", doch bevor sie weitersprechen kann, drücke ich sie an mich und verführe ihre Sinne mit meinen Küssen. „Ich liebe dich, Azul", bringt sie hervor, als ich sie kurz nach Luft schnappen lasse.

All diese Nähe hält mich gefangen, denn zuerst merke ich nicht, wie der Mond den Himmel emporsteigt und die Esctoiles sich auf den Weg in den Himmel machen.

„Ich muss los, Racquel", nach Atem japsend hieve ich sie auf meine Arme und werfe mir die Lichterkette über die Schultern, dann renne ich ins Haus und lege sie auf die Matratze.

„Soll ich dir in den Schlaf helfen?" frage ich, während ich bereits das Fenster öffne und in die Nacht starre, gebannt von ihrer Magie. „Ich bitte darum", gibt sie wispernd als Antwort und mit leisen Sohlen trete ich zu ihr, streiche über ihren Wimperkranz und küsse dann ihre Schulter. Nehme ihre schlaffe Hand und lege diese auf meine linke Brusthälfte, wo unter meinen Rippen beschützt mein Herz vorzufinden sein sollte, wenn ich eines besitzen würde.

„Träume gut, mein Liebling", vorsichtig lege ich ihre Hand auf die Bettdecke und springe dann mit einem Satz auf die Fensterbank, blicke noch einmal zurück bevor ich empor steige und meinen Miyakin am Himmelszelt erstrahlen lasse.

Als die Sonne aufgeht, krieche ich aus meinem Versteck hervor, in welchem ich die ganze Nacht verbracht habe, da ich niemanden sehen wollte. Zu aufgeregt, Racquel endlich wieder zu sehen, die einsamen Stunden im Himmel verstreichen lassen, um dann ihrem Angesicht entgegen zu treten. Schnell schnappe ich mir meinen Miyakin, rase an all den anderen Esctoiles vorbei um nicht in ein Gespräch verwickelt zu werden und begebe mich hinab um meine Geliebte sanft zu wecken.

„Meine Elfe", wispere ich in ihr Ohr und streiche eine verirrte Strähne hinter dieses, dann wische ich vorsichtig mit meinem Zeigefinger den Staub der ihr die schönen, ruhigen Träume schenkt hinfort. „Guten Morgen", kommt eine schlaftrunkene Antwort, die mein Inneres erwärmt.

„Haben deine Gedanken schöne Träume gefunden?" ein Lächeln erhellt ihr Gesicht und sie huscht an mir vorbei ins Badezimmer.

„Das fragst du noch?! Du Schlingel, weißt doch dass ich wunderschöne Träume dank dir habe", höre ich ihren Frohsinn gedämpft durch die Tür. „Darf ich dir etwas zeigen?" voll Euphorie klopfe ich an ihre Tür und bin froh, als sie mir endlich öffnet. Mit einem hohen, schönen Zopf aus ihrem braunen, langen Haar. Ihre Wimpern sind getuscht und ihre Wangen leicht gerötet. Das blassgrüne Kleid erinnert mich an den Wald, aus dem ich sie gerissen habe um sie hier her zu bringen, an einen Ort, der sie verändert hat. Äußerlich und innerlich.

„Was möchtest du mir denn zeigen?" ich ziehe sie zu mir und schlinge meine Arme um ihre Taille, bevor ich sie zärtlich küsse und mir dabei wieder der Kuss mit Levke einfällt, weswegen ich sie auf jeden Fall aufsuchen muss um das mit ihr zu klären. Ein für alle Mal, dass ich Racquel nicht mehr anlügen und verletzen muss, Levke muss verstehen, dass mein Phantomherz zurückkehrt ist und einen neuen Besitzer gefunden hat.

„Es war nicht ganz die Wahrheit als ich sagte, dass Skyler meine Schwester ist, denn wir Esctoiles sind nicht fähig uns zu vermehren. Kinder entstehen auf anderem Wege, sowie auch ich", Racquel entfernt sich und streicht mir über die Haut, vergewissert sich ob ich wirklich echt bin.

„Lass mich dir zeigen woher ich komme", sie nickt und lässt sich von mir an ihrer Hand zu einem besonderen Raum führen. „Warum hast du mir das nicht früher erzählt?" will sie wissen.

„Hättest du mir genug vertraut um mich das Ganze erklären zu lassen? So wie du es jetzt tust?" mit zwei großen Schritten hat sie mir den Weg versperrt und nimmt mein Gesicht in ihre kleinen Hände. Sieht mich lange an, bevor sie einen Kuss auf mein Kinn haucht und dann wieder ihre Augen öffnet. „In meinem Dorf stehen blaue Augen für Vertrauen", es kommt mir ewig vor, seit sie diesen Satz zum ersten Mal in meiner Gegenwart erwähnt hat. Diesmal gehören diese Worte nur mir und ich werde sie hüten, wie lange ist es her seit jemand mir mit solch einem ehrlichen Blick gesagt hat, dass er mir vertraut?

„Weil ich dir vertraue, zeige ich dir dieses Geheimnis", mit einer Hand öffne ich die Tür und ein wunderschönes Licht bedeckt uns, als wir den Raum betreten, in dem die Luft vor Magie erzittert. „Wie wunderschön…ich fühle mich ganz anders", wispert sie und berührt nur mit ihren Zehenspitzen den gläsernen Boden. „Hier werden die Esctoiles geboren und gehütet", meine Stimme klingt laut und lebendig in diesen vier Wänden, als würde ich Emotionen, die ich nicht verspüren kann, durch meine Stimme spürbar werden lassen.

„Sterne bestehen aus Wasserstoff, Kohlenstoff und Druck…", beginne ich und nehme sie bei der Hand, führe sie durch die Korridore. Der Boden gleicht einem Schachbrett, verschiedene Flächen, in denen man glitzernde Hüllen entdeckt. Tiefe Löcher in den

Boden gegraben, jede Fläche von der anderen getrennt, damit man hindurch schreiten kann.

„Was ist das?" ihre Stimme ist nicht mehr als ein Hauch, der von ihren Lippen hinüber zu meinem Gehör schwebt. „Dieses Becken, ist wie der Bauch einer Mutter, das Wasser darin, das Fruchtwasser und die zart leuchtende Hülle beinhaltet das Kind. Jeder Esctoile schimmert in einem anderen Licht, was von seinem Sektor rührt",

„Du spiegeltest damals die Farben schwarz und blau", stellt sie fest, diese Wahrheit bestätige ich mit einem Nicken.

„Viele Jahrhunderte verbringen die Esctoile-Embryos in dieser Umgebung, und irgendwann werden sie geboren. Ich bete, dass du eine Geburt miterleben kannst, es ist das Wundervollste was ich je erblicken durfte. Schöner als fast alles auf der Welt", und dann verfängt sich mein Blick in ihren Wimpern, zerfließt auf ihren vollen Lippen und sickert durch ihr seidenes Haar.

„Du bist so wunderschön", flüstere ich und drücke ihre Hand, daraufhin wendet sie sich von dem Wasser ab und ich bette meine blaue Iris in die ihre. „Immer willst du meine Aufmerksamkeit", schimpft sie lächelnd und ich kann mich nicht bewegen, kann nichts sagen, weil mich etwas an ihr fasziniert. „Willst du mir dann erzählen, wie Skyler zu deiner Schwester geworden ist?" mit einem festen Blinzeln, versuche ich die blaugrüne Mischung wieder vor meinen Augen zu sehen und das sanfte Braun verschwinden zu lassen.

„Zu der Zeit, war ich noch mit dem Mädchen zusammen, die dieses Hemd für mich genäht hat", ich verschweige, dass nahezu jedes Hemd, das ich besitze durch Lyls Hand erschaffen wurde.

„Sirius erzählte uns, dass bald ein neuer Esctoile geboren werden würde und fragte, ob wir uns diesen annehmen wollen würden. Lyl und ich redeten lange und führten viele Gespräche mit Sirius. Schließlich entschied ich mich dazu, Skyler als meine Schwester anzuerkennen, da Lyl nicht bereit für ein Kind gewesen ist", die Geschichte lässt sich in ein paar, kurzen Sätzen erklären, dabei war es ein endlos langer Moment gewesen, als ich meine Entscheidung traf. Wäre Skyler meine Tochter, so hätte ich vielleicht daran festhalten können, irgendwas von Lyl sei noch am Leben...auch wenn Skyler nie Gene von meinem hübschen Mädchen geerbt hatte.

Kurz schließe ich meine Augen und denke daran, wie ich früher auf dem Schoß meiner Liebe lag und genoss wie ihre Finger durch meine Haare fuhren. Wie ich kreise auf ihren Rücken zeichnete, wie sich ihre warmen Lippen auf meinen kühlen Lippen anfühlten, damals als ich noch etwas spüren konnte. Ganz schwach, als meine Sinne nicht getrübt wurden und letztendlich verschwanden.

„Ich liebe es, wenn du das tust", hatte ich völlig weggetreten geflüstert, als sie meinen Kopf massierte. „Ich liebe es, weil du es liebst", ich konnte ihr Lächeln hören, dass ich mir so genau eingeprägt hatte, Nächte damit verbracht hatte mir ihr Gesicht ins Phantomherz zu schreiben. Und *sie* dachte immer ich würde *sie* vergessen, wenn *sie* erst mal tot war, stattdessen, denke ich unaufhörlich an *sie*. An diesen wundervollen Menschen, der mir gezeigt hat, dass ich mich über mein Schicksal hinweg setzen kann. Der mir bewiesen hat, dass ich fähig bin zu lieben und als

sie starb, verdorrten all meine Hoffnungen. Die Scherben die übrig blieben, fügte Racquel wiederzusammen und hat mir damit gezeigt, dass ich immer noch lieben kann.

„Azul?" mit einem kräftigen Kopfschütteln, befreie ich mich aus dem Gefängnis aus der Vergangenheit, welches mich zu lange zu fest gehalten hat.

„Ich fragte eben, wo du geboren wurdest", ich knöpfe mein Hemd auf und befreie den Miyakin aus meiner Haut, lasse ihn meine Geburtsstätte aufsuchen. „Da befindet sich ja eine Hülle drin", lächelt sie und setzt sich auf ihre Knie, damit sie ganz nah das Funkeln betrachten kann.

„Nur Sirius weiß, wann ein Esctoile geboren wird", gebe ich niedergeschlagen preis und vergrabe meine Zähne in die Unterlippe. „Wie wundervoll es wäre, wenn ich eine Geburt miterleben könnte, ich will auch das Wundervollste auf der Welt sehen", mit einem Grinsen stupse ich ihre Schulter an und deute auf das Wasser, in welchem ihr Spiegelbild zu erkennen ist.

„Sehe dich am Schönsten der Welt satt, so wie ich es jeden Tag tue", mit einer scheuen Röte auf den Wangenknochen erhebt sie sich und drückt mir einen Kuss auf die Wange. „Nein wirklich, ich hoffe ich lebe lange genug", diese Worte versetzen mir einen Stich, mein Phantomherz brüllt und ich presse meine Hände so fest zu einer Faust, dass die Knöchel weiß hervortreten.

„Bitte sag so etwas nicht", sie blickt enttäuscht zu mir, darüber, dass ich die Wahrheit nicht teile, den Schmerz nicht annehmen will und sie ihn schließlich verkraften muss. „Es ist doch wahr! Du wirst ewig weiterleben und ich muss diese Welt verlassen, ich muss dich verlassen!" diese Gewalt in ihrer sonst so sanften Stimme, erschreckt mich, woraufhin ich einen Schritt zurücktrete und mir die Hände auf die Ohren presse. „Ich muss dich gehen lassen, denkst du das ist einfach?!" gebe ich laut zurück, lauter als ich eigentlich beabsichtigt hatte, doch ich bereue es nicht. „Wenn man jemanden liebt, dann muss man ihn gehen lassen".

„Ich bin nicht dein Jason! Und ich werde auch nie so jemand sein, denn ich kämpfe um alles was ich liebe!" an dem zerbrechen ihres Blickes, erkenne ich, dass ich ihr sehr weh getan habe, aber dieses Feuer in mir kann nicht mal durch ihre Tränen gelöscht werden. „Ich hätte bei ihm bleiben sollen, er hat mich wenigstens geliebt, mit seinem Herzen, das du nicht mal besitzt!" mit diesen Worten rennt sie hinfort, hinaus aus dem Raum, der immer voll von Magie für mich gewesen ist. Mit schnellem Atem bleibe ich stehen, bis ich schließlich zu Boden sinke und mir noch fester die Hände auf die Ohren presse um die Worte nicht weitereindringen zu lassen.

Aber es waren Worte, die nie mehr zurückgeholt worden konnte, sie hat mir eben mitgeteilt, dass sie nicht mehr bei mir sein will. Ich habe gehofft, sie noch ewig betrachten zu können, aber so wie sich mein Phantomherz gerade anfühlt, denke ich nicht gerade, dass es dazu nochmal fähig sein wird. Vielleicht hätten wir nicht versuchen sollen etwas zum Leben zu erwecken, was nur aus Lügen aufgebaut worden ist, jedes Geheimnis, dass ich ihr offenbare verletzt sie mehr als das Vorherige. Und wieder begegne ich dem Schuldgefühl des Kusses zwischen Levke und mir, den ich ihr noch nicht mal gesagt habe, jetzt jedoch vermutlich nie mehr erzählen muss.

„Verdammt! Es tut mir leid" brülle ich mir die Seele aus dem Leib und staune nicht schlecht, als Eloy hereinspaziert mit einer kreischenden Racquel auf der Schulter.

„Ihr zwei seid wahnsinnig. Ihr klärt den Streit jetzt, bevor einer von euch beiden sich noch umbringt aus Unsinn!" befehlt der Schönling und setzt Racquel vor mich auf den Boden, hält sie fest, aber nicht grob, an den Schultern. „Er hat sich bereits entschuldigt", fügt Eloy hinzu, mit einer sanfteren Stimme und sie sieht mich unter Tränen hinweg an. Mit solch schmerzendem Blick, dass ich fast an der glühenden Wut verbrenne. Um sie nicht zu verlieren, setze ich alles auf eine Karte: nehme meine Hände von den Ohren und lege sie auf ihre Wangen.

„Ich liebe dich, Racquel", dann küsse ich sie und warte was passiert.

Keine Selbstvermehrung

Liebe seid Ihr nicht fähig zu fühlen, genauso wenig wie andere Emotionen Euch beherrschen sollen. Deswegen seid Ihr nicht dazu ausgelegt Euch selbstständig zu vermehren, denn sonst wärt Ihr genauso dazu verdammt Euren Trieben zu folgen, wie die Menschheit dies tut.
Ihr seid aufgrund dessen nicht zu einer eigenen Fortpflanzung fähig.
Der Schöpfer hat Euch das besondere, magische Leben eines Esctoiles geschenkt, somit sollt Ihr dieses und den Schöpfer ehren und Euch nicht von Emotionen verführen lassen.
All Eure Aufmerksamkeit gebührt dem Schöpfer und dem Himmelszelt, welches Ihr des Nachts aufsucht.
Auch Eure Gefühlslosigkeit geht mit dem Sinn einher dass Ihr nicht dazu geschaffen seid Eure Triebe zu befriedigen.

Vielleicht denkt sie, dass ich nicht gemerkt habe, dass sie meinen Kuss erwidert hat. Aber als ich von ihr ablasse, lächle ich, weil ich weiß, dass es die richtige Entscheidung gewesen ist, sie mit einem Kuss zu überzeugen.

„Geht doch", stellt Eloy zufrieden fest und klopft Racquel auf die Schulter, bevor er uns alleine zurücklässt. In dem Scherbenhaufen, den wir angerichtet haben mit unseren messerscharfen Worten. „All diese Worte, tun mir so leid, ich liebe dich, ich will nicht weg von dir. Mein Herz weiß nicht wo hin mit sich, wenn es deine Gegenwart nicht spürt", ihre leisen Worte sorgen zwar nicht für das Verschwinden der wutentbrannten Sätze, aber sie lindern den Schmerz.

„Ich entschuldige mich, aber dieser Raum macht mich traurig, wenn ich dich ansehe und weiß…", mein schweres Schlucken, bricht die letzte Barriere und Racquel umarmt mich, hält mich zusammen, weil ich drohe zu zerbrechen.

„…dass ich dir niemals Kinder schenken kann", Worte die zäh und langsam über meine Lippen gleiten und die Luft verdicken, den Moment erschweren mit ihrer Last und der grausamen Wahrheit.

„Ich wollte nie Mutter sein", die Lüge, die sie ehrlich und als wahr zu verkaufen versucht, schmerzt mich.

„All deine Wünsche will ich dir erfüllen…", sacht löse ich sie von mir und sehe ihren verklärten Blick, die vielen Tränen, wovon ich weiß, dass ich sie nie alle werde auffangen können, bevor sie auf den Boden tropfen.

„In meinem Dorf hieß es immer: du weißt, dass es der Richtige ist, wenn du ihm in die Augen siehst und weißt, dass du Kinder mit ihm bekommen willst", diese Worte lassen den Selbsthass wieder empor steigen, ich hasse es ein Esctoile zu sein. In dieser Haut gefangen zu sein, zu wissen, dass es nie einen Ausweg geben wird. Und dennoch ziehe ich aus Selbstnutzen, einen geliebten Menschen mit ins Verderben, nur um nicht alleine zu sein. „Du hast etwas Besseres verdient, jemanden der dir ein Leben schenkt, dass du dir gewünscht hast", kurz schließt sie die Augen und atmet tief die Luft ein, die ich eben wütend ausgestoßen habe.

„Nirgends wäre mein Herz lieber als in deiner Nähe, was bringt mir ein Leben bei Menschen denen ich nichts bedeute. Ohne dich, reißt mich die Vergangenheit und all ihre Schuldgefühle wieder in den Bann und ich werde nie wieder diese klare Luft in meiner Lunge spüren. Kann mich nie mehr lebendig fühlen", Racquel öffnet ihre Augen, es scheint so, als hätte sie all die Wunden und Narben geheilt, die blaugrüne Mischung strahlt mir entgegen und ich kann nicht anders, als ihre Hand an meinen Mund zu führen und jede einzelne ihrer Fingerkuppen mit meinen Lippen zu berühren. „Versprich mir, dass du, wenn ich nicht fähig bin jeden deiner Wünsche dir von den wunderschönen Augen abzulesen, mir diese offenbarst. Meine Liebe will ich dir zeigen, dadurch, dass ich alles für dich tun werden um dir das Glück des Lebens immer strahlend vor Augen zu führen".

„Lass uns über die Angst und die Trauer reden, die du empfindest wenn du darüber nachdenkst, dass du keine Kinder zeugen kannst, lass mich an deinen Gedanken teilhaben, damit ich sie für dich in Emotionen packen kann", mit einem sachten Nicken verschaffe ich mir wertvolle Zeit, die ich dringender als alles andere auf der Welt in diesem Moment benötige.

„Gib mir kurz Zeit um mich zu sammeln um mir klar werden zu lassen, wie ich meinen Gedanken am besten Gestalt verleihe", mit geschlossenen Augen bahne ich mir den Weg zu einer Antwort frei und denke darüber nach, was ich ihr diesbezüglich mitteilen möchte und wie ich es schaffe ihr meine Angst zu schildern.

„Dich zu verlieren, weil ich bin wer ich bin, wäre das Schlimmste was passieren könnte. Denn ich weiß wie sehr ich bereue nicht fühlen zu können und wie grausam und unglaubwürdig meine Sätze bei dir klingen müssen", ihre Finger finden die meinen und sie lehnt ihre Stirn gegen meine. „Ich liebe dich, weil du bist wer du bist, verstehst du. Du bedeutest mir mehr, als all die anderen, du berührst mich, mit tauben Händen und das ist unbezahlbar", Worte die so zart und nackt sind, dass sie mich erröten. Langsam atme ich aus und ziehe ihre Finger an meine Lippen.

„Ich wollte immer dieses Lächeln in deinen Augen sehen, wenn du einmal erfahren würdest schwanger zu sein, dann wüsste ich, dass wir beide zu einem verschmolzen sind und für ewig auf dieser Erde wandeln. Aber nach dir wird dort eine Leere vorzufinden sein, wo einst mein Phantomherz lernte zu schlagen und zu lieben", sie entfernt sich von mir und entzieht ihre Hand der meinen, legt diese stattdessen über meine Brust.

Ein paar Minuten lang verharrt sie in dieser Position, schließt dann ihre Augen und ich genieße die Stille in diesem Raum, der mich immer schweigen lässt. Hier beginnt ein Leben, nichtsahnend wird ein seelenloses

Kind in einen menschlichen Körper geboren und wird nie dazu fähig sein zu fühlen. Ihr Atem wird ruhiger, flacher und entspannter während sie dort gegenüber von mir sitzt und ich mich in ihrem Anblick verliere, in diesem zarten Gebilde, mit Ecken und Kanten, an denen ich mich so gerne stoße. All dies hat seinen Reiz, verwickelt sich im Kopf und schleicht sich immer mehr in die Gedankengänge ein, verflicht sich mit den Erinnerungen, welche zu Sehnsüchten führen.

Das macht Menschen unvergesslich, diese Momente in denen sie sich ohne Angst hingeben und sich in sich selbst verlieren und Menschen wie ich, Menschen wie ihr dabei zu sehen und lernen bedingungslos zu lieben obwohl sie dieses Gefühl nie kannten. Jemanden daran zu hindern zu denken, kann nur wer bewirken, der ist wie sie, der lange in der Vergangenheit gelebt hat und irgendwann diese Schuld abstreifen konnte um jeden Tag in der Gegenwart zu erwachen. Und eines Tages werde ich dies ebenso tun können wie sie, aber erst wenn ich gelernt habe mir zu verzeihen. Für all meine Fehler, die auf Pfade leiteten, welche mich wiederrum auf Wege führte, die mich zu dem gemacht haben was ich heute bin. Dennoch habe ich Schande in der Vergangenheit begannen, welche ich in der Zukunft wiedergutmachen muss.

„Keine Kinder zu schenken, macht mich unglücklich, es schmerzt in mir, wenn ich weiß, dass ich dir diesen Wunsch nie werde erfüllen können. Ich bete darum, dass du mich nicht aufgibst", meine Stimme ist nur ein Wispern aus Angst, dass diese Worte, würden sie nur laut genug ausgesprochen werden, würden sie etwas zwischen uns zerbrechen, was nie wieder zusammengefügt werden könnte. „Ich liebe dich um deiner Willen, du wirst nie Kinder bekommen, nicht mit mir und mit niemandem nach mir, aber ich weiß, dass du sie mir schenken würdest, wenn du nur könntest. Und das Azul...", sie öffnet ihre Augen, gibt mir die Möglichkeit direkt in diese zu blicken um dort jede Wahrheit zu erkennen. „...bedeutet mir mehr als jeder Beweis".

Zu gut, sie ist zu gut für mich, rast es durch meinen stillen Kopf und hallt von den Wänden wieder. Mit nichts habe ich jemanden verdient, der so ehrlich zu mir ist, während ich diese Lippen ansehe und mich für diese Worte bedanken will und zeitgleich weiß, dass diese Lippen sie betrogen haben. Levke zählt zu meiner Vergangenheit, auch sie sollte ich los lassen, aber nichts fällt mir schwerer, als sie aus meinem Leben zu verbannen, solange ich nicht weiß, was die Sterne für mich bereit gehalten haben.

„Ich muss kurz fort, aber ich komme wieder", mit einem flüchtigen Kuss verabschiede ich mich von ihr und verlasse den Raum, den wir gemeinsam betreten habe. Erst dann beginne ich in einen lockeren Trab zu fallen und Levke aufzusuchen, schnell machen meine blauen Augen sie ausfindig, wie sie alleine das Haus verlässt und nach draußen schreitet.

„Levke!" brülle ich ihr nach und folge ihr, dem Wesen das mich innerlich droht zu zerreißen. „Eloy hat es mir erzählt..." falle ich mit der Tür ins Haus und packe sie grob am Arm, halte sie zurück, weil ich nicht anders kann als sie zur Reden zu stellen. „Du wolltest es, ich habe es in deinen Augen gesehen und ich kenne deine Augen, ich weiß deine Blicke zu deuten, besser als jeder andere im ganzen Universum".

„Wie konntest du nur solch schwere Schuld auf meine Schultern laden? Etwas das meine Liebe und mein Glück gefährden kann?" ihre Finger legen sich um die meine, welche grob ihren Oberarm umgreifen, damit sie gezwungen ist mir Antwort zu geben. „Ich habe es gesehen", wispert sie und sieht nach einem kurzen Moment auf den Boden, als würde dort die Antwort liegen.

„Was hast du gesehen?" will ich herausfordernd wissen und sehe wie ihre Hand sich von meiner entfernt und sie ihren Blick zurück in den meinen bettet. „Das du immer noch was für mich empfindest und ich will nicht das dieses Feuer, das wir seit Jahrhunderten am Leben erhalten, erlischt", mit einem Kopfschütteln löse ich meine Hand von ihr, vermeide jeglichen Körperkontakt den wir ohnehin nicht spüren können. „Erlischt? Levke du musst verstehen, dass das was wir auch immer hatten nicht mehr existiert, Racquel ist an meiner Seite ihr allein gebührt meine Liebe", und meine Küsse, füge ich für mich in Gedanken hinzu.

„Es tut mir leid aber ich schenke dir keinen Glauben, wenn du diese Worte sagst", tief im Inneren würde ich jetzt nichts lieber tun als sie zu küssen ihre Lippen die sich damals, als ich noch empfinden konnte, weicher anfühlten als ihre sanften Wangen über die meine Finger strichen.

„Wenn das Leben so einfach wäre, dann müsstest du nicht hier alleine mit mir reden", antwortet Levke eingeschnappt und bleibt etwas zu lange mit ihrem Blick an meinen Lippen hängen. „Und wieder hast du ihn diesen Blick", ihre Worte gehen beinahe unter in dem Chaos meiner Gedanken. Sie macht mich noch verrückt, mit ihrer Art, weil sie mich an meine Vergangenheit erinnert, als ich alles noch spüren konnte. Doch auch wenn ich sie berühre, weiß ich, dass meine Fingerspitzen nichts fühlen und dennoch will mein Phantomherz dies nicht begreifen. Dieses Gefühl kann ich nicht zurückholen, ich kann nichts wieder finden, was nie hätte existieren dürfen.

Vielleicht ist es jedoch genau das was diese Sache verkompliziert, dadurch, dass wir zwei nie für einander bestimmt waren und uns doch gegen diese Bestimmung auflehnten, indem wir lange eine Beziehung hatten, taten wir etwas Verbotenes. Keiner konnte sich zwischen uns stellen, wir waren ein Team, das Beste in welchem ich je Teil war. Denn auch die Liebe - die ich nicht empfinden kann - zwischen Lyl und mir, lief nicht immer so wie wir es uns gewünscht haben, zu viele Dinge haben uns unterschieden und führten zu Streitigkeiten.

Zu Streitigkeiten in welchen immer die gleichen, schmerzenden Worte zum selben Thema fielen, ein endloser Kreislauf aus dem wir nicht herausgekommen sind. Bei Levke und mir gab es nie viel Streit wir verstanden uns auf Anhieb, weil wir die Natur des anderen kannten, da wir selbst dazugehörten.

Dennoch haben wir uns nie wirklich wahrgenommen, wahrgenommen im Bezug darauf, wie weh wir dem Anderen getan haben. Das ganze hatte uns mehr und mehr zerbrochen in einzelne Teile, welche wir durch unsere Beziehung und Freundschaft wieder zu einem Bildnis zusammenfügten. Zu einem Bildnis aus ihr und mir, fast wie ein Kind das wir aufgezogen hatten, zwischen uns.

„Endlich finde ich wieder Hoffnung in diesem Chaos…", beginne ich und deute auf das Gebäude hinter uns.

„...endlich, bin ich wieder bereit zu lächeln und habe genügend Motivation um aufzustehen und jeden Tag aufs Neue meine Schritte zu vollenden. Gerade du weißt wie lange ich nach Lyls Ableben gebraucht habe um wieder auf eigenen Beinen stehen zu können. Mein Herz...", sie hält sich die Ohren zu, presst ihre Hände darauf um nichts hören zu müssen. „Sag nicht ständig Herz zu etwas was du nicht besitzt!", mich schmerzten diese Worte nicht, nicht mehr, weil ich wusste das sie ihr selbst galten. Jeder sagte zu ihr, *du hast eben ein zu großes Herz, Levke,* und während sie mich mit der harten Wahrheit verletzt, würde ich am liebsten ihre Tat ungeschehen machen, diese Worte mit welchen Eloy mich wissend gemacht hat.

Wissend über das, was ich verbrochen habe.

Dennoch haben zwei zu diesem Kuss gehört, nie haben wir gemerkt, was wir uns damit antun. Nie waren wir uns sicher, was wir ihr antun. Unsere Verbundenheit, die ohne Zuneigung zerbrechen und zugrunde gehen würde, aber wir lassen diese Stille nicht zu, nicht in diesem Moment. Auch in diesem Streit, bemerke ich ihren lauernden Blick, mit welchem sie nach Racquel Ausschau hält. Deutlich spüre ich ihren Wunsch danach meine Seele mit Küssen zu schwärzen, mit einem Verbot das Versprechen erneut zu brechen. Wie sie mich ansieht mit diesem bläulichen Blick, so voller Sehnsucht und Lust, dass ich sie am liebsten darum beten würde diese zu schließen. Andererseits will ich sie. Hier in diesem Moment. Weil ich die Zeit zurück will in welcher ich noch fähig gewesen bin etwas zu spüren. Ewigkeiten sind seit diesem bewusstem Erleben vergangen.

Um Racquel und meine Liebe zu beschützen sehe ich
Levke direkt in die Augen: „Levke, leider haben meine
Augen sich verändert, du hast keinen Schimmer was
sie sagen, weil du verlernt hast das zu sehen, was sie
zeigen, weil du zu beschäftigt warst zu sehen, was du
in ihnen sehen willst".

Augen

Eure Augen sind von besonderer Natur, sie zeigen
Euch und den anderen Esctoiles welchem Sektor Ihr
angehört. Jedoch ist nicht nur Ihre besondere Farbe
etwas Außergewöhnliches, sondern auch, dass der
Schöpfer Euch mit diesen aufzeigt, ob er Euch
benötigt.
Denn wenn es höchste Zeit wird in den Himmel
aufzufahren, so färben sich Eure Augen in ein tiefes
Schwarz. Am Morgen, wenn Ihr auf Erden ankommt,
strahlen Eure Augen in einem hellen Ton, im Verlauf
des Tages auf Erden verdunkeln diese sich immer
mehr, bis sie schließlich ein tiefes Schwarz aufzeigen.
Schaut auf Eure Augen, denn sie beherbergen Euer
Schicksal, sie sind Eure Richtlinie für ein gutes Leben
als Esctoile.
Ebenso verbinden Eure Augen Euch mit Eurem
Schöpfer, der Euch dazu berufen hat ihm zu dienen.
Wenn Ihr also Eure Augen in Eurem Spiegelbild
betrachtet, so ist es als seht Ihr dem Schöpfer in die
seinen.

Schließlich habe ich Levke zurückgelassen und den Weg zu Racquel aufgesucht, ich finde sie in den Laken wieder. Sie bewegt sich nicht, ich weiß nicht, ob sie schläft oder einfach nur nicht mit mir reden will. Weil ich nach wie vor das Gefühl habe, dass sie gemerkt haben könnte, dass Levke und ich Zärtlichkeiten ausgetauscht haben – und nochmals würde Racquel mir den Fehler nicht verzeihen. Sie würde mir nie im Leben denselben Fehler zweimal verzeihen, weil man normalerweise nicht den gleichen Verstoß erneut begeht. Mein Inneres jedoch teilt mir mit, dass jetzt zu wenig Zeit ist, um ihr alles ruhig zu erklären, denn der Himmel ruft nach mir. Also kämpfe auch ich mit einer Entscheidung: soll ich hier bleiben oder gehen. Ein Blick zum Himmel würde meine Entscheidung vereinfachen, würde mir zeigen, dass ich gehen müsste, aber das kann ich nicht den Himmel entscheiden lassen, nicht dieses Mal.

Aber ein Blick in den Spiegel würde es tun, weil er mich abhängig macht, leise trete ich ins Badezimmer und vor den Spiegel.

Dann bemerke ich die Ruhe im Schloss, weil keiner mehr hier ist. Wir sind ganz alleine und wenn ich wie jede Nacht verschwinde, ist sie es. Alleine.

Als ich vor meinem Spiegelbild bin, schließe ich meine Augen. Sehen will ich nicht. Nicht mich. Nicht meine Augen. Und zuletzt auch nicht mein Schicksal. Aber ich muss das tun, leben, für sie und den Himmel. Er gehört zu mir, er ist ein Teil von mir. Genau wie sie. Schließlich bewege ich mich dazu meine Augen zu öffnen. Schwärze. Schnell schließe ich sie wieder, nein, ich will das nicht. Nicht jetzt. Nicht heute. Ich kann sie nicht alleine lassen, egal ob sie schläft oder wach ist, denn ich muss mich mal wieder von ihr verabschieden, aber das will ich nicht. Nach einem Seufzen forme ich meine Hände zu einer Schüssel und schöpfe mir Wasser ins Gesicht.

Als ich mein Gesicht mit einem Handtuch abtupfe, höre ich plötzlich wie sich jemand an die Tür lehnt.

Ich schaue Racquel nicht an, weil sie sonst meine Augen sieht, weil sie sonst bemerkt, dass etwas nicht stimmt.

„Alles gut?" fragt sie, doch ich gebe ihr keine Antwort, stehe ihr einfach nur gegenüber, die Wahrheit verdeckt vor ihrem Angesicht.

„Komm ins Bett", wispert sie und zieht ungeduldig an meinem Arm. Mit noch geschlossenen Augen entferne ich das Handtuch von seinem bisherigen Platz und hänge es blind an einen der Haken.

„Ich kann nicht", flüstere ich und sie stöhnt auf. Enttäuschung.

„Warum?" ich öffne meine Augenlider und gebe so den Blick auf die Schwärze frei. Ihre Iris beginnt zu zittern, weil sie nun den freien Blick auf meine Augen hat.

Auf Augen die sie nur kennt, in deren wässrigen Blau und nicht in einem düsteren Schwarz.

„Sobald ich in den Himmel aufsteigen muss, dunkeln meine Augen – wie auch die jedes anderen Esctoiles. Wenn sie so schwarz gefärbt sind, bedeutet das, dass es höchste Zeit ist dem Befehl zu folgen", kurz bleibt sie stehen.

„Damals im Wald, als dich der Pfeil verletzt hat und ich einen Arzt aufgesucht habe, der dich rettet, haben deine Augen ebenfalls schwarz geschimmert", ihre Stimme verrät mir, dass sie sich erst jetzt bewusst wird, wie gefährlich jener Tag für mich gewesen ist.

„Geh", und sie geht aus dem Bad. Geschockt von ihrer Kälte bleibe ich stehen, doch irgendwann gebe ich mir einen Ruck und folge ihr. Sie steht am weit geöffneten Fenster, der Wind fährt ihr barsch durch das schöne, braune Haar.

„Ich wünschte ich müsste nicht fort, das weißt du", ich höre wie sie schluchzt und verzweifelt versucht die fallende Trauer aufzufangen.

„Geh schon. Lass mich allein, tue so, als sei ich dir nichts wert", nachdem ich hinter sie getreten bin, lege ich meine Arme um ihren Körper und sie lehnt sich an mich. „Du weißt, dass ich dich liebe. Ich tue das hier, weil ich dich liebe, längst wäre ich gegangen, hätte ich dich nicht hierhin mitgenommen. Würde ich nichts für dich empfinden hätte ich dir nie offenbart, dass ich ein Esctoile bin, aber ich kann nichts anderes als dich stolz zu machen, zu atmen. Für dich. Du bedeutest mir alles auf der Welt und ich wünschte, so sehr, dass ich nicht in den Himmel müsste, aber sieh dir meine Augen an. Liebst du sie nicht mehr wenn sie blau sind und Funken sprühen", langsam entfernt sie meine Hände und wendet sich mir zu.

„Natürlich, weil ich es gerne sehe, wenn es dir gut geht", sie stellt sich auf ihre süßen, kleinen Zehenspitzen und küsst meine Stirn, lange sieht sie mir danach in die Augen.

„Trotzdem musst du los", geschickt hieve ich sie auf das Bett und decke sie zu, werfe mich auf die Decke und drücke ihr einen Kuss auf die roten Lippen. Dann bewege ich sie zum Einschlafen, steige auf den Fenstersims und springe.

Die Nacht im Himmel ist schnell vorrübergegangen und das Klirren in meinen Venen hallt laut in meinem

Gehör wider, weil ich aufgeregt bin Racquel wieder zu sehen. Aufgeregt, weil ich ihre Präsens direkt in der meinen genieße. Und zum anderen, weil ich ihr immer noch von dem Kuss erzählen sollte.

Als ich in das Zimmer komme ist sie bereits wach, erhebt sich dann von der Matratze und kommt mit verschränkten Armen vor mir zum Stehen.

„Levke war hier und hat mir von eurem Kuss erzählt", ihre Worte klingen kühl, ohne jegliche erkennbare Emotionen darin. Außer vielleicht Verabscheuung und Enttäuschung, welche ich nur erkenne, weil ich sie seit langer Zeit mit ihren Emotionen vor mir sehe.

„Es tut mir leid...", sie unterbricht mich, löst ihre Arme vor der Brust und deutet mit ihrem Zeigefinger auf meine Brust.

„Dir tut immer nur alles leid! Warum hast du mir nicht davon erzählt?" ihre Enttäuschung wird sichtbarer, zeichnet sich in ihrer Mimik ab, vollkommen klar kann ich es von ihren Gesichtszügen ablesen, wie verletzt sie von meiner Unehrlichkeit und meiner Aktion ist.

„Ehrlich gesagt, wusste ich nicht, wie ich es dir sagen soll, weil ich es nicht verdient habe, dass du mir zweimal denselben Fehler verzeihst. Ich habe Angst dich zu verlieren", sie atmet ein paarmal tief durch, was ich deutlich wahrnehmen kann.

„Was denkst du?" will sie wissen und ich spreche das aus, was mir gerade durch den Kopf geht.

„Reden. Wir treffen uns in ein paar Minuten, wir versuchen einen klaren Kopf zu kriegen und sprechen dann alles durch".

„Okay", ist das letzte Wort, welches sie von sich gibt, bevor sie mich in dem Raum zurücklässt.

Reden. Das habe ich mir überlegt. Einfach mal mit ihr ins Gespräch zu kommen. Über alles reden was gewesen ist und wahrscheinlich noch passieren wird. Sie wollte wieder kommen und ich weiß, dass sie sich lieber davor drücken würde, die Augen vor dem verschließen, was gewesen ist.

„Hier bin ich", sie setzt sich auf den Boden, Hände zu Fäusten geballt und die Arme fest vor der Brust verschränkt. Sie hält ihren Blick auf dem Boden. Als ich mich neben sie setzen will, sieht sie auf. Diese Lippen, die unter den spitzen Zähnen gelitten haben und leiden, weil sie sich immer wieder in die dünne Haut graben. Rote Wangen, angespannte Kiefermuskeln.

Und ihre Augen. Der gläserne, zerbrochene Blick, der stark sein will und verzweifelt gegen jeden Gegner verliert. „Reden", flüstere ich.

Selbst von mir erstaunt wie kalt meine Stimme klingt. „Der Kuss mit Levke tut mir aufrichtig leid. Aber nur wegen dir kann ich nicht mein Leben verändern. Ich kann Levke nicht derart von mir stoßen, weil du irgendwann stirbst und ich muss noch weitere Jahrhunderte mit meinen Mitmenschen und mir selbst leben. Aber ich verstehe dich, ich selbst sehe mich an und ...", sie unterbricht mich. „Du liebst sie und das verletzt mich. Ich liebe nur dich", von diesem Schock, von dieser Tatsache bin ich überrascht, ich habe diese Geschichte nie von einer anderen Sichtweise aus betrachtet.

„Du hast Recht, ich liebe viele Menschen. Aber Liebe ist nicht das richtige Wort, ich bin verbunden mit diesen Menschen, weil sie zu mir gehören, mich ausmachen, sie teilen meine Vergangenheit. Aber wir empfinden nichts, ich küsse sie und spüre nichts,

sehe keine Reaktion. Aber dann küsse ich dich, um zu sehen, wie deine Augen leuchten, ich liebe jedes Gefühl das du empfindest, ich lausche so gerne deinem beschleunigten Herzschlag und betrachte die Gänsehaut auf deinem Körper. Wenn du schläfst oder träumst dann traue ich mich nicht dich zu berühren, weil ich Angst habe, dich zu wecken oder dir Angst einzujagen, denn dann kannst du dich nicht vor mir beschützen. Und wenn du schlecht träumst liege ich neben dir und warte bis du dich beruhigt hast. Ich sehe zu wenn du weinst und halte deinen bebenden, zitternden Körper, bringe dich dazu, dass deine süßlichen Tränen deine Mundwinkel heben und deine Stimme geheilt wird. Ich selbst kann mir nichts Schöneres vorstellen, als deine Augen leuchten zu sehen. Wie hell deine Augen strahlen können wenn du glücklich bist. Damals im Wald als du um dein Dorf gekämpft hast, habe ich deinen Blick gesehen, wie stark du gewesen bist. Und ich habe auch gesehen, wie du Jason angesehen hast, als ihr von draußen zurückgekehrt seid. Wie eure Augen geleuchtet haben in einer Mischung aus Liebe und Leid.
Ich wollte das auch erreichen, damals, und habe mich so sehr gefreut, als ich es geschafft habe. Und dafür lebe ich. Um dich glücklich zu machen, vergessen zu lassen, zu beruhigen, zu beschützen und um dich Liebe spüren zu lassen. Ich möchte nicht, dass du denkst, dass ich dich nicht liebe", verzweifelt versucht sie mit ihren kleinen Fingern die Tränen aufzufangen und hinfort zu wischen, weil sie das Geräusch hasst wenn ihre Trauer ungehalten zu Boden tropft.
Im Moment kann sie meine Nähe nicht gebrauchen, deswegen habe ich Angst sie zu verlieren, wenn ich

ihr jetzt zu nahe komme. „Ich weiß, dass du mich liebst aber …", sie schüttelt den Kopf und ich hasse es diese Hilflosigkeit in ihrer Körperhaltung wiederzufinden.

Doch ich warte noch einen kurzen Augenblick ob sie etwas sagen will. Erneut öffnet sie ihren Mund, verliert jedoch ihren Mut und schließt ihn wieder.

„Ich kann mir einfach nicht vorstellen ohne dich zu sein, deshalb sitze ich hier mit dir und versuche eine Lösung zu finden, weil ich dich nicht verlieren will", sie schüttelt den Kopf.

„Willst du mich in den Arm nehmen", langsam gehe ich ihrem eben ausgesprochenen Wunsch nach und lege den Arm um sie, ziehe sie zu mir her und streiche ihr das Haar auf die Seite.

„Ich möchte dich nicht verändern, oder etwas verbieten, dafür liebe ich dich viel zu sehr", sanft streiche ich ihr mit meinem Daumen über die tränennasse Wange.

„Weine einfach, lass die Stille das regeln", und sie hört auf meine geflüsterten Worte, sie schweigt und beginnt zu schluchzen. Es tut gut sie zu trösten, sie zu halten und zu wissen, dass sie einem doch nicht gestohlen worden ist. Dass sie gerne die tröstende Hilfe aufsucht.

In jener Position verharren wir eine Weile, bevor ich sie darum bete sich zu erheben und mir zu folgen.

Mit ihrer Hand in der meinen, führe ich sie nach draußen hin zu dem Pavillon der einsam auf der grünen Wiese steht.

Dann treten wir in die Mitte von diesem, direkt in den Stern der auf den Boden gezeichnet ist und ich blicke nach oben, damit sie meinem Blick folgt. An jener Stelle befindet sich ein großes Loch in der Holzdecke, damit man in der Nacht die andern Esctoiles betrachten kann.

Der Rest des Pavillons besteht aus dunklem Holz, welches an manchen Stellen von ein paar Blüten umwachsen ist.

„Es ist schön hier", flüstert sie, dann lege ich ihre Hände um meinen Hals und führe meine an ihre Hüfte und bewege mich dann in einer sanften Melodie die ich in meinem Kopf höre.

„Ich danke dir, dass du bei mir bleibst", wispere ich, so leise, dass nur sie meine Worte hören kann, weil ich nicht möchte, dass jemand anderes die Macht bekommt mich mit diesen Worten zu verletzen.

„Manche Fehler sind es wert verziehen zu werden, wenn man die Reue bemerkt und das es sich lohnt diese zu vergeben", in jenem Moment scheint es mir, als habe Racquel verstanden, dass es ihr selbst besser ergeht, wenn sie lernt Menschen zu vergeben.

„Vermisst du dein Zuhause?" frage ich schließlich und sie kommt zum Stehen, was mich auch dazu bringt in meinen Bewegungen innezuhalten.

„Manchmal, wenn ich die Narben an meinem Körper betrachte, wird mir klar, dass dort niemand mehr ist der auf mich wartet. Mein Vater ist seit langer Zeit aus meinem Leben verschwunden, ein Mann, der mir so viel im Leben bedeutet hat. Daher rührt der Großteil meiner Trauer, weil ich bemerke, dass umso mehr Zeit verstreicht, ich immer mehr von ihm vergesse: den Klang seiner Stimme, seine Mimik und wie es sich angefühlt hat, als er mich im Arm gehalten hat. Alles verblasst immer mehr von Tag zu Tag. Ich hätte einfach gerne mehr Zeit mit ihm gehabt…aber das hätte wohl jeder gern, von dem ein geliebter Mensch gegangen ist. Man ist nie zufrieden mit dem was man hat", sie wartet kurz, holt tief Luft und sieht dann in meine Augen.

In denen ich jede Erinnerung mit Lyl verstecke, damit sie diese nicht erkennt, denn auch ich hätte gerne mehr Zeit mit diesem wundervollen Menschen verbracht.

„Aber ich vermisse auch Nita, Jason, Rya und Jinkx, weil sie wichtige Menschen in meinem Leben gewesen sind. Sie waren bei mir für eine lange Zeit und ich hoffe, dass Jason und Rya einen Platz in dieser Welt gefunden haben", ihre Worte verlieren immer mehr an Kraft, dann löst sie ihre Hände von meinem Nacken und schließt diese um meinen Rumpf, bettet dann ihren Kopf an meine Brust und lauscht dem Klirren des Goldes in meinen Venen.

„Du weißt, ich werde immer für dich da sein. Dein Herz werde ich für ewig behüten", als ich meine Hände ebenfalls um ihren Körper legen will, blickt sie auf und direkt in meine Augen.

„Es war die richtige Entscheidung meinen weiteren Lebensweg mit dir zu gehen, das wird mir jeden Tag mehr bewusst. Denn ich bemerke, dass ich immer mehr meine Vergangenheit ruhen lasse, dass ich meinem Herz die Möglichkeit gebe sich heilen zu lassen - von dir", ihre Worte sickern tief in meinen Verstand, denn ich möchte sie behalten – auf ewig. Versuche diesen Moment klarer zu sehen als andere, damit ich mich immer wieder an diesem Augenblick satt sehen kann.

„Du kannst dir nicht vorstellen, wie es sich damals angefühlt hat, als wir zu viert in dieser kleinen Holzhütte saßen. Rya, die versucht hat Schlaf zu finden, und wir drei uns gegenüber. Jason und ich, während du gleichweit von uns beiden entfernt saßt.

Als du mich direkt angesehen hast, ist mir all die Last von den Schultern gefallen.

Vor allem aber die Angst, dich gehen lassen zu müssen, obwohl ich noch nicht einmal die Möglichkeit hatte dich richtig zu halten", ein kleines Lächeln liegt in ihrem Blick.

„Mir kommt es immer mehr so vor, als würde ich erst leben seit ich bei dir bin, all die Zeit davor scheint mir nicht als hätte ich gelebt", meine Hand streicht ihr eine Strähne aus dem Gesicht, dann lege ich meine Finger an ihre Wange und beuge mich etwas hinab um sie zu küssen.

Niemals hätte ich mir auch nur erträumen lassen, dass ich nochmals dazu fähig bin mich in einen Menschen zu verlieben.

„Ich habe endlich begriffen, was es bedeutet zu leben. Dank dir", nach ihren Worten bewege ich mich nach oben in unsere eigenen vier Wände, während Racquel sich etwas zu essen besorgt.

All die Schritte die ich in diesem Moment ohne sie gehe, ertönt ihr letzter Satz immer wieder in meinem Gehör und bringt mich dazu, mehr über dessen tieferen Sinn nach zu denken.

Warum sind Esctoiles da?

Der Schöpfer hat Euch erschaffen, damit Ihr ihm dient, vergesst dies nicht.
Er hat Euch das Leben auf Erden geschenkt, das Ihr erkennt wie viel schöner das Leben im Himmel ist, damit Ihr ihn ehrt.
Ebenso hat er Euch mit Künsten bestückt und Euch damit eine Bestimmung zu Teil werden lassen.
Ihr seid der größte Stolz, den der Schöpfer besitzt.

Alleine laufe ich auf den Balkon, lege meine bebenden Hände auf das Holz und starre auf den Rasen.

Neben ihm befindet sich der See. Vielleicht sollte ich sie loslassen, jetzt, wo sie begriffen hat, was Leben bedeutet. Lyl habe ich damals auch immer frei gelassen, ich fragte sie, ob sie gehen will, oder bei mir bleiben und sie blieb damals. Ich sollte Racquel ebenso diese Tür offen lassen.

„Liebling?" dort kommt sie zu mir geschlichen auf leisen Sohlen. Sanft und unsicher legt sie ihre Hände von hinten auf meine Brust, welches ich durch einen Blick nach unten bemerke.

„Ist alles gut?" will sie wissen und reibt ihre Zehen aneinander, weil sie langsam kalt werden, immerhin haben wir eben draußen in dem Pavillon eine lange Zeit verbracht.

„Ja…nein", ich drehe mich um und nehme ihre Hände in meine.

„Ich muss dir etwas sagen", kurz achtet sie nicht darauf ihre Emotionen zu verstecken. Sie sieht mich offen an, dann verschließt sie sich um den Kampf gegen ihr Herz zu gewinnen. Diesen Satz, den ich eben von mir gegeben habe, so kurz darauf wieder erklingen zu hören verletzt sie, weil sie immer wieder hofft, dass all diese Geheimnisse bald ein Ende haben.

„Ich habe versucht dich hier einzusperren, dich festzuhalten und das war falsch von mir. Ich will, dass du leben kannst und möchte dir hiermit mündlich die Freiheit übergeben. Dass es dir ohne schlechtes Gewissen überlassen ist, ohne mich zu fragen, raus zu gehen", sie lächelt nach meinen Sätzen.

„Und dir ist es auch erlaubt mich jederzeit zu verlassen", flüstere ich nach einem Schlucken und blicke auf ihre blau angelaufenen Zehen. Sie stellt sich auf ihre Zehen und küsst mich.

„Dich verlassen werde ich erstmal nicht", irgendwie fühle ich mich wohler jetzt, vielleicht weil ich ihr offen gesagt habe, dass sie selbst Entscheidungen treffen darf. Sie lächelt mich an und dann stellt sie sich an den Rand des Balkons und lässt ihre blaugrünen Augen über das rege Treiben unter ihr schweifen. Nun stelle ich mich hinter sie und verflechte meine Hände auf ihrem Bauch. Sie lehnt sich zurück und schließt ihre Augen. Ich bin so unendlich glücklich darüber sie bei mir zu wissen, dass ich ihr in die Augen sehen kann, egal welche Uhrzeit die Zeiger zeigen, Ich kann sie berühren und muss keine Angst haben, dass ich sie verliere. Sie liebt mich und ich sie, es ist einfach dieses Vollkommenheitsgefühl, das da zwischen uns pulsiert. Nie wieder will ich dieses wunderschöne Wesen missen.

Schließlich ruft mich Sirius in den Saal und ich lasse Racquel zurück, weil sie sich dazu entschlossen hat, sich nochmal etwas ins Bett zu legen.

Im Saal lasse ich mich auf das Sofa nieder, unwissend, was mich erwarten wird. Mit all meinen Gedanken bei Racquel bis ich sehe wie eine junge Frau den Saal betritt.

Ihre Haare tiefschwarz und zu einem straffen hohen Pferdeschwanz gebunden. Nur ein paar vereinzelte Strähnen hängen ihr ins Gesicht. Die hellen Augen - ich weiß, dass sie es sind - sind gut unter einer großen Sonnenbrille versteckt. Ihre Lippen sind etwas ungleich, die obere ist größer als der Rest des Mundes, die kleine Nase ist schmal. Sie trägt ein ärmelloses Kleid, nicht mal dünne Träger besitzt es, unter einer viel zu großen karierten Jacke. Das Kleid reicht bis zur Mitte ihrer Oberschenkel und schmiegt sich wie eine zweite Haut um ihren Körper. Ihre Fußnägel sind schwarz lackiert und sie trägt gelbe Sandalen, deren Bänder bis kurz unters Knie reichen, die perfekt zur gelben Jacke passen. Das enganliegende Kleid ist schwarz. Als ihr Blick auf mich fällt leuchten ihre strahlend blauen Augen durch die schwarz getönten Gläser ihrer Sonnenbrille.

„Gemma", quietscht sie und rast auf mich zu, ich erhebe mich vom Sofa und werde von ihrer Euphorie wieder zurück in die Kissen gedrückt.

„Njall ich hab dich unheimlich vermisst", sie küsst mich auf den Mund, ihre Lippen erinnern mich an damals. Mein Nacken liegt auf der Lehne des Sofas, der Rest meines Körpers ist ziemlich unbequem verteilt und mein Hintern schwebt fast gänzlich in der Luft. Njall löst sich seufzend von meinen Lippen und nach diesem Kuss muss ich ihr sagen, dass ich bereits vergeben bin.

Doch ich weiß, dass ich erstmals Schweigen werde, weil ich mich hüten muss sie zu verletzen.

Denn Njall ist meine andere Hälfte am Sternenhimmel, mein Gegenstück unter den Esctoiles.

Njall bedeutet, zumindest für meinen Miyakin, Perfektion.

„Warum bist du hier?" will ich wissen, während sie mir erneut einen Kuss auf die Lippen drückt, weil wir uns schon eine Ewigkeit nicht mehr gesehen haben.

„Unsere Zeit ist bald gekommen, wir müssen die Prozedur vollziehen", ein Lächeln strahlt auf ihrem Gesicht, auch wenn mich deswegen erst Freude überkommt wird mir zeitgleich klar, dass das Glück von Njall Racquels Pech ist. Denn das was zwischen Njall und mir passieren wird, wird Racquel nicht verstehen.

Leider.

Während Njall und ich uns eine längere Zeit unterhalten, bemerke ich, dass irgendetwas nicht stimmt, also führe ich Njall zu ihrem Zimmer, welches ihr die nächste Zeit gehören wird und mache mich dann auf die Suche nach Racquel.

Doch in unserem Zimmer kann ich sie nicht finden, nur durch das offene Fenster höre ich klar und deutlich ihre Stimme, aber auch eine andere. Eine Stimme, die ich nicht mit ihrer gemeinsam hören will. Schnell sprinte ich dahin, wo mein Gehör mich hinträgt, zügle jedoch meine Wut um erst einmal zu beobachten was da vor sich geht.

„Ich bin froh dass du hier bist", Faith sitzt unmittelbar neben Racquel, seine Finger liegen auf den ihren und ihr Rücken ist mir zugewandt.

„Ich bin auch sehr froh darüber, mir gefällt es hier. Es ist schöner als in meinem Dorf damals", ihre Stimme klingt warm, sie umgibt mein Phantomherz.

„Das mag an dir liegen, dass es hier so schön ist", er schmeichelt ihr mit seinen Worten, die ihm bestimmt einen Zuckerschock bereiten, wenn er sie derart süß umwickelt.

„Wegen mir?", lacht sie schüchtern, weil sie nicht bemerkt, dass er mit ihr flirtet, dass er versucht sie zu verzaubern mit seinen wohligen Worten.

„Es gibt zwar viele Esctoiles, aber nur eine wie dich. Was ich damit sagen will", er legt seine Finger unter ihr Kinn, damit sie ihm direkt in die Augen blickt. „Es gibt viele schöne Sterne am Himmel, aber der Schönste befindet sich auf Erden, direkt vor meinem Angesicht", etwas brennt heiß in meinem Inneren, bahnt sich den Weg von meinem Miyakin hinauf zu meinen Stimmbändern, verstreut sich bis hin zu meinen Händen, welche sich von diesem Gefühl übermannen lassen und sich zu Fäusten ballen.

„Du gefällst mir unheimlich", nach diesen Worten von ihm, erkenne ich, dass sie Jason vor sich sieht, wie er sie anlächelt mit seinen grünen Augen und den braunen Locken.

Seine Lippen kommen den ihren gefährlich nahe, dann überrennen mich meine Emotionen, die ich eigentlich nicht spüren kann und ich renne auf die Beiden zu und packe ihn grob an der Schulter.

„Finger weg, Faith!" der scharfe, laute Klang meiner Stimme erschreckt mich selbst und auch Faith scheint überrascht von meiner plötzlichen Anwesenheit.

„Lass mich los!" seine lauten Worte reichen nicht aus um mich zum Innehalten zu bewegen, meine Kraft steigt ins Unermessliche.

Racquels blaugrüne Augen springen zwischen Faith und mir hin und her.

„Gar nichts werde ich tun!" dann packe ich ihn am Kragen seines Shirts und ziehe ihn auf die Beine, stoße ihn mit seinem Rücken gegen einen Baumstamm.

Er bringt große Kraft auf und schlägt mir mit seiner geballten Faust in die Magengrube, nur schwach spüre ich den Schmerz.

„Wie du doch bereits sagtest, ich bin zu alt, ich spüre all diese Gefühle auf meiner Haut nicht mehr. Du aber schon", somit entferne ich ihn von dem Baumstamm in seinem Rücken, jedoch nur damit ich seinen Körper gegen die Schlosswand schmeißen kann.

Auf dieser zeichnen sich ein paar Risse ab, die sein Körper dort hinein gemeißelt hat.

„Bist du des Wahnsinns!" brüllt er, holt ein Messer aus seiner Hosentasche und beweist mir, dass nun aus Spiel Ernst geworden ist.

„Bitte, tu das nicht!" kreischt Racquel verzweifelt und will sich zwischen uns drängen, doch ich bedeute ihr mit meiner Hand, dass sie innehalten soll.

Dann rennt sie davon. In diesem Moment folge ich ihrer Gestalt und verpasse dabei mich auf den Feind zu konzentrieren.

Dieser nutzt die kurze Zeit, in welcher ich unaufmerksam gewesen bin, und verpasst mir ein paar gekonnte Schnitte auf den Armen, aus welchen sofort das Gold sickert.

„Stopp!" Sirius Stimme ereilt uns, er kommt bestimmt auf uns zu, mit Racquel an seiner Seite. Ihre Flucht hat sie also dazu genutzt Sirius zu holen und somit unseren kleinen Kampf zu beenden.

Äußerst weise von ihr.

„Ihr Beide kommt mit in mein Zimmer!" um seinen Worten mehr Ausdruck zu verleihen, packt er an einem Arm Faith und an dem Anderen mich, Racquel folgt uns ebenfalls.

Vollkommen gedemütigt schleppt uns Sirius in sein Zimmer, vorbei an all den verwirrt dreinblickenden Esctoiles.

Schließlich öffnet Racquel uns die Tür und schließt sie ebenfalls hinter uns, nachdem uns Sirius jeweils in einen Sessel gedrückt hat, danach meiner Liebe einen Sessel anbietet und sich dann zuletzt selbst in einen sinken lässt.

Nach einem schwerfälligen Stöhnen fährt er sich mit seiner Hand durch das weiße Haar und schüttelt sein Haupt.

„Darf ich bitte erfahren, was in euch gefahren ist?" will er wissen, blickt dann auf und betrachtet uns beide, schwenkt mit seinem Blick von Faith bis hinüber zu mir und wieder zurück, was deutlich durch seine äußere Erscheinung wird. Wenn er Faith anblickt tritt das grüne Dreieck in seiner Iris in den Vordergrund und es unterbrechen braune Strähnen die weißen Haaren.

Sobald sein Blick mich mustert, leuchtet das blaue Dreieck und man erkennt deutlich die schwarzen Strähnen.

„Er hat versucht Racquel zu küssen", obwohl nach wie vor etwas Heißes in meiner Brust lodert, versuche ich, meine Stimme ruhiger klingen zu lassen, damit Sirius uns schnell wieder entlässt und ich nicht länger dazu verpflichtet bin unmittelbar neben Faith zu sitzen.

Mit einer hochgezogenen Augenbraue schwenkt sein Blick hinüber zu Faith: „Stimmt das?" diese Frage fordert Faith dazu heraus die Wahrheit zu sagen.

„Zu einem Kuss gehören zwei", der süffisante braune Blick trifft den meinen und dann räuspert sich Racquel, was dazu führt, dass wir alle drei uns ihr zuwenden.

„Ich liebe Azul, mein Interesse eines Kusses besteht nur bei ihm", Sirius lächelt und beendet mit diesen

Worten das Gespräch, er scheint durchaus zufrieden damit zu sein, dass Racquel unser Problem gelöst hat.

„Lass uns deine Wunden säubern", Racquel greift nach meiner Hand, während Faith mich anrempelt, mir daraufhin einen wütenden Blick zuwirft und dann verschwindet.

Meine Elfe und ich treten dann wieder in unser Zimmer und sie fordert mich auf es mir auf dem Bett bequem zu machen.

„Zeig mal her", bittet sie und ich zeige ihr meinen Arm, dann erhebt sie sich und hantiert dann an den einzelnen schmalen Schnitten herum.

„Darf ich dich etwas fragen?" sie antwortet mit einem Nicken, während sie damit beschäftigt ist die Wunden zu reinigen.

„Warum warst du bei Faith?" kurz blickt sie auf. „Er kam hier in unser Zimmer, während ich gerade dabei war zu schlafen. Er meinte, dass er gerne mit mir reden würde und hat mir dann etwas über sein Leben hier erzählt. Dass er es manchmal schwer hat hier Halt zu finden unter den Esctoiles. Deswegen flüchtet er, genau wie du geflüchtet bist. Ich denke einfach nur, ...", sie blickt wieder auf meinen Arm und arbeitet weiter.

„... dass er versucht seinen Halt zu finden. Und vielleicht hat er gehofft er findet diesen in mir, denn immerhin hast du mich auch da draußen gefunden. Deswegen glaube ich ihr zwei seid euch ähnlicher als ihr vielleicht immer dachtet", nach ihren Worten bin ich sprachlos, denn sie hat Recht, so unterschiedlich sind Faith und ich nicht.

Wir versuchen beide einen Weg zu finden, dieses Leben etwas erträglicher und lebenswerter zu gestalten, durch welche Mittel auch immer.

„Und warum bist du uns gefolgt?" will sie schließlich wissen, eine Frage, auf die ich natürlich eine Antwort werde geben müssen.

„Ich bin ehrlich, ich traue ihm nicht wirklich. Er mag dich sehr und das erinnert mich an Jason. Meine bedingungslose Liebe bedeutet leider, dass ich in ständiger Angst lebe meine Liebe zu verlieren. Entweder weil ich es mir selbst zuschulden komme lasse, indem ich zum Beispiel zu Levke gehe und diese küsse. Oder eben, wenn ich mich nicht darum kümmere, dass es dir gut geht und dabei zuschaue wie du immer mehr in den Armen eines anderen liegst.

Und beide Seiten sind für mich grausam, denn dich zu verlieren wäre schlimm für mich. Weil du doch mein Halt in dieser Welt bist", sie lächelt, legt dann meinen Arm beiseite, bei welchem das Gold aufgehört hat aus den Schnitten zu rinnen und setzt sich neben mich auf das Bett.

„Deinen Halt wirst du nicht verlieren, zumindest so lange nicht, wie ich die Bemühungen deiner bedingungslosen Liebe hinter deinen Aktionen erkenne", dann legt sie ihren Kopf auf meine Schulter und ich hauche ihr einen Kuss auf den Scheitel.

„Solange du bei mir bist, wirst du all meine Absichten erkennen", dann kuschelt sie sich an mich und meine Arme umgeben sie, so vergeht die Zeit, bis schließlich die Dunkelheit in den Raum tritt und Racquel in meiner Gegenwart den Schlaf gefunden hat.

„Schlaf gut meine Elfe", vorsichtig erhebe ich mich, ziehe die Decke von der Matratze und bette sie darauf, breite dann die Decke über ihrem Körper aus und küsse sie auf die Wange.

Langsam trete ich vor das Fenster, steige dann auf den Fenstersims und blicke nach draußen, erkenne wie die einzelnen Esctoiles dem Ruf des Himmels folgen und in diesen auffahren.

Dann spreche ich zu meinem Schöpfer in meiner Sprache, mein letzter Blick jedoch gebührt der schlafenden Racquel.

Wir haben viel erlebt in unserer gemeinsamen Zeit, wir haben vieles durchgestanden und dadurch bewiesen, dass unsere Liebe stärker ist als all die Probleme die uns begegnen.

Und irgendwann wird die Zeit kommen, in der wir von jedem Geheimnis wissen und das pure Glück genießen können.

Diesen Tag strebe ich an, meine Liebe.

Diesen Tag.

Identität

Euer Sternenname ist jene Bezeichnung, die der Schöpfer Euch gegeben hat. Genießt es mit großer Vorsicht diesen Namen auszusprechen.
Wenn Ihr Euch jedoch dazu getrieben fühlt unter Menschen zu gehen, so legt Euch einen Namen zu, der weit von Eurem wahren Namen entfernt ist.
Gebt niemandem die Chance diesen herauszufinden, der ihn nicht wissen darf.
Eure gesamte Identität, bedeutet: Eure besonderen Augen- und Haarfarbe die Euch Euer Sektor verleiht sollen vor fremden Augen stets verborgen bleiben.
Sagen wir es so, die Gewissheit, dass Ihr ein Esctoile seid soll nur Euch allein gebühren.

Oben angekommen, versuche ich schnell einen Weg zu finden um der Menge zu entgehen, mich zu verstecken und zu beschützen vor fremden Gesprächen, die wollen das ich ihnen lausche obwohl ich wenig Interesse gegenüber anderen hege.
Einen gute Stunde Fußmarsch später fühle ich mich sicher genug um meinen eigenen Gedanken zu folgen ohne Angst zu haben, dass jemand anderer, meine sich ständig verändernden Gesichtszüge, hinterfragen könnte.

„Lass uns wieder auf den Markt gehen", bittet mich Levkes zarte Stimme und ich muss ihr nachgeben, weil mich alles an ihr fasziniert und anzieht, mich nahezu zwingt all das zu tun, was sie sich wünscht. Weil ich dieses Leuchten in ihren Augen genieße, wenn es die ganze Umgebung erstrahlen lässt, dieses Leuchten das nur aufglimmt, wenn sie wirklich glücklich ist.
„Aber wir nehmen Eloy mit", verdeutliche ich ihr. Während ich Eloy aufsuche um ihm mitzuteilen, dass wir einen kleinen Ausflug unter Menschenmassen wagen, richtet Levke sich her, um danach in der Menge während des Marktes zu verschwinden.
Als Eloy und ich zu ihr zurückkehren, trägt sie bereits ein zartrosafarbenes Kleid und braune Stiefel mit einem kleinen Absatz, dessen Schnüre bis weit über ihr Knie reichen. Auf ihrem Kopf sitzt ein großer, heller Hut, der ihr Gesicht soweit in den Schatten treten lässt, dass man ihre wunderschönen Züge und vor allem die strahlend blauen Augen nicht erkennt.
Eloy und ich tragen jeweils eine weite Hose und ein weißes, mit Stickereien verziertes Hemd und ebenfalls einen Hut um unsere starken Augenfarben etwas zu verbergen, denn wenn die Leute einen zweiten Blick

auf unsere Außergewöhnlichkeiten werfen wollen, sind wir bereits aus ihrem Blickfeld verschwunden.

Wenig später erreichen wir die Stadt, dessen Platz von einem Markt und dessen Menschen übersät ist, wir genießen die anderen normalen Menschen um uns. Meinen Arm habe ich angewinkelt und meine Hand auf der Höhe meines Bauches, damit Levke ihre kleinen Finger in meine Ellenbogenbeuge legen kann. Eloy begleitet uns, entgeht den Blicken der Menschen, damit sie seine strahlend gelbe Iris nicht erahnen können, während die neugierige Levke nicht auch nur eine Sekunde den Blick von den Gesichtern der Menschen nehmen kann.

Wir konnten ja nicht ahnen, dass dieser Tag einiges in unseren Leben verändern würde und vor allem konnten wir nicht wissen, dass es die gesamte zukünftige Beziehung der Esctoiles und Menschen so stark prägen würde.

Es war dieser kleine Fehler der passierte, als Levke die Hitze zu viel wurde und sie ihren Hut vom Kopf nahm um kurz die Haare aus ihrem Nacken zu entfernen. Zu spät habe ich realisiert, dass genau diese Bewegung, als weiblicher Esctoile in der Freiheit ein Ding der Unmöglichkeit ist.

Als ich meinen Kopf zurückwerfe, erhasche ich gerade noch das Gesicht des Mannes, welcher auf Levkes Miyakin starrt. Wie sein Zeigefinger auf den leuchtenden Stern deutet und somit unser Leben beendet, ein Leben in Frieden mit den Menschen.

Es ging alles unheimlich schnell sie packten Eloy, Levke und mich und sperrten uns separat in hohe Käfige beäugten uns und hinterfragten unsere Natur. Unsere Menschlichkeit.

Voll Scham standen wir vor den Menschen, die uns in Fesseln gelegt hatten, die ihre Neugier befriedigen wollten und deswegen unsere wahre Gestalt erkunden wollten.

Ein Mann schnitt Levkes Haar ab um den Miyakin zu bewundern und ich war nur froh in diesem Moment, dass der Miyakin nur von seinem Besitzer aus der Haut entfernt werden konnte und kein anderer Mensch diese Macht besaß. Über das Herz der Esctoile.

„Lassen Sie uns raus!" schreit Eloy und rüttelt an den Stäben des Käfigs, hält zeitgleich seine Augen geschlossen um die Farbe im Verborgenen zu halten, sonst würde er meine Blicke sehen, die ich dem Volk beschwichtigend zuwerfe.

„Wir sind ganz normale Menschen wie ihr", versuche ich der Masse vor mir zu erläutern, doch sie drohen mir nur mit einem scharfen Speer vor meiner Brust.

„Befreie dich von deinem Hemd, wenn du ein Sterblicher wie wir bist!" brüllt der Mann dessen Zeigefinger auf Levkes Miyakin deutete und erteilt mir eine Anweisung der ich folge, weil ich ihn nicht in Unsicherheit wiegen will.

Doch als ich die einzelnen Knöpfe löse, sanft den Stoff über meine Schultern gleiten lasse, erkennen sie bereits den leuchtenden Miyakin.

„Du trägst ebenso diesen Stein an deinem Körper. Du Lügner!" hallen die rauen Worte des bewaffneten Mannes direkt vor mir in meinen Ohren wieder.

Zur Beschwichtigung hebe ich langsam meine Hände, was ihn dazu treibt mir die Spitze seines Speeres zwischen die vierte und fünfte Rippe zu jagen. Voll Schmerz ziehe ich mich zusammen und sinke auf die Knie, versuche das reine Gold, welches aus der klaffenden Wunde stößt mit meinem gesamten Körper zu verbergen.

Levkes Augen schreien regelrecht, als meine Iris die ihre findet und sie schließt ihre Augen, strengt sich an das gesamte Volk dazu zubringen diesen Moment zu vergessen.

Ihre Finger ballen sich zu Fäusten und die Knöchel treten vor Anstrengung weiß hervor. Als ich den Blick nach links schweifen lasse erkenne ich Eloy der sich den Forderungen der neugierigen Menschen widersetzt und mit geschlossenen Augen versucht seine Widerstandskraft nicht zu verlieren.

„Du schaffst das, Levke", wispere ich ganz leise, nur in solch einer Lautstärke das die Worte ihr Gehör finden, aber das Volk unter uns es als Wimmern meinerseits deuten könnte, ein Wimmern aufgrund der Schmerzen die sie mir zugefügt haben.

Schließlich setze ich zu meiner Kraft an um den Menschen die Möglichkeit zu geben in einen traumlosen Schlaf zu sinken, aus dem sie in ein paar Stunden erholsam erwachen werden sich aber an nichts mehr erinnern, wenn Levke ihre Tat vollbringen konnte um die Menschen zum Vergessen zu bewegen.

Es dauert nicht lange, bis nach und nach die Menschen erst ihre Münder schließen und dann sacht zu Boden gleiten, bis irgendwann kein einziger Ton mehr erklingt. Schließlich öffnet Eloy einen Schlitz breit sein eines Auge um dann zu erkennen, dass wir uns befreien können.

Ein Weg voller Stille treten wir an um zurück in das Schloss zu kehren, in welchem Levke und ich schnell in ihrem Zimmer verschwinden.

„Setz dich hin", ertönt ihr leiser Befehl, dann öffnet sie die Knöpfe meines Hemdes, streift es von meinen Schultern damit sie die Wunde des Speeres begutachten kann.

Mit flinken Finger näht sie die Kluft die dadurch entstanden ist und stoppt somit den Ausfluss des Blutes, dann finden ihre Knie das Bett und sie sitzt rittlings auf meinem Schoß. Schiebt ihre Hände in mein Haar und bringt mich mit einem sachten Druck dazu mich auf den Rücken zu legen.

„Was wird das?" will ich wissen und ihre warmen Lippen fahren über meinen Hals. „Deine Wunde tut doch bestimmt weh...", beginnt sie und ich nicke nur, von den Berührungen ihrer Lippen übermannt. „Ich will den Schmerz ein bisschen lindern", sind ihre letzten Worte, bevor sie sich mir hingibt.

Es scheinen Stunden vergangen, bis ich wegen der Dunkelheit draußen, dazu gezwungen bin mich wieder in meine Klamotten zu werfen. „Mir gefällt dein kurzes Haar", grinse ich und lege meine Lippen kurz auf ihren Hals, während sie sich das Kleid über den Kopf zieht.

Genau rechtzeitig, denn dann erscheint Sirius in ihren vier Wänden.

„Ich bete für euch, dass ihr hier nur miteinander Worte gewechselt habt", seine drohende Stimme erhebt sich, seine weißen Haare werden durch schwarze Strähnen unterbrochen und das blaue Dreieck in seinem Blick leuchtet am stärksten.

„Ja, Sirius", antworte ich und schicke stumme Dankesgebete gen Himmel, dass er erst in dieser Sekunde dieses Zimmer betreten hat.

„In zwei Minuten möchte ich euch zusammen mit Eloy
in meinem Zimmer antreffen", dann verschwindet er
und es wird deutlich bewusst, dass seine Präsens den
Raum verlassen hat.
Levke küsst mich noch einmal bevor wir uns dann auf
den Weg zu Sirius machen um uns unsere Strafe
abholen zu lassen.

„Ich bin enttäuscht, dass ihr euch so unvorsichtig
durch die Stadt, welche gefüllt mit Menschen ist,
begebt. Wir können froh sein, dass nicht mehr
passiert ist. Wir Esctoiles sind genügend Gefahren
ausgesetzt, wir müssen uns aus Sinnlosigkeit nicht
noch neue dazu schaffen",
„Es tut uns leid, Sirius, so etwas wird nie wieder
vorkommen", tauchen Eloys Worte auf.

„Da bist du ja, Gemma", reißen mich Njalls Worte aus
meinen Gedanken. „Ich habe dich gesucht", ihre
Finger finden meine, dann kommen mir ihre Lippen
gefährlich nahe.
„Es wird hell, es ist Zeit für mich zu gehen", lächle ich
schüchtern, versuche ihren Wünschen zu entgehen,
doch ihre Nähe bringt meine Finger dazu sich an ihre
Wangen zu platzieren.
Es ist als wäre mein Phantomherz zwischen so vielen
Gestalten hin und her gerissen, das es sinnlos ist sich
für das eine Glück zu entscheiden.
Wenn ich doch alle glücklich machen kann mit meiner
Nähe.
„Ich bin unheimlich froh dich zu sehen und kann es
kaum erwarten, dass in wenigen Stunden das
Wichtigste in unserem Leben passiert", ich könnte
sterben für diese Stimme, für all ihre Worte die sie so

sorgsam wählt und für diese ganz bestimmte und einzigartige Tonlage die sie an den Tag legt.

„Ich auch", antworte ich mit einem Räuspern, weil meine Stimmkraft das Weite gesucht hat, nachdem ihr koketter Blick mich getroffen hat.

„Du verdrehst mir den Kopf", flüstere ich, als ihr Gesicht dem meinem immer näher kommt und sie dann nochmal direkt vor meinem Mund einen Stopp einlegt.

Mich warten lässt, mich zum Durchdrehen bringt.

„Was macht ihr da?" Eloy taucht auf, erschreckt mich, sodass meine Finger von ihr abfallen.

„Hast du es noch nicht übers Herz gebracht ihr von Racquel zu erzählen?" will er auffordernd wissen, während er Njall von mir zieht.

„Deine Zeit Njall ist erst in ein paar Jahrhunderten", gibt er ihr deutlich zu verstehen und rettet mich zeitgleich davor erneut einen riesigen Fehler zu begehen. Meine Ausrutscher mit Levke sind Trennungsgrund genug für Racquel, würde ich ihr jetzt auch noch einen Kuss zwischen Njall und mir beichten müssen würde ich noch tiefer in Schwierigkeiten stecken.

Es reicht die kleine, flüchtige Berührung zwischen Njall und mir als sie angekommen ist, aber das gelte ich nicht als einen richtigen Kuss, sondern nur als Begrüßung.

„Racquel?" will sie wissen, während sie versucht sich von Eloys Fingern zu lösen, welche sie fest umgreifen, damit zwischen uns eine gewisse Distanz liegt. Eine Distanz die mich vor Fehlern bewahren soll.

„Du kannst dich noch an Lyl erinnern?" meine Pause ist gerade so lang um ihrem Nicken Platz zu verschaffen.

„Vor kurzem habe ich wieder das Verlangen gespürt das Schloss zu verlassen, weil mich alle Gedanken erdrückt haben und bevor ich mich zum Verbrennen hingebe, dachte ich gebe ich mir eine Chance und suche das Weite.

Auf meiner Reise durch den Wald, habe ich ein junges Mädchen kennen und lieben gelernt und sie mit hier her gebracht. Sie macht mich glücklich", erkläre ich ihr und sie verschränkt dann die Arme vor der Brust.

„Es ist fast wie damals mit Lyl", wispert Eloy und festigt seinen Griff um ihr deutlich zu machen, dass er ihr nicht die Gelegenheit geben kann mir nahe zu kommen.

„Deswegen dachte ich schon, dass du etwas von früher hast", lächelt sie schließlich, ein Lächeln das mir fehl am Platz vorkommt.

„Zwischen uns beiden darf, solange sie lebt, kein Gefühl herrschen. Ich möchte sie nicht verlieren", verdeutliche ich und ihr Lächeln gefriert zu Eis.

„Sie wird doch wohl verstehen, dass wir zusammen gehören, Gemma. Ich sehe es nicht ein, dass ich dir Versprochen bin und du dir immer jemand anderen suchst. Langsam habe ich das Gefühl du empfindest das Gleiche für mich wie Dew für Levke. Nämlich nichts", ihre Worte verletzen mich, dann erhebe ich mich und trete etwas näher an sie heran.

„Ich verspreche dir, dass Racquel das letzte Mädchen sein wird, an das ich mein Phantomherz verliere, danach wird nur Platz für dich und mich sein", das Glitzern in ihren strahlend blauen Augen macht mich glücklich und ich drücke ihr einen Kuss auf die Stirn.

„Solange Racquel am Leben ist, möchte ich aber, dass du mich nicht zu Dingen bringst, die sie verletzen könnten", mit einem Nicken willigt Njall ein.

„Eine Bedingung habe ich aber noch: ich möchte das Mädchen welches meinen Gemma so glücklich macht gerne kennenlernen", mit einem Ja bestätige ich ihre Bedingung und gleite dann wieder zurück zur Erde.

Während ich auf leisen Sohlen in meine eigenen vier Wände trete betrachte ich die schlafende Racquel und mache mir Gedanken über mein Versprechen. Für Njall wird es eine kurze Zeit sein in der sie auf mich warten muss, aber ich werde diese Zeit genießen mit allem was ich habe.
Vielleicht hat Njall noch nicht verstanden, dass das was mit mir passiert wenn Racquel fortgeht mein Untergang sein wird. Ich werde nie wieder der Gemma sein der ich vorher war.
Denn ein Herz zweimal zu zerbrechen kann nur schädlich sein.
Doch mein Versprechen macht mich glücklich, denn damit habe ich Racquel versprochen, dass sie das letzte Mädchen sein wird, an das ich mein Phantomherz verloren habe und verlieren werde.
Mit schweren Gedanken lege ich mich zu der schlafenden Gestalt, weil ich weiß, dass das, was heute passiert ein harter Tag für sie werden wird. Sie wird Njall kennenlernen, die Frau die vom Schicksal her für mich bestimmt ist und die ich zu meinem Nehmen werde.
Das Schlimmste daran ist nur, dass Racquel weiß, dass dies der Weg ist den ich werde wählen müssen, wenn sie nicht möchte das ich diese Welt vor ihr verlasse.

Mit meinen Finger streiche ich ihr über die Schläfe: „Ich liebe dich für immer egal was zwischen uns passiert. Und ich bete, dass dieser Tag nicht allzu schlimm für dich werden wird, meine Elfe", dann streiche ich mit meinem Zeigefinger über ihren Wimpernkranz und genieße den ersten Blick den sie mir an diesem Morgen schenkt.

Verschmelzung

Das Himmelszelt ist in viele Sektoren unterteilt und somit, gibt es für jeden von Euch einen Partner in Eurem gegenüberliegenden Sternenbild.
Irgendwann ist es an der Zeit Euch mit diesem Esctoile zu verschmelzen.
Zuerst wird ein Termin gefunden, an welchem Ihr die Prozedur vollzieht. Ihr stellt Euch gegenüber und somit entnehmt Ihr Euch unter gegenseitiger Zustimmung den Miyakin, gebt Acht auf das Bedeutendste eines Esctoiles.
Daraufhin haltet Ihr die beiden Sterne aneinander und diese verschmelzen miteinander, somit schenkt Ihr diesen ein neues, längeres Leben, dann setzt ihr diese genauso sorgsam wieder an Ihren vorherigen Platz zurück.
Bei einem männlichen Esctoile zeichnet sich das Sternenbild seiner Partnerin auf der Brust ab, der Miyakin seiner Verschmelzten leuchtet am stärksten.
Bei einem weiblichen Esctoile zeichnet sich das Sternenbild des Partners auf den seitlichen Rippenbögen ab, auch hier leuchtet der Miyakin des Verschmelzten am stärksten.
Ich wünsche Euch ein ewiges, gemeinsames Leben.

Am liebsten würde ich ihr sagen, was für ein besonderer Tag heute ist, aber meine Euphorie wird sie nicht teilen können, weil dieses Ereignis für sie heute bedeutet mich ein Stück weit gehen zu lassen. Direkt in die Hände einer anderen Frau, die mich an sich reißen wird, sobald Racquels letzter Atemzug verstrichen ist. Das letzte Stück Leben an welches ich mich klammern werde, mit allem was ich habe.

„Du siehst merkwürdig aus, was ist geschehen?" will sie wissen, mit diesem wunderschönen Blick der beinahe unbekümmert in dem meinen liegt, vermutlich weil sie sich daran erinnert was uns bereits alles in dieser kurzen Zeit geschehen ist, weil sie ganz fest daran hält, dass nichts Schlimmeres als das, was bereits geschehen ist, passieren kann. Doch leider muss ich diesen lieblichen Blick enttäuschen, denn heute wird es definitiv schlimmer als es zuvor war.

„Heute ist ein wichtiger Tag in meinem Leben", beginne ich voll Vorsicht meinen Satz, ein Lächeln streift über ihre Lippen, welchem ich Einhalt gewähre durch meinen nächsten Satz.

„Heute werde ich mich mit meiner vom Schicksal bestimmten Partnerin verschmelzen", da lag Angst in ihrem Blick, es lässt sich mit Lyls Blick vergleichen der damals in ihrer braunen Iris lag, als ich Skyler das erste Mal in meinen Armen hielt. Die Angst ersetzt zu werden von einem anderen Menschen, der mit Sicherheit länger lebt als man selbst. Denn nach seinem Tod hat man keinen Eingriff mehr in das Leben seiner Geliebten – man muss sie zurück lassen und ihre Entscheidungen akzeptieren die sie treffen, weil man selbst seine Mündigkeit verloren hat.

„Gemma", Njall klopft mit ihren Knöcheln an den Rahmen meiner Tür, ihre Präsens scheint beinahe sichtbar in dem kleinen Raum.

„Ich wollte doch Racquel kennenlernen", zu wenig Worte habe ich an diesem Morgen von Racquel gehört, als das ich einwilligen könnte, dass sie gleich zu jemand anderem spricht.

„Kann das nicht warten?" flehe ich und betrachte wie sich Tränen in Racquels Blick sammeln, Tränen hinter denen ich erst den Grund erfahren möchte, bevor ich mich einen Schritt von ihr entfernen muss.

„Bald beginnt die Zeremonie, davor möchte ich bitte ein Wort mit ihr wechseln", ein Grinsen ziert ihr hübsch geschminktes Gesicht, daraufhin verlässt sie den Raum und schließt die Tür.

„I...ist sie das?" möchte Racquel mit einer zitternden Stimme wissen, während sie die Decke über ihre Schultern zieht, damit sie meinen Berührungen entgeht.

„Das ist Njall meine vom Schicksal bestimme Partnerin, ja", antworte ich ihr, ziehe erneut an der Decke, doch sie gibt mir keine Chance sie zu berühren und damit zu besänftigen.

„Richte dich für die Zeremonie ich werde das auch tun", ihre kühlen Worte bringen mein Phantomherz zum Stillstand, weil es mich schmerzt, dass sie meine Nähe verweigert.

Dann erhebe ich mich, weil ihre darauffolgende Stille mich dazu treibt, drehe mich ein letztes Mal zu ihr.

„Ich kann deinen Unmut verstehen, vergiss das bitte nicht", den Rest würde ich ihr später erklären, ich würde ihr sagen warum Njall und ich die Verschmelzung benötigen, würde sie über alles aufklären was es mit diesem wichtigen Schritt auf sich hat.

Und würde ihr im selben Atemzug versprechen, dass mein Phantomherz nur ihr gehört, Racquel.

„Guten Morgen mein Liebling", wispere ich meine Begrüßung Skyler zu die sofort ihren Kopf zur Tür wendet um mich anzublicken, mit den schimmernden Augen.

„Ich bin so aufgeregt", sie springt auf ihre zarten Füße, eine Aktion die sie schon lange nicht mehr vollbracht hat, weil sie immer zu niedergeschlagen gewesen ist um aufzuspringen.

Weil alle schweren Gedanken sie am Boden hielten.

„Das freut mich dich so glücklich zu sehen", gestehe ich und bin vollkommen überrascht als sie auf mich zu stürzt, ihre dünnen Arme meinen Bauch umschlingen und ihr Kopf sich auf meinen Miyakin bettet. Nach einem kurzen Zögern lege ich meine Handinnenflächen auf ihre Schulterblätter und genieße den Moment.

Die Nähe und Liebe die sie mir darbietet, die ich solange nicht gesehen habe, weil sie kein Interesse an meinem Wesen hatte, welches sie ständig nur verletzte.

„Ich mache all meine Fehler wieder gut Skyler, alles was ich jemals falsch gemacht habe gegenüber dir, werde ich wieder gut machen. Alles", meine Worte hallen in dem Raum wieder und als Echo kehrt ihr glückliches Kinderlachen zurück.

Die Zeremonie beginnt wenig später, der Raum ist voll Esctoiles und ich stehe vor ihnen allen, warte auf

Njall in einem schwarzen Anzug unter welchem ich nach wie vor ein von Lyl genähtes Hemd trage.

Mit einem schnellen Blick halte ich nach Racquel Ausschau und erkenne sie schließlich in einer der letzten Reihen, doch bevor sie meinen Blick entdeckt öffnet sich die Tür des Saales und Njall erscheint.

Ihre Haare in wunderschöne Flechtungen verwoben, die Wangen in rosa getüncht und ein unendlich langer, dichter Wimperkranz, welcher sich um ihre blaue Iris schmiegt. Ihr Körper versteckt unter dem kurzen weißen Kleid, das an den Seiten ihrer Rippen ihre Haut freilegt.

Sie ist perfekt.

Kurz darauf steht sie neben mir, der Raum hält den Atem an, es ist üblich das pure Stille bei einer Verschmelzung herrscht.

Die Prozedur läuft ab wie eingespielt, denn zu viele von diesen Verschmelzungen haben unsere Augen bereits betrachtet.

Njall dreht mir den Rücken zu und ich schiebe ihre Haare über ihre Schulter, damit ich den Miyakin berühren kann und mit ihrem Einverständnis, bin ich dazu fähig ihn aus ihrer Haut zu lösen.

Eine Fähigkeit die nur einem selbst und seinem angetrauten Partner möglich ist.

Vorsichtig halte ich den Miyakin in meinen großen Händen und lasse sie die letzten Knöpfe meines Hemdes öffnen, damit sie ebenfalls durch mein Einverständnis den Miyakin aus meiner Haut befreien kann.

Nach einem letzten Atemzug halten wir die Sterne nebeneinander und sie strahlen, werden zu einem. Dieser Moment bedeutet ein weiteres langes gemeinsames Leben für uns.

Schließlich öffne ich die letzten Knöpfe meines Hemdes, lasse die vielen Augen betrachten, wie sich über der Narbe zwischen meinen Rippen das Sternbild der südlichen Krone abzeichnet – für immer auf meiner Brust verewigt. Njalls Stern leuchtet am hellsten.

Das Sternbild der Nördlichen Krone zeichnet sich auf ihren seitlichen Rippenbögen ab – ebenfalls leuchtet mein Stern am hellsten.

Danach setzen wir uns gegenseitig den Miyakin an seinen rechtmäßigen Platz, es folgt das ich mein Hemd schließe und sie sich vor mich stellt.

Normalerweise verwebt man die Hände miteinander um das Zeichen einer Verschmelzung zu symbolisieren, aber ich lege meine Hände an ihren Hals und lege meine Lippen auf ihre Stirn.

Schließe kurz die Augen, während dieser Berührung die sie und ich nicht spüren – aber die Bedeutung ist uns beiden bewusst.

Meine Lippen auf ihrer Stirn als Zeichen dafür, dass ich sie ewig beschützen werde.

Dann finden sich unsere Hände und wir strecken sie einmal gen Himmel, während der gesamte Saal mit uns gemeinsam das Gebet spricht welches direkt an unseren Schöpfer gerichtet ist.

Alle angehörigen Esctoiles verlassen den Raum, auch Racquel verschwindet mit der Menge nach draußen, wer übrig bleibt sind Njall und ich.

Als Partner des Schicksals vereint.

„Danke", flüstert sie, löst ihre Hand von meiner und möchte den Raum verlassen, aber als ich sehe wie ihre Schritte sie immer weiter von mir entfernen, realisiere ich, dass ich den Moment nicht so enden lassen will und folge ihr mit großen Schritten.

Passe ihre Hand auf der Türklinke ab.

„Dem Schöpfer sei Dank, dass er dich für mich Auserwählt hat", meine Worte finden ihr Gehör, bewegen ihre Finger dazu über meine Wange zu streichen.

„Jeden Tag den ich auf dich warten muss lohnt sich für das Endziel", dann drückt sie die Klinke nach unten.

„Dich für das Ende meines Lebens bei mir zu wissen".

Racquel liegt verloren in den großen, weißen Laken und ich höre ihr dumpfes Schluchzen, schreite zu ihr und lege nach kurzem Zögern meine Hand auf ihr Schulterblatt, sie horcht.

„Ich liebe dich und zwar nur dich", meine Worte stoppen ihren Tränenfluss, dann setzt sie sich auf und ich streiche ihr die Tränen aus dem Gesicht. Wische zeitgleich den traurigen Blick aus ihrer Iris, beruhige den Wald der sich vor meinen Augen erstreckt.

Dann neige ich meinen Kopf und küsse ihre Lippen, streiche über ihren Hals und die Kinnpartie, während sie auf die Küsse miteinsteigt.

Diese werden fordernder, führen uns in eine liegende Position, bringen ihre Finger dazu mein Hemd aufzuknöpfen und dann über meine Brust zu streichen.

Urplötzlich öffnet sie ihre Augen, krabbelt unter mir hervor und bringt eine räumliche Distanz zwischen uns.

„Was ist los meine Elfe?" raune ich, zupfe an dem Zipfel ihres Kleides, aber sie gleitet vom Bett mit einer einzigen geschmeidigen Bewegung.

„Das geht nicht mehr, ich sehe das Zeichen auf deiner Brust und weiß, dass du jemand anderem versprochen bist, ich kann dich nicht berühren, wenn du nicht mir gehörst", ihre Finger verhaken sich ineinander, damit sie das Zittern unterdrücken kann, welches deutlich zu sehen ist.

„Ich gehöre nur dir", aus Angst, dass sie verschwindet erhebe ich mich ebenfalls, trete auf sie zu und greife nach ihren Fingern um diese zu beruhigen, aber sie entreißt sie mir.

„Nicht mehr nach dieser Verschmelzung. Das kann mein Herz nicht glauben, hätte ich Jason geheiratet, wäre ich nie mit dir mitgegangen", erklärt sie mir ihren Standpunkt, eine Aussage die mich verletzt, weil es so scheint, als wäre ich nur ihre zweite Wahl und auch wenn ich schon lange weiß das es so ist. So tut es doch jedes Mal von neuem weh es wieder erfahren zu müssen.

Es ist die Erkenntnis die einen krank macht, dass man sich gegenseitig nie so viel bedeuten kann wie einem andere Menschen zuvor bedeutet haben.

Es ist die Gewissheit, dass ich nie ihr ein und alles sein kann wie Jason es gewesen ist und zeitgleich ist mir bewusst, dass auch sie niemals mein ein und alles sein kann, weil da in der Vergangenheit Lyl gewesen ist und in der jetzigen Zeit Njall und Levke.

„Ich hätte nie mit dir mitkommen dürfen und dich zwingen irgendetwas in deinem Leben zu verändern, damit ich da hinein passe", sie schlägt ihre Hände vors Gesicht und ich werfe mir mein Hemd über, knöpfe es zu und lege mir Worte zurecht.

„Das stimmt so nicht, Racquel. Ich habe hier nichts verändert. Hast du nicht bemerkt, dass du perfekt in mein Leben passt?" Worte die normalerweise jeden Streit mit Lyl beendet hätten.

Aber dieses Mädchen mit den blaugrünen Augen vor mir ist nicht Lyl und wird es auch nie sein, ich sollte aufhören zu vergleichen.

„Es fühlt sich aber nicht so an, Azul. Es fühlt sich einfach nicht so an! Und das kannst du nicht nachvollziehen, weil du nichts fühlst! Ich habe alles aufgegeben damit ich endlich glücklich sein kann, aber seit ich hier in deiner Gegenwart bin erfahre ich jeden Tag neue Dinge die uns mehr und mehr voneinander treiben. Die dich oder mich immer mehr verletzen. Das kann nicht so weiter gehen!" ihre Worte sind laut in dem kleinen Zimmer.

„Aber irgendwann gibt es nichts Neues mehr zu erzählen, dann erleben wir nur noch, dann ist die Zeit des spürbaren Schmerzes vorbei", mein Satz der positiv in meinen Ohren klingt, scheint negativ bei ihr zu wirken.

„Und wann ist dieses irgendwann? Wenn der Tod an meine Tür klopft, Azul?" diese Aussage verschlägt mir die Sprache, dann macht sie Anstalten zu gehen und mich zu verlassen, all das zu zerbrechen was wir uns mühsam aufgebaut haben.

„Du willst das hier alles beenden?" frage ich fassungslos.

„Ich beende es lieber, bevor es richtig angefangen hat", antwortet sie und braust das Meer in meinem Blick auf.

„Das soll bedeuten, dass alles was wir erlebt haben nicht mal als Anfang für dich gegolten hat?" daraufhin gibt sie keine Antwort sondern streicht ihre Haare zurück, wischt sich grob die Tränen aus den Augenwinkeln und strafft ihre Schultern.

„Lebewohl, Azul", sind ihre letzten Worte, bevor sie
durch die Tür verschwindet und mich zurücklässt.
Vielleicht sollte ich hinterher und ihr alles erklären,
ihr sagen warum ich die Verschmelzung überhaupt
eingehen musste.
Die Wahrheit ist, dass denke ich und sinke an der
Wand zu Boden, wäre ich diese Verschmelzung heute
nicht mit Njall eingegangen, hätte uns der Schöpfer
heute Nacht nicht in den Himmel gelassen, weil die
Verschmelzung schon seit Ewigkeiten hätte
stattfinden sollen.
Das bedeutet, dass ich Racquel für einen Tag mehr an
meiner Seite gehabt hätte, aber dann hätte sie
diejenige sein müssen die an meinem Grab steht.
Vielleicht hätte ich ihr das erklären sollen, dann hätte
sie vielleicht verstanden, dass ich diese
Verschmelzung in erster Linie ihretwegen
eingegangen bin.
Und vielleicht hätten meine Worte, die ich heute früh
im Himmel zu Njall gesprochen habe, auch etwas an
der Ausgangssituation geändert.

Doch alles was übrig bleibt, in diesem Zimmer voller
Erinnerungen, sind meine wutentbrannten Schreie,
bis Eloy ins Zimmer schreitet und sich zu mir setzt.
Seine Arme um mich schließt und sich hin und her mit
mir wiegt, sodass ich langsam zur Ruhe komme.
Lange sitzen wir so da, bis draußen die Dunkelheit
hereinbricht und Eloy mich eingehend beäugt.
„Ist die Wut vorerst genügend verblasst, sodass du in
den Himmel auffahren kannst?" fragt er vorsichtig
und ich nicke.
„Ich setze jetzt auf Kälte, damit ich mein
Phantomherz mit all seinen Phantomgefühlen

einfrieren kann", antworte ich ihm und springe nach meinem Gebet gen Himmel aus dem Fenster.

Lebewohl, Azul, waren vorerst die letzten Worte die ich von ihr gehört habe.

Vielleicht sogar für immer.

Leben

Euer Leben ist dazu bestimmt auf Ewigkeit zu
währen, Eure Verbrennung sollte im besten Falle
vermieden werden.

Euer Leben soll genusslos sein, somit werden Euch im
Laufe Eures Lebens all Eure Emotionen genommen,
Eure Konzentration beruht auf der Möglichkeit in den
Himmel aufzusteigen.

Ihr seid dazu berufen, tagsüber Eurer Bestimmung
nachzukommen und des Nachts sollt Ihr in den
Himmel aufsteigen und mit Eurem Miyakin das
Strahlen auf die Welt hinabwerfen für die
Menschheit.

Vergesst nicht, dass Ihr dem Schöpfer huldigen sollt
für Euer jahrtausende langes Leben – es gibt nichts
von höherem Wert für einen Esctoile.

Es dauert seine Zeit, bis ich wieder den Boden unter meinen Füßen spüre, bereit mich zu erheben, ohne Angst zu haben, direkt in tausende Splitter zu zerspringen.

Als die Sonne aufgeht, die Welt erhellt, fällt mir erstmals auf, dass es keinen Grund für mich gibt wieder hinab zu fahren. Weil dort nun niemand mehr ist, der auf mich wartet und dort niemand mehr ist, den ich jetzt überraschen und aus den Träumen erwecken will.

„Gemma", Njalls Stimme tröstet mich, in jenem Moment als ich jene erklingen höre. Seit der Verschmelzung habe ich sie nicht mehr gesehen.

„Eloy hat mir erzählt was passiert ist...", beginnt sie mit sorgsam gewählten Worten ein Gespräch mit mir, während sie näher zu mir tritt, aber dennoch genügend Distanz zwischen uns bewahrt.

„Gib sie nicht auf", ohne ihr richtig zuzuhören antworte ich beinahe mechanisch: „Ich kann noch nicht mit dir zusammen sein, die Wunde sitzt zu tief, bitte gib mir etwas Zeit alles zu verarbeiten", dann sickern ihre Worte in meinen Verstand, die Worte, die meine Bitte befürworten bevor ich jene ausgesprochen habe.

„Alles was ich möchte, Gemma, ist dass du glücklich bist auf dieser Welt und der Mensch der dich zufrieden macht soll bei dir bleiben. Solange dieser Mensch Racquel ist, sollst du an eure Liebe glauben", ihre Worte erwärmen mein erfrorenes Inneres und ich unterbinde die letzten Meter Distanz die uns voneinander trennen.

„Ich kann auf dich warten", ihr geflüsterter Satz klingt keinesfalls traurig, sondern gewissenhaft. Als würde sie sich vollkommen im Klaren darüber sein, dass sich das Warten auf mich lohnen würde.

„Womit habe ich dich nur verdient", meine Finger brechen die letzte dünne Eisschicht die seit dem letzten Gespräch mit ihr, zwischen uns entstanden ist.

Meine Fingerkuppen legen die Strecke von ihrer Wange, hinüber ihren Arm bis hin zu ihrer Hand zurück und kommen in ihrer Handfläche zum Erliegen.

„Du musst nur denken, dass ich lange auf diese Verschmelzung gewartet habe, Gemma. Weil du nie stark genug schienst, diese mit reinem Gewissen zu vollziehen.

Mir ist eine riesige Last von den Schulter gefallen, als ich wusste das du es endlich eingehst", und plötzlich sehe ich sie mit anderen Augen, erkenne, dass all ihre Stärke und all ihr Einverständnis nur gespielt waren. Jedes Mal wenn sie erfahren hatte, dass ich immer noch nicht dazu bereit bin die Verschmelzung mit ihr einzugehen, war sie tief verletzt.

Und zwar darüber, dass ich wieder nicht bereit für sie gewesen bin.

Manchmal brauchen Menschen Zeit und manchmal auch so viel Zeit, dass es beinahe zu spät ist.

„Es tut mir leid, dass es so lange gedauert hat", flüstere ich, dann entzieht sie ihrer Hand der meinen und dreht mir den Rücken zu, um dann die Distanz erneut zu vergrößern.

„Ich hoffe nur, Gemma, dass ich dich genauso glücklich machen kann wie Lyl und Racquel es geschafft haben. Dass auch ich dazu fähig bin dieses Glitzern in deine Augen zu zaubern", bevor ich ihr zusprechen kann, ist sie schon aus meiner Sicht- und Hörweite verschwunden.

Alles was übrig bleibt nachdem sie sich von mir entfernt hat ist, dass ich sie über all die Jahrhunderte hinweg immer mehr verletzt habe.

Solch tiefe Wunden habe ich in ihre Haut geritzt, dass sie mir eigentlich nie wieder vertrauen dürfte.

Kurz sinke ich zu Boden, bemerke dann an der Stille, dass ich wohl der Letzte bin, der zu dieser Zeit noch im Himmel ist.

Mit hängenden Schultern nehme ich meinen Miyakin vom Himmelszelt und lasse ihn vorsichtig in meinen Bauch sinken, betrachte wie mein Körper sich diesem annimmt.

Dann ziehe ich das Hemd etwas höher, damit ich das Zeichen, dass seit gestern meinen Körper ziert begutachten kann.

Jene dünnen Linien haben Racquel dermaßen verunsichert, dass sie das Weite gesucht hat und im schlimmsten Falle nie mehr zu mir zurückkehren wird. Es wird nun eine schwere Zeit folgen, in welcher ich mich wieder an das Alleinsein gewöhnen werde müssen.

Am liebsten würde ich gerade wissen wo sie ist, damit ich mir sicher sein kann das sie am Leben ist und es ihr gut geht – aber ich werde die letzte Person auf dieser Erde sein, der sie erzählen möchte was tief in ihrem Herzen vor sich geht. Und jenen Vertrauensbruch habe ich mir selbst zuzuschreiben.

Als ich auf Erden ankomme, spüre ich sofort, dass Sirius mich zu sich ruft – Unbehagen breitet sich in meinem Inneren aus. Er ist selten wirklich einfühlsam, was für mich wieder bedeutet, dass ich nun mit viel Salz in meiner frischen Wunde werde rechnen müssen.

Sirius wird nicht gerade darüber erfreut sein, dass Racquel eine kurze Zeit bei uns verbracht hat, nun vieles über unsere Rasse in Erfahrung gebracht und dann wieder das Weite gesucht hat.

„Was gibt es?" falle ich mit der Tür ins Haus, damit kein langes Schweigen entsteht, welches mich nur noch mehr verunsichern würde.

„Könntest du bitte Platz nehmen", fordert er mich auf und ich folge seinem Befehl, sinke tief in die Polster, hoffe somit dem größten Schaden den seine Worte an mir nehmen werden zu verhindern.

„Zuerst möchte ich dir zu deiner gestrigen Verschmelzung gratulieren, es war ein wundervolles Ereignis. Jedoch würde ich dir gerne eine Frage stellen", seine lange Pause brennt Löcher in mein Selbstbewusstsein, welches daraufhin zu Staub zerfällt.

„Es wird bald ein neuer Esctoile in diese Welt gesetzt, würdest du dich diesem annehmen?" mit diesen Worten habe ich nicht gerechnet, damit ich ihm Glauben schenken kann, werfe ich einen Blick durch das Zimmer. Doch es befindet sich niemand in diesen vier Wänden außer ihm und mir, ebenfalls seine volle Aufmerksamkeit ist nur mir gewidmet wie ich an den schwarzen Strähnen in dem weißen Haar und dem leuchtenden blauen Dreieck in seinen Augen erkennen kann.

„Wieso ausgerechnet ich?" meine Stimme zittert, ich habe keine Kontrolle über diese. Sein Vertrauen mir gegenüber scheint mächtig zu sein, wenn er mir zwei Esctolles in so kurzer Zeit anvertraut.

„Vor ein paar Tagen habe ich ein wichtiges Gespräch mit Racquel geführt, in welchem ich vieles über sie erfahren habe und auch sie gefragt habe wie sie zu jenem Thema steht", meine Gedanken beginnen zu rasen, während ich versuche seinen Informationen eine Struktur zu verleihen.

„Möchtest du wissen was sie geantwortet hat?" bei meinem Nicken wird mir bewusst, dass mein Mund vollkommen ausgetrocknet ist durch diese Frage.

Weil jene Frage mir etwas ganz wichtiges beantwortet.

Sie gibt mir die Möglichkeit herauszufinden ob Racquel sich überhaupt eine Zukunft mit mir vorstellen konnte und mit viel Glück vielleicht sogar noch vorstellt.

„Sie hat mir einiges über ihr vorheriges Leben erzählt und mir anvertraut, dass sie sich vorstellen könnte jenen neuen Esctoile mit dir großzuziehen", kurz schnappe ich nach Luft, kann kaum glauben was er mir gerade eben mit dieser simplen Aussage offenbart hat.

„Das bedeutet, sie würde sich den neuen Esctoile als Kind wünschen", wispere ich ganz vorsichtig nur, weil ich weiß auf welch dünnem Eis ich mich bewege. Nämlich auf dem Boden, den ich vor ein paar Minuten erst wieder unter meinen Füßen gespürt habe.

„Das bedeutet es, ja. Es heißt, dass du eine neue Gelegenheit bekommen würdest *Vater* zu werden", ein Lächeln schimmert auf seinen Lippen.

Könnte ich weinen, würde ich es jetzt tun.

„Ich hoffe, dass du weißt, das Racquel gestern verschwunden ist nach meiner Verschmelzung mit Njall. Nach wie vor hoffe ich, dass sie wieder zurückkehrt und mir und unserem gemeinsamen Leben eine neue Chance gibt", Sirius erhebt sich, schleicht um den Tisch herum und tritt dann neben meinen Sessel.

„Das Leben, Gemma, schenkt dir vieles. Behalte was dich glücklich macht", dann fällt sein Blick auf mich und plötzlich sieht er alt und weise aus.

Was vielleicht auch daran liegen mag, dass er sich zum ersten Mal für die Emotionen ausgesprochen hat.

Nach diesem Gespräch fühle ich mich besser, versuche den Sinn im Leben wieder zu finden und arbeite nun auf die Geburt des Esctoiles hin.

Begebe mich also mit einem anderen Gedanken im Kopf zu dem Raum in welchem die Esctoiles brüten.

In den Raum in dem ich Racquel mit einem Kuss überzeugen konnte mir zu verzeihen.

Diesmal würde es nicht so einfach sein sie zurückzugewinnen.

Aber ich hoffe fest, dass der Schöpfer mir nochmal eine Chance gibt.

Eine Möglichkeit zu beweisen, dass auch ein Phantomherz fähig ist zu lieben.

Einsamkeit. Ein Gefühl, das vor langer Zeit existiert hat und ein Stammgefühl gewesen ist, obwohl ich keine Emotionen empfinden kann. Zweisamkeit. Ein Gefühl, dass so schwerelos und zeitlos ist, es lässt zu, dass ich neue Hoffnungen schöpfe und glücklich werde. Gemeinsamkeit zu dritt. Worte, welche meine Zukunft beseelen – sofern Racquel wieder zu mir findet.

„Ist es nicht ein außerordentlicher Zufall, dass genau in diesem Jahrhundert, indem du die Liebe wieder gefunden hast, ein neuer Stern geboren wird?"

Eloy läuft zum Fenster und beobachtet den Himmel. Nachdem ich von dem Gespräch mit Sirius zurückgekommen bin und nach meinem Besuch der Geburtsstätte, habe ich ihn direkt aufgesucht.

„Denkst du es wird... erkranken?" ich will die Bilder nicht sehen die über meinen Körper Besitz ergreifen. Doch verhindern kann ich es ebenso wenig, wie eine Brücke erbauen sie sich über mir, nur um dann über meinem Körper zusammen zu brechen und mich zu begraben. Ich spüre die kahle Kopfhaut von Skyler unter meinen Fingern, die in der Zeit zu der Lyl mich liebte, Empfindungen bewusst wahrnahmen, damals. Früher war es kein Problem warm und kalt zu unterscheiden, aber ich bin mit der Zeit immer gefühlsloser geworden. Habe immer mehr die Kontrolle und Beherrschung über meinen Körper verloren. Als Skyler noch kleiner war, konnte ich sie manchmal fragen, ob das Wasser noch warm oder kalt war. Wundervoll, denn manchmal spürte ich dann selbst die Temperatur angenehm und dennoch sehr schwach auf meiner Haut kribbeln.

„Es ist sehr selten das Esctoiles erkranken, das weißt du", antwortet er mir und erinnert mich zeitgleich daran, wie viele gesunde Esctoiles es gibt und wie wenigen es nur verwehrt ist in den Himmel aufzusteigen.

„Skyler ist auch nicht mein Kind, vielleicht ist es noch schlimmer wenn das eigene *Kind* nicht in den Himmel auffahren kann", erläutere ich ihm.

„Ich weiß, aber was ist an dem Neuen anders, wieso erkennst du dieses Wunder der Natur als deinen Erbe

an? Warum ist nicht Skyler schon dein *Kind*
gewesen?" tausende von Gründen wären mir
eingefallen und zwar sofort, aber er wollte den
Unterschied hören – ganz klar.

„Lyl war besser", Eloy senkt dann seine Augenlider
über die hellgelbe Iris, und ich weiß, dass er diese
Aussage nur trifft, weil Racquel mich einfach
verlassen hat. Er weiß, dass es Racquels Wunsch ist
ein Kind zu haben und da ich die Gelegenheit habe,
werde ich ihr diesen Wunsch auch erfüllen.

„Wieso? Lass mich fühlen was ich will, lass mich Liebe
dort spüren, wo ich sie brauche. Du erinnerst dich
doch oder leugnest du das was du als
freundschaftlichen Dienst aberkannt hast?" brause
ich auf. Eloy schweigt kurz und atmet tief durch.

„Du warst derjenige, der mich davor bewahrt hat
mich umzubringen. Du bist daran schuld, dass ich
jetzt noch lebe", mit meiner geballten Faust verleihe
ich meine Worten Kraft.

„Weil du mir wichtiger bist, als alles andere auf der
Welt", ich beginne zu lachen damit er mir nicht
anmerkt wie gerne ich jetzt nicht mehr hier wäre.

„Racquel wäre gestorben!" versucht Eloy verzweifelt
den Sinn meines erbärmlichen Lebens zu erklären.

„Im Himmel hätten wir zusammen gefunden. Weißt
du wie schwer es ist, wenn sich zwei lieben aber
beide jederzeit darüber nachdenken sich das Leben
zu nehmen, wenn sie nicht beieinander sind?" Eloy
schweigt, er sinkt auf die Knie.

„Gemma, dein Leben hat viel zu viel Wert um es
sinnlos und unüberlegt wutentbrannt zu beenden".

„Es ist schwierig für mich das ebenso zu sehen. Du
lebst um die Welt zu retten, ich lebe für die Liebe,

weil ich einer der wenigen Esctoiles bin der daran Interesse zeigt", er grinst schwach.

„Ich dachte du magst es etwas Besonderes zu sein", nun muss auch ich lächeln und spüre wie das strahlende Leuchten in meine blauen Augen zurückkehrt.

„Natürlich, solange die Leute damit prahlen mich zu kennen", Eloy und ich verfallen in Gelächter, wie es sich für zwei gute Freunde gehört.

Dann suche ich Skyler in ihrem Zimmer auf und lasse mich im Schneidersitz vor ihr nieder, erläutere ihr knapp, was geschehen ist.

„Es tut mir ja auch leid, weißt du, aber sie ist weg und sie kommt nicht mehr, ich habe doch selbst aufgegeben. Es ist grauenvoll ohne sie. Ich hasse mich so", sie überschlägt die Beine und sieht mich streng an, was bei ihr trotzdem überaus süß aussieht.

„Ich bin richtig wütend, ich habe sie gesehen weißt du, sie wollte mir etwas sagen, aber ihre Stimme wollte ihr einfach nicht gehorchen. Es ist schlimm was du getan hast", sie unterstützt mich, gerade weil sie gegen mich spricht. „Aber Fehler passieren nun mal und das weißt du", hierbei sehe ich ihr direkt in die tollen Augen und erkenne sie endlich wieder, wie sie ausgeglichen und ruhig in ihren Körper zurückgekehrt ist.

„Ja, ich fühle wie es ist falsch zu sein, aber was soll ich daran ändern? Der Schöpfer hat mich mit diesen Fehlern auf die Welt gebracht, mich so kreiert wie er es wollte und ich bin ihm überaus dankbar. Aber denken wir einmal nach wie es für sie ist. Der Mann, den das Schicksal ihr zugewiesen hat, verschwindet aus ihrem Leben und was ist wenn sie nicht für dich geschaffen ist sondern für Jason? Du konfrontierst sie hier mit neuen, für sie vollkommen absurden Dingen, die sie aufnimmt und nicht wegstößt, obwohl diese Dinge nicht mit ihrem vorherigen Leben übereinstimmen. Und sie lebt hier in einer neuen Wahrheit, in der auch Lügen durch die Schicht dringen", schweigen von beiden Seiten aus, ich seufze und sie springt von ihrem Stuhl, legt sich um mich herum.

„Ich will sie doch einfach nur in Sicherheit wissen", gestehe ich leise und vergrabe mein Gesicht in meinen Händen, denke an damals, nach dem Mord, den ich an Kalkew begangen habe. Als sie mir sagte, dass sie mich versteht und es nachvollziehen kann, dass ich die Welt nicht sehen will. Aber ich habe Ihr Lächeln gesehen, als ich die Finger spreizte und ihr meine blauen Augen zeigte. Meine Verletzlichkeit offenbarte und mich öffnete.

„Ich kann nicht mal aufhören an sie zu denken, sie geht da in meinem Kopf herum und ich kann sie nicht wegstoßen", ein weiteres Stöhnen entgleitet mir.

„Oder sie festhalten", sie streicht mir über die Wange und drückt mir einen Kuss auf die Wange.

„Das wird sich schon alles wieder einrenken", eigentlich würde ich ihr gerne Recht geben oder ihr zunicken, aber woher soll ich wissen, dass sie Recht hat?

„Ich habe versucht sie krampfhaft bei mir zu halten, aber das hat sie nur noch mehr von mir entfernt", Skyler legt ihre Stirn behutsam an meine.

„Das wird alles wieder!" ich drücke sie sachte von mir weg. „Was ist, wenn ihr da draußen etwas passiert, wenn sie sich verletzt und ich sie nie wieder sehen werden?" das ist eine Frage, die an mir nagt.

„Das könnte ich mir niemals verzeihen", als ich aufstehen will hält sie mich zurück. Sie ist es mal wieder, die mir Halt gibt und mir beisteht. Meine Schwester.

„Was würde ich nur ohne dich tun?" wispere ich und lege meine Stirn an die ihre. Sie erinnert mich an Lyl, an damals, an all die schönen Zeiten.

„Du darfst dir zugestehen, dass du mich ansiehst und nicht an Lyl denkst. Ich weiß, dass du dich an all die Erinnerungen mit ihr klammerst. Aber wie willst du die Zeit mit Racquel genießen, wenn du ständig deine Gedanken um die Vergangenheit mit Lyl, Njall und Levke kreisen lässt?" ihre Worte bewegen etwas in mir und zeigen mir, dass ich endlich damit anfangen sollte etwas Neues zu erleben, ohne an dem Alten festzuhalten.

Nachdem ich Skyler einen Kuss auf die Stirn gehaucht habe, verlasse ich den Raum und beschließe ein letztes Mal an die Vergangenheit zu denken, bevor ich mich dann in ein neues Leben mit neuen Erlebnissen werfen möchte.

Doch dafür muss ich an die grausamsten Tage zurückdenken und an die schlimmsten Entscheidungen, die ich getroffen habe.

Sternschnuppen

Jeder Mensch auf Erden ist verbunden mit einem Esctoile, somit besitzt jeder Esctoile einen passenden Menschen. Das besondere an jener Beziehung – von welcher nur der Esctoile weiß, ist dass der Mensch auf diese zurückgreifen kann in einem speziellen Fall. Sobald der Esctoile, aus welchen Gründen auch immer, die Erde durch die Verbrennung verlässt, darf der Mensch sich etwas wünschen.
Jene Verbrennung eines Sternes wird bei Menschen als Sternschnuppe gesehen.
Diese Sternschnuppe ist bekannt dafür sich etwas zu wünschen, wünscht sich der passende Mensch zu seinem persönlichen verbrennenden Esctoile etwas, dann geht dieser Wunsch in Erfüllung – so absurd dieser auch sein mag.
Dieses Ritual: welches das Wünschen bei einem fallenden Stern – einer sogenannten Sternschnuppe – besagt ist das einzige was Menschen im Bezug zu Sternen einfällt.
Alle anderen Dinge wurden über die Jahrhunderte von der Menschheit verdrängt, somit wird der Tod eines Esctoiles als etwas Schönes aber auch Seltenes betrachtet.

Das Problem am Leben eines Esctoiles ist es wohl, mit all den Fehlern die man begeht zurechtzukommen und nicht in irgendeine Welt zu versinken, welcher der Realität so fern ist, dass man nie mehr alleine dorthin zurück findet.

Aber jeder Mensch auf Erden erinnert sich an einen Moment in seinem Leben zurück, in dem er sich, im Nachhinein betrachtet, für das Falsche entschieden hat. Für das offensichtlich Falsche sogar.

Zu dem damaligen Zeitpunkt jedoch, war es einem selbst noch nicht bewusst, wie anders das Leben für die andere Person gelaufen wäre.

Meine Gedanken reisen viele Jahrhunderte zurück, zu jener Zeit, als ich noch neben Lyl lag.

Sie war bereits Mitte 30 als ich etwas herausfand, was mein Leben sehr düster zeichnete.

Jeder Mensch auf Erden besitzt einen Esctoile im Himmel, von diesem weiß die Menschheit jedoch nichts.

Wenn jedoch der Mensch zum Himmelszelt schaut und sein Esctoile seiner Verbrennung zum Opfer fällt und hell von der Welt verschwindet und dessen passender Mensch sich etwas wünscht – geht jener Wunsch in Erfüllung egal wie absurd dieser ist.

Mein Dilemma damals ist jedoch ein Fall gewesen, den kein anderer Esctoile nachvollziehen kann.

Denn mein passender Mensch ist Lyl gewesen.

Um Lyl also ein ewiges Leben zu erfüllen, hätte ich sterben müssen und sie hätte sich für meinen Tod dieses ewige Leben wünschen können.

Dies würde jedoch bedeuten, dass sie dann ein Leben bis zum Ende der Zeit hätte – ohne mich, weil nur ich durch meinen Tod ihr diesen Wunsch hätte erfüllen können.

Doch bis heute gehe ich davon aus, dass mein Tod weniger schlimm zu ertragen gewesen wäre, als der Ihre.

„Wenn ich das tun würde, könntest du ewig leben. Und du liebst das Leben doch", hatte ich zu ihr gesagt, ihre Hände fest gehalten und ihr tief in die Augen geblickt, während um uns herum totale Stille herrschte.

„Ich liebe das Leben, weil du darin bist", war ihre Antwort auf meine Erkenntnis. Und du zeigst mir doch jeden Tag, wie grausam es ist ein ewiges Leben ohne Aussicht auf ein Ende zu ertragen", ihre wahren Worte habe mir verdeutlicht, wie erbärmlich ich wohl in ihren Augen aussehen muss, in dieser Hinsicht zumindest.

„Ich kann es nicht ertragen, wenn ich weiß, dass ich deine Möglichkeit auf ewiges Leben gewesen wäre und du dann irgendwann sterbend in meinen Armen liegst", dieser Satz kostet mir viel Überwindung, weil er genau das ausdrückt was ich jetzt, viele Jahrhunderte später, bereue.

Als hätte ich Vorhersagen können über was ich mir später den Kopf zermartere.

„Du sollst dich später daran erinnern, wie schön unser gemeinsames Leben gewesen ist und dir nicht darüber deinen schönen Kopf zerbrechen wie du etwas hättest verändern können.

Weil dieses Angebot was du mir hier machst, bedeutet, dass ich von dir ablassen muss und dafür liebe ich dich zu sehr", und in jenem Moment ist mir klar geworden, dass die Entscheidung, die ich sie treffen lassen wollte doch mehr kaputt gemacht hätte als mir damals bewusst gewesen ist.

Denn ich weiß wie grausam es ist, sie zurückgelassen zu haben. Und niemandem auf der Welt wünsche ich diese Gefühle, vor allem nicht jemandem der mir mehr bedeutet hat als mein Leben.
Auch Eloy hat damals von meinem Vorhaben erfahren und mich daran erinnert, dass jeder Esctoile für etwas geschaffen wurde.
„Bis jetzt habe ich meine Bestimmung noch nicht erfahren", habe ich ihm daraufhin gegen den Kopf geworfen, weil die Ablehnung von Lyl gegenüber meinem Angebot mich zu sehr aufgewühlt hatte um kühle Gedanken zu bewahren.
„Sie wird dir noch zukommen", auf seine Aussage hin verdrehte ich die Augen.
„Keiner sagt, dass du deswegen weniger Wert bist", Eloy klopfte mir auf die Schulter, entfernte sich dann von mir und weckte in mir den Reiz wenigstens solange durchzuhalten bis ich meine Bestimmung erfahren würde.
Und diese Neugier ist wahrscheinlich der einzig wahre Grund gewesen, weswegen ich bis heute noch am Leben bin.
Jetzt ist es die Liebe zu Racquel.

Eloy erscheint in meinem Blickfeld, kommt mit hängenden Schultern zu mir, fährt sich mit nervösen Fingern durch die grellblonden Haare.
„Ich habe was grausames erfahren", wispert er, sieht dann kurz mit seinen gelben Augen in die meinen. Versenkt die Sonne im Meer.
„Du warst doch damals Lyls Wunsch…", beginnt er leise mit seiner Offenbarung, doch mit dem nächsten Satz hätte ich nie in meinem Leben gerechnet.

„…ich bin Racquels", rückt er schließlich mit der Sprache heraus und bringt mein Phantomherz zum Stehen.

Weil diese Erkenntnis bedeutet, dass er Racquel ein ewiges Leben schenken könnte und mir das ewige Glück. Sowie dem neuen Esctoile ein schönes familiäres Leben mit Vater und Mutter.

„Als dein bester Freund und für die Garantie, dass du immer am Leben bleibst, würde ich meinen Tod dafür eingehen", diese Worte versetzen mir einen Schlag in die Magengrube.

Denn das ist ein Versprechen, dass ich ihm nicht abverlangen will, weil ich mir ehrlich gesagt ein ewiges Leben ohne ihn an meiner Seite nicht vorstellen kann.

„Aber das möchte ich nicht. Du bist aus einem besonderen Grund auf dieser Welt. Du bist dafür da die Sonne aufzuhalten, damit sie die Erde nicht zerstört und den Menschen noch ein schönes langes Leben schenkt", Eloy hat bereits einmal die Erde vor der Sonne bewahrt.

Der Schöpfer hat ihm eine große Bestimmung zukommen lassen, wenn er diese nicht ausüben kann, würde ich dafür sorgen, dass die Esctoiles und die Menschen dieses grausame Erlebnis eines Weltuntergangs miterleben müssten.

„Ich könnte dir so ein wunderschönes Leben schenken, ich möchte nicht, dass du irgendwann zurückblickst und mich dafür verurteilst, weil ich Racquel nicht ihren größten Wunsch erfüllt habe", seine Worte triefen vor Angst.

„Sieh mich an…", fordere ich ihn auf.

„…Ich verspreche dir hiermit, dass ich dich nie dafür zur Rechenschaft ziehen werde. Und ich denke, dass auch Racquel mit ihrem riesigen Herzen nicht von dir verlangen wird den Tod für sie heimzusuchen", daraufhin nimmt er mich in den Arm.

Zeitgleich wird mir bewusst, dass Eloy sehr große Angst vor einer Verbrennung hat, wie er mir schon vor vielen Jahrtausenden offenbart hat.

Eine Angst, die ich kurz nach Lyls Tod nicht teilen konnte, weil für mich nichts grausamer und schmerzhafter erschien als ihr Verlust.

„Versuche nicht daran zu denken, dass du irgendetwas ändern kannst. Dafür sind wir keine Esctoiles, wir sind nicht dazu da uns frühzeitig das Leben durch die Verbrennung zu nehmen. Wir sind für ein ewiges, gefühlsloses Leben hier auf Erden", Eloy entfernt sich etwas von mir, damit ich in seinem Blick lesen kann.

Deutlich erkenne ich die Dankbarkeit darin, bemerke, dass Freundschaft doch stärker als Liebe zu sein scheint.

„Ich wollte dir noch sagen, dass Racquel mit Sicherheit mit dir reden möchte", auf diesen Satz reagiere ich mit dem Hochziehen meiner Augenbrauen.

Dann erscheint Racquel im Türrahmen, tritt langsam in den Raum, füllt die Umgebung mit ihrer Präsens.

„Deine Traurigkeit hat mich beinahe zerbrochen, daraufhin habe ich sie gesucht und gefunden. Hier ist sie also", dann erhebt er sich und drückt Racquel beim Vorbeigehen einen Kuss auf die leicht geröteten Wangen, zuletzt schließt er die Tür und lässt uns somit allein.

„Ohne dich geht es nicht", sind ihre ersten Worte, bei welchen mein Phantomherz beginnt zu reagieren.

„Es tut mir alles furchtbar leid, aber bitte lass mich dir ein paar Dinge erklären…", setze ich an, unterbreche mich jedoch, als sie vorsichtig ihren Mund öffnet.

„Sie ist so unheimlich hübsch", sofort wird mir bewusst, dass sie von Njall spricht, was mich darin bestärkt ihr alles zu erläutern.

„Meine Elfe, in meinen Augen ist niemand hübscher als du es bist. Du bist für mich alles, was ich auf dieser Welt sehen will. Schöner als das Schönste was ich je gesehen habe", ein Lächeln stiehlt sich auf ihre blutroten Lippen.

„Außerdem habe ich mit Njall vor der Verschmelzung gesprochen, ich habe sie darum gebeten sich von mir fernzuhalten solange du am Leben bist und wir uns lieben. Sie hat meine Ansicht respektiert. Solange du am Leben bist, gehörst du zu mir und ich gehöre nur dir – solange du atmest und sogar darüber hinaus", ihr Lächeln wird noch breiter.

„Warum musstest du die Verschmelzung zu diesem Zeitpunkt eingehen?" will sie wissen, geht einen kleinen Schritt auf mich zu, während ich tief Luft hole um meine Gedanken zu strukturieren.

„Vor vielen Jahrhunderten hätte ich bereits die Verschmelzung eingehen sollen, aber damals war ich noch nicht dazu bereit. Das Problem ist jedoch gewesen, dass irgendwann der letztmöglichste Termin ansteht und dieser ist an jenem Tag gewesen. Hätten Njall und ich dort nicht diese Prozedur ermöglicht, wären wir beide verbrannt und unser ewiges Leben wäre beendet gewesen. Dann hättest du mich nie wieder gesehen", Tränen steigen auf in ihren blaugrünen Augen und ich überwinde die letzte Distanz zwischen uns, schließe sie in die Arme und übe eine leichte Kraft aus, damit sie bemerkt, dass ich sie halten will.

„Es war ungerecht von mir dir nicht die Möglichkeit zu geben dich zu erklären, weil es jetzt für mich einen Sinn macht", wispert sie an meiner Brust und hebt dann ihren Kopf, dann beuge ich mich etwas herunter und lege meine Lippen auf die ihre.

Meine Hände, die davor um ihre Schulter lagen, finden nun den Weg an ihre Wangen, während ich einen Kuss in den nächsten fließen lasse.

Genieße die Nähe die sie wieder zulässt und zum ersten Mal seit langem fühlt es sich wieder an, als hätten wir dort keine Geheimnisse zwischen uns.

„Wo bist du all die Zeit gewesen?" flüstere ich zwischen zwei Küssen und lasse sie dann kurz zu Wort kommen.

„Ich bin etwas umher gelaufen, habe versucht mir klar zu werden was ich will und wohin ich möchte. Und als ich mir meine Optionen durch den Kopf habe gehen lasse, hatte ich keine andere Möglichkeit als zu dir zu gehen und mein restliches Leben bei dir zu verbringen", damit gibt es nur noch eine Frage die in meinem Kopf herumschwirrt.

„Hast du bereits von Eloys Angebot gehört?" möchte ich wissen, blicke ihr genau in die Augen und bin erstaunt als sie nickt.

„Ich habe mir von ihm gewünscht, dass er sich darüber keine Gedanken mehr macht, weil es für mich klar ist, dass ich kein ewiges Leben haben will, wenn er dafür sterben muss. Außerdem musste er mir versprechen, dass wenn ich von dieser Welt werde gehen müssen, er immer bei dir bleibt und sich um dich sorgt. Und vor allem um den neuen Esctoile der unter unserer Obhut sein wird", und plötzlich ist dort ein neues Strahlen in ihren Augen, ein neues Glitzern welches ich nun für immer darin schimmern sehen wollte.

Denn die Entscheidung ihr ein *Kind* in Form eines Esctoiles zu ermöglichen, bedeutet, dass sie den richtigen Mann für sich gefunden hat. In mir.

In ihren Augen bin ich der Mann, mit dem sie Kinder haben will und nun bin auch ich der Mann der ihr eines schenken kann.

Einer ihrer größten Wünsche habe ich ihr damit erfüllt.

„Ich bin unsagbar froh, dass ich dich wieder in meinen Armen halten kann, denn ich hatte solche Sorgen darum dich nie wieder sehen zu können. Nie wieder deine wunderschönen Augen so glitzern zu sehen wie sie es jetzt gerade tun".

Daraufhin drückt sie mir einen Kuss auf die Wange, dann verschwindet sie ins Bad um sich zu duschen, während ich so schnell ich kann meinen Weg zu Eloy aufsuche.

„Ich danke dir für alles, ich danke dir so sehr dafür, dass du sie wieder zu mir zurückgebracht hast", er legt mir einen Arm um die Schultern.

„Vor meinem Vorhaben, habe ich mit einigen Esctoiles gesprochen und alle haben mir gut zugesprochen. Levke, Njall, Skyler, Beath und sogar Sirius; daraufhin habe ich mich auf den Weg gemacht dir dein Glück wieder zurückzubringen", als ich ihm erneut dafür danken will, winkt er ab und macht sich mit einem Lächeln auf und davon.

Als ich zurückkehre, dreht sich gerade der Schlüssel im Schloss und Racquel tritt aus dem Badezimmer mit leicht feuchten Haaren und einem weiten T Shirt von mir, das ich schon seit Jahren nicht mehr gesehen habe.

„Meine Klamotten gefallen mir an dir", lächle ich, trete zu ihr und lege meine Hände um ihre Hüfte, damit wir uns dann gemeinsam auf die Matratze legen.

Sie scheint zufrieden, wieder hier zu sein, in einem Zimmer und einer richtigen Dusche – diese Dinge hat es in ihrer alten Holzhütte nicht gegeben.

„Kannst du mir schöne Träume schenken?" will sie wissen und hält sich dann die Hand vor den Mund als sie gähnen muss, mit einem Nicken bestätige ich ihre Aussage und streiche dann mit meinem Zeigefinger über ihre geschlossenen Lider.

Lange und eingehend betrachte ich sie, während ihre Brust sich immer langsamer hebt und senkt und ein wunderschönes Lächeln mir verrät das sie sich in einer schönen Traumwelt befindet.

„Ich danke dem Schöpfer dafür, dass er dich erschaffen ließ, dass er mich am Leben gehalten hat bis ich dich kennenlernen durfte. Unsagbar froh bin ich darüber, dass ich nicht gestorben bin bevor ich dich getroffen habe. Du machst etwas mit mir, was niemand zuvor erreichen konnte, nicht mal Lyl hat etwas Derartiges mit mir angestellt.

Nie wieder werde ich einen Fehler begehen, weil ich mir zu sicher bin, dass ich nicht nochmal eine Gelegenheit bekommen werde dich wieder zurückzubekommen.

Sobald ich in deine Augen sehe, beruhigt sich die Wut auf das Leben in mir, du schaffst es, dass ich gerne auf die Erde zurückkehre, weil ich weiß, dass da jemand auf mich wartet.

Und zeitgleich gehe ich gerne in den Himmel, weil ich weiß, wie sehr du meine wasserblauen Augen liebst und diese zarte Farbe behalten sie nur wenn ich immer dann in den Himmel auffahre sobald mich der Schöpfer zu sich ruft.

Und ich hoffe, dass ich irgendwann in den Himmel aufsteigen werde und du Gemma in der Nördlichen Krone wirst entdecken können.

Du bist mein Glück", nach meinen gehauchten Worten, berühren meine Lippen vorsichtig ihre Schläfe und ich öffne das Fenster, steige auf den Fenstersims und spreche in meiner Sprache zu dem Schöpfer.

Nach einem letzten Blick auf die schlafende Racquel springe ich aus meinem Zimmer, genieße das Gefühl welches mich überkommt, als ich aufsteige.

Es ist die erste Nacht seit langer Zeit im Himmel, in welchem ich wieder unter andere Esctoiles trete und mit ihnen rede.

Weil ich weiß, dass dort unten jemand auf meine Heimkehr wartet – mein Glück.

Verbindung zu Menschen

Die Menschen verehren die Sterne am Himmelszelt,
weil Sie ihnen das Licht in der Dunkelheit schenken.
Ihr dürft nicht vergessen, dass der Schöpfer Euch
dieselbe Gestalt geschenkt hat, damit Ihr unter den
Geschöpfen der Menschheit nicht auffallt.
Euch ist der vorsichtige Umgang mit den Menschen
erlaubt, gebt jedoch Acht, dass Ihr den fremden nicht
Eure Natur offenbart.
Denn was der Mensch nicht kennt, dass fällt ihm
schwer zu akzeptieren.
Das Gold in Euren Adern könnte Anlass geben Euch
zu foltern um ewigen Reichtum zu erhalten.
Eure Fähigkeiten und Eure Bestimmungen könnten
gegen das Volk der Esctoile verwendet werden und
auch gefährlich für die Menschheit werden, wenn sie
diese nicht richtig einsetzen.
Die Verbindung zu den Menschen ist wichtig aber
dennoch mit Vorsicht zu genießen.
Vergesst nicht, Euer oberster Dank gilt dem Schöpfer.

Ein neuer Tag, der anbricht, ohne dass sich Racquel in meinen Armen befindet. Der Morgen beginnt, wie Feuer senkt sich die Sonne auf meine Haut, umspielt mit ihren Strahlen meinen Körper. Nach einem Bick nach links und rechts, bei dem nichts Auffälliges meine Nerven gespannt hat, durchforste ich mit meinen Augen die Welt. Dort finde ich sie. Verloren zwischen tausenden Wellen, die sich auf meinen Bettlaken gebildet haben, liegt sie. Zitternd, mit goldenem Schweiß auf der glatten Stirn, die Hände in die weiche Matratze gekrallt. Albträume, die ihr Leben zeichnen und mich traurig stimmen. Ich will ihr helfen, ihr beistehen. Doch sie zerbricht, verliert sich in ihrer eigenen Stimme, erwacht nicht. Ohne Waffe kämpft sie gegen die Last an. Sie zuckt und wimmert. Das genügt.

Wutentbrannt reiße ich mich von den Ketten los, schmeiße alle Sorgen über Bord. Sacht streiche ich ihr übers Haar, obwohl ich eigentlich nicht eingreifen will, wenn sie schläft. Denn ich möchte ihr die Möglichkeit geben sich selbst neu zu finden, eine Racquel, die auch ohne mich auskommt, auch wenn ich mir nicht annähernd vorstellen kann eine längere Zeit ohne sie zu leben.

Langsam erwacht sie, streckt sich kurz und liegt mir dann gegenüber und lächelt.

Wie ich es liebe diese Veränderung ihrer Gesichtszüge zu sehen. Als würde ich die Sonne dabei bewundern, wie sie langsam aufgeht. Wie sie die Dunkelheit überschattet mit all den bunten, schönen Farben. Genau so schön wie ihr Name, der mich an den Frühling erinnert oder an die Art wie sie mich küsst. Wie sie überlegt ob es darauf ankommt, welche Blicke wir davor tauschen. Und jetzt sehe ich wieder diesen dahinschmelzenden Strahl in ihren blaugrünen Augen, als sie auf meine eben befeuchteten Lippen sieht. Ich streiche ihr eine Haarsträhne hinters Ohr und dabei folgt ihr Blick meiner Hand, die diese Geste vollführt. In diesem Moment streife ich ihre Wange und lasse meine Finger schließlich auf ihrem Hals liegen. Dann beginne ich sie zu küssen und jeder Kuss fühlt sich einerseits bekannt und doch unwissend an.

Irgendwann nehmen die Küsse ab und sie kuschelt ihren Kopf an meine Brust.

„Das ist so außergewöhnlich dieses helle Klirren anstelle eines regelmäßigen Herzschlages zu hören", an ihrem Stimmklang erkenne ich, dass diese Außergewöhnlichkeit sie mehr fasziniert als abschreckt, genau jenes ist es, was mich ihr so verbunden macht.

„Schön, dass es dir gefällt", lächle ich, während meine Hände auf ihrem Rücken kleine Zeichen ziehen.

„Du gefällst mir", ihr Gesicht tritt aus ihrem Versteck hervor und die Augen strahlen mich an.

„Du mir noch mehr", mein Phantomherz vollführt eine neue Melodie und es fühlt sich an als würde dort nicht nur Gold sondern auch pures Glück durch meine Adern rasen.

„Ich wünschte ich könnte Nita hiervon erzählen", ihre Stimme sinkt in Traurigkeit, verdunkelt die Stimmung, nimmt dem Glück die Möglichkeit zu strahlen.

„Sie wird dort oben sitzen und auf dich hinab schauen, sie wird stolz auf dich sein. Und sie wird auch Jinkx wieder gefunden haben", kleine Tränen kullern über ihre Wangen, perlen von ihrem Kinn auf das weiße Bettlaken und hinterlassen dort kleine Kreise als Spuren.

„Du erinnerst dich an meine Erzählungen", wispert sie ungläubig, während ihre Augen lange in den meinen forschen.

„All deine Erinnerungen sind gut bei mir aufgehoben", was dort in der blaugrünen Mischung liegt ist mir bis zu diesem Zeitpunkt noch vollkommen unbekannt.

Nie habe ich etwas Vergleichbares in anderen Augen betrachten können, als würden sie sich wieder zusammenfügen, all die klaffenden Wunden, die ich mit meinen Wahrheiten dort hineingebrannt habe, verheilen mit meiner Aussage.

„Wenn ich jemals was aus meiner Vergangenheit vergesse, kannst du es mir dann wieder erzählen?" es klingt weniger wie eine Frage als eine Aufforderung.

„Alles, was ich über dich weiß, kann ich dir immer wieder erzählen", verspreche ich ihr und sie legt ihre kleinen Finger auf meine Wangen, lächelt und küsst mich.

„Ich habe dir zu danken. Du nimmst mir meine größte Angst", nachdem ich meine Augenbrauen fragend in die Höhe gezogen habe erläutert sie mir ihre Angst genauer.

„Seit ich klein bin, habe ich Angst zu vergessen, was mir wiederfahren ist, deswegen bin ich eng verbunden mit Narben, weil sie mich daran erinnern, dass mir etwas passiert ist, ob es nun positiv oder negativ sein mag. Ich habe Angst ein Mensch zu werden, der sich nicht mehr an sein Leben und irgendwann nicht mehr an sich selbst erinnern kann", ihre Worte zeigen mir, dass ich derjenige sein kann, der sie daran erinnert was Glück ist.

„Gerne nehme ich diese ehrenvolle Aufgabe an", sie lächelt und klettert unter den Bettlaken hervor, gerade als sie im Badezimmer verschwunden ist, klopft es an der Tür.

„Gemma", Sirius tritt in meine vier Wände, füllt den Raum augenblicklich mit seiner Präsens, während ich regelrecht unter dem weichen Klang seiner Stimme und der Aufmerksamkeit die er mir zukommen lässt schmelze.

„Du sollst wissen, dass ich glücklich darüber bin, dass Racquel zurückkehrt ist. Vergesse nie, dass Eloy dir dein Glück zurückgebracht hat". Alles was ich ihm als Antwort geben kann ist mein Nicken, weil ich zum ersten Mal das Wort *Glück* aus seinem Mund höre.

„Ebenso darf ich dich zu dem neuen Esctoile beglückwünschen, der bald das Licht der Welt erblicken wird. Du erleichterst mir eine Menge, wenn du jenes Wesen aufziehst und es in die Chroniken der Esctoiles einweist. Denn du hast bereits bewiesen, dass du perfekt dazu geschaffen bist, wie man unschwer an Skyler erkennen kann", seine Worte berühren mich tief in meinem Inneren, als würde er mit seiner Kraft meinen Miyakin berühren.

„Das Wichtigere, was ich dir jedoch mitteilen wollte, ist, das deine Bestimmung nicht mehr lange auf sich warten lässt, du weißt, dass du eine große Verantwortung zu tragen hast. Stärke deine Schultern für diese. Ich bin mir sicher, dass du alles mit Bravur meistern wirst", er tritt vollkommen in den Raum, schließt die Tür hinter sich und kommt vor mir zum Stehen.

„Du sollst wissen, dass du mir sehr verbunden bist", ein Satz der mich prägt, sobald er diesen zu mir sagt, wenn seine volle Aufmerksamkeit mir zu Teil wird, heilt er all meine Wunden.

Eingehend betrachte ich die schwarzen Strähnen zwischen dem weißen Haar und erkenne deutlich das stark blau leuchtende Dreieck in seiner Iris, während all die andersfarbigen Dreiecke beinahe verschwinden.

Doch gerade in der Nähe erkenne ich wie alt er über die Jahrhunderte hinweg geworden ist.

Der Moment der Stille wird unterbrochen als Racquel die Badezimmertüre öffnet und zunächst unsicher im Rahmen stehen bleibt, bevor Sirius sie zu sich winkt.

„Ich bin dir sehr dankbar, dass du mit Eloy zu Gemma zurückgekehrt bist. Du bist sein Glück", dann legt er seine Arme um Racquel und zieht sie näher an sich.

Wenn ich weinen könnte, würde ich es jetzt tun.

Das ist mitunter das Schönste was ich jemals gesehen habe, mein Vorbild Sirius schließt meine Liebe in seine Arme.

Dann flüstert er ihr etwas ins Ohr, was sie zum Lächeln bringt und eine zarte Träne aus ihrem Augenwinkel befreit.

„Danke", antwortet sie, dann entfernt er sich von ihr, legt seine Hand kurz auf meine Schulter und lässt uns dann zurück.

Wir sind vollkommen zerstreut von dem plötzlichen, privaten Besuch.

Langsam scheint Racquel aus ihrer Starre zu erwachen und kommt wieder zu mir auf die Matratze, legt sich dann neben mich und sieht mich an.

Lange, als würde dort etwas Neues in meinem Blick liegen.

Und dabei habe ich sie noch nicht mal darauf hingewiesen, dass sich etwas in ihrer Iris ganz deutlich verändert hat.

„Das war unglaublich", wispere ich und sie stimmt mir mit einem Nicken zu.

„Es ist nur merkwürdig wenn ich länger darüber nachdenke", wirft sie schließlich in den Raum und sie scheint wieder an meinem Gesichtsausdruck zu erkennen, dass ich mehr Informationen brauche.

„Für mich fühlt sich eine Umarmung besonders an, aber ich frage mich, warum hat er mich umarmt, wenn er doch dabei nichts fühlen kann?" will sie wissen.

„Aus demselben Grund wie eigentlich alle Menschen es tun: weil sie den Blick der anderen Person genießen, der entsteht wenn sie diese unmittelbare Nähe zulassen", nach einem Atemzug, zieht sie mich näher zu sich und haucht mir einen Kuss auf die Lippen, gerade als ich diesen erwidern will hören wir einen Schrei von draußen und sprinten zum Fenster. Dort auf dem Rasen steht ein völlig aufgedrehter Eloy und vollführt Freudensprünge in der Luft.

„Ihr musst runter kommen, ich muss euch was Unglaubliches erzählen", ein freudiges Strahlen erhellt urplötzlich Racquels Gesicht, als würde sie etwas wissen, von dem ich keinen blassen Schimmer habe.

„Ich habe es geschafft!" kreischt er uns freudestrahlend entgegen, als Racquel und ich gerade die Treppen des Eingangs passiert haben.

„Und wie war es?" will Racquel sofort wissen, doch bevor die Geschichte aus Eloys Mund sprudeln kann wie Wasser muss ich erstmal wissen um was es sich handelt.

„Was ist los?" möchte ich also wissen und Racquel und Eloy offenbaren mir gleichzeitig: „Na, das Treffen mit der Sonne", ein verzögertes Nicken ist meine Antwort.

Eloy ist ebenso wie Skyler ein besonderer Esctoile, Skyler kann nicht in den Himmel wo hingegen Eloy keinen Esctoile hat mit dem er sich verschmelzen kann.

Das bedeutet wiederrum, dass er niemandem versprochen ist und somit wenigstens diesen Teil seines Schicksals frei wählen kann.

„Schon seit längerer Zeit habe ich ein Auge auf die Sonne geworfen und da ich ja häufiger bei ihr verweile, spüre ich eine große Sehnsucht, wenn ich nicht im Himmel bin. Daraufhin habe ich mich ja mit Racquel unterhalten und wir hatten den perfekten Plan".

Die Idee der beiden war simpel wie genial, Eloy sollte vortäuschen, dass er beinahe vergessen hätte in den Himmel aufzusteigen.

Das wiederrum würde bedeuten, dass die Sonne – würde sie ebenfalls Gefallen an ihm finden – sich um ihn sorgen würde.

Er würde also später wie gewohnt in den Himmel steigen, damit er im Endeffekt mehr Zeit an ihrem Aufgang mit ihr verbringen kann.

„Sie hat mir dann erzählt, dass sie die ganze Nacht nicht zur Ruhe gefunden hat, weil sie sich solche Sorgen um mich gemacht hat, da ich sie ja sonst immer unterhalte", Racquels Augen sprühen Funken und sie hört ihm aufmerksam zu.

„Wir haben uns also eine ganze Weile unterhalten und dann hat sie mir einen Kuss auf die Wange gedrückt. Ich habe alles auf eine Karte gesetzt und sie

geküsst", er wirkt auf mich wie ein kleiner Junge, der zum ersten Mal herausgefunden hat, dass Mädchen vielleicht doch gar nicht so eklig sind wie gedacht.
„Und jetzt?" will Racquel wissen, während Eloy schweigt, damit mehr Spannung aufgebaut wird.
„Wir wollen es versuchen", quietscht er und Racquel fällt ihm um den Hals, ich erkenne an ihren Gesichtszügen dass sie sich aufrichtig für ihn freut.
„Mir kommt es langsam vor, als würdet ihr zwei euch besser kennen als ich euch", ernst versuche ich eine traurige Miene zu ziehen, welche sofort wieder durch ein Lachen ersetzt wird, als die zwei mich mit in ihre Umarmung aufnehmen.

Racquel und Eloy haben sich auf den Weg gemacht die freudige Nachricht allen wichtigen zu erzählen, während ich hinab zum Wasser laufe, an welchem Racquel und ich mit dem kleinen Boot hierher getrieben sind.
In der ganzen Zeit ist viel passiert, wir haben viel gemeistert in der Zeit seit wir hier sind.
Und ich hoffe, dass wir nun erstmal unser Glück genießen können, jetzt wo alle Racquel akzeptiert haben, sogar Sirius.
Jetzt liegt es an mir zu begreifen, dass Lyl nie mehr zurückkehren wird und das in Racquels Augen meine Zukunft liegt.
Vorsichtig lasse ich mich nieder, schließe meine Augen und denke nochmal an Lyl zurück.

„Wir hatten ein schönes gemeinsames Leben", ihre Stimme ist seit der Zeit bei mir gealtert, aber sie ist immer noch dieselbe Lyl in die ich mich damals verliebt habe.

„Das finde ich auch, meine Liebe", wir sitzen an derselben Stelle an der ich mich eben niedergelassen habe, ihre Hand liegt in meiner und kleine Schneeflocken rieseln auf den Boden.

„Ich bin froh, dass wir uns damals begegnet sind", lächelt sie und ich sehe ihr direkt in die lieblichen braunen Augen.

„Kannst du mir die Geschichte nochmal erzählen?" fordere ich sie auf.

„Die hast du doch schon so oft von mir gehört", es bilden sich kleine Falten um ihre schönen Lippen.

„Aber ich kann nie davon genug bekommen", nachdem sie sich geräuspert hat und ihre einzigartige Iris hinter den Augenlidern verborgen hat beginnt sie zu erzählen.

„Es war ein kühler Herbsttag, an welchem die Bäume noch beinahe ihre volle Blätterpracht trugen, diese aber in vielen bunten Tönen leuchteten. An jenem Abend lief ein junges Mädchen, das den Namen Lyl trug, durch die Straßen der einsamen Stadt. Ihre Gedanken baumelten in der Freiheit der Nacht und sie sang ein kleines Lied vor sich hin, dachte sich nichts, weil sie sich alleine fühlte.

Doch da lief plötzlich eine andere Gestalt ein junger Mann, hochgewachsen, einem schönen Gang und schwarzem Haar, so pechschwarz wie die Nacht.

Sie wollte ihm nicht nachschauen, denn das gehörte sich nicht für ein guterzogenes Mädchen, aber ihr Herz pulsierte so rasend schnell in ihrem Brustkorb, dass sie gar nicht anders konnte als dem Wunsch nachzugeben.

Und jede einzelne Sekunde, die sie damit verbrachte ihn anzuschauen, war es wert gewesen.

´Warum sind Sie so spät noch unterwegs, junge Dame.´ Wollte seine warme Stimme von ihr wissen und da erkannte sie zum ersten Mal seine Augen. Ein blaues wässriges Kunstwerk – als hätte jemand ewig nur damit seine Zeit verbracht alle Wunder dieser Welt in seine Iris zu zeichnen.
´Ich bin auf der Suche.´ Hatte das sonst so schüchterne Mädchen dem wundervollen Mann geantwortet.
´Haben Sie es gefunden?´ Sie nickte zaghaft.
´Nach was haben Sie denn gesucht?´ Wollte er dann mit seiner rauen Stimme in Erfahrung bringen.
´Nach Ihnen´".

Lyls Stimme verschwindet aus meinem Gehör und ich lasse meine Augen weiterhin geschlossen um das Gefühl noch etwas zu bewahren. Wäre sie damals nicht so mutig gewesen mich anzusprechen, hätte ich das Gefühl der Liebe nie gespürt, aber auch das ewig währende Gefühl des Verlustes wäre mir fern geblieben.
Doch wenn ich zurückdenke, bin ich froh, dass mir beides wiederfahren ist.
Denn jede Sekunde mit ihr ist es wert gewesen.

Tod

Es ist selten, dass ein Esctoile solch ein langes Leben führt, dass Ihn sein natürlicher Tod heimsucht. Denn die meisten Esctoiles sterben aus Nachsichtigkeit, wenn Sie vergessen Ihrem Schöpfer zu huldigen.
Dennoch kann solch ein Ereignis vorkommen, dann solltet Ihr darauf gefasst sein, dass dieser seltene Moment Euch nicht oft zu Teil wird.
Der Esctoile wird sich ein letztes Mal reinwaschen und dann seinen Miyakin befreien, während seinen Worten.
Danach, wenn er den Miyakin zurück in seinen Körper gleiten lässt, werden seine Augen ihren Farbton verlieren und sich in einem blassen Grau zeigen, auch sein Haar verfärbt sich grau.
Dann altert der Esctoile rapide vor Eurer aller Angesicht, ebenso sein Miyakin verliert an seinem Schimmern und blasst ab in ein kühles Grau.
Zuletzt wird er zu Staub zerfallen und der Wind, der Schöpfer, wird Ihn davontragen.

Das dieser Tag noch besonders werden würde habe ich bereits in meinem Inneren gespürt, aber es mag auch an den Blicken liegen, die Racquel mir in den letzten Tagen hat zu Teil werden lassen.

Ein Blick der mir gezeigt hat, dass der nächste Schritt nicht weit entfernt ist.

Wir liegen auf der Matratze, in unmittelbarer Nähe und meine Hände liegen um ihren Körper, welcher sich vor mir befindet.

Sie windet sich unter meinen Armen, damit ihr Gesicht sich nun direkt vor meinem befindet. Ihre Finger fahren über meine Wange, während sie mich küsst und etwas in meinem Inneren bewegt, etwas umgibt mich.

Ihre Hände öffnen die Knöpfe an meinem Hemd, welches sie mir anschließend von den Schultern streicht. Dann legt sie ihre Hände überkreuzt an den Saum ihres Kleides und zieht es sich über den Kopf, zum Vorschein kommen die Narben, welche sie an alles erinnern, was sie jemals erlebt hat.

Schließlich werden meine Küsse fordernder, wilder. Versuchen all dies hier wirklich wahrzunehmen. Kurz hält sie inne, woraufhin ich meine Augen öffne und ihren Fingern folge, die über meine Brust gleiten als würde sie wollen, dass ich jenen Moment genau in Erinnerung behalte.

Ein Lächeln zeichnet sich auf meinen Lippen ab, weil ich erstmals bemerke, dass sie will, dass meine Augen das spüren, was meine taube Haut nicht fähig ist. Dadurch entfacht sie ein Feuer in mir, welches ich nie wieder werde löschen können.

Es vergeht Zeit, in welcher wir unsere ungeteilte Zweisamkeit genießen, die Nähe die wir in diesem Ausmaß noch nicht erfahren haben.

Als wir völlig erschöpft nebeneinander liegen und meine Fingerkuppen über die Gänsehaut auf ihren Armen streichen, welche ich nach wie vor nur erkenne und nicht spüre, flüstere ich ihr leise eine Liebeserklärung in die kleinen Ohren: „Egal was es ist, ich bestreite es mit dir, weil das was wir haben zu wertvoll ist, um es einfach aufzugeben. Ich sehe dich an und weiß, dass alles an was ich glaube, klar in deinem Blick liegt. Ich bin froh, dass wir das haben und kein anderer, dass wir alles teilen und überstehen, als könnte uns nichts in der Welt etwas anhaben und vielleicht ist es ja auch so, weil wir einfach über alles reden können. Jedes Problem aus dem Weg schaffen, weil wir zu zweit erst richtig vollkommen sind, näher als zu jeder anderen Person. Dass ich dich mehr Liebe als sonst einen Menschen auf dieser Welt", daraufhin zieht sie meine Hand von ihrem Arm und drückt ihr einen Kuss auf.

„Ich bin glücklich darüber, dass ich nicht von dieser Erde verschwunden bin, bevor ich dich kennengelernt habe", ihre Worte berühren mich, machen mir klar, dass es nur das Schicksal gewesen sein kann, welches uns einander begegnen ließ.

„Habe ich dir etwas mehr Lebenswille geschenkt?" will sie wissen und dreht ihren Kopf, damit sie mich ansehen kann.

„Solange du lebst und bei mir bist, ist da ein Wille, der mich am Leben hält, wie es danach aussieht, kann ich dir nicht versprechen. Denn nach wie vor wird dort ein Leben ohne Emotionen bleiben", ein Seufzen entgleitet meinen Lippen.

„Was ist, wenn ihr euch alle gegen dieses Leben entscheidet?" leise Gedanken, die sie ausspricht um zu hören wie sie klingen.

„Du weißt doch, manche lieben diese Art des Lebens", Verständnis spiegelt sich, in den Tränen welche in ihren Augen liegen, wieder. Ich kenne sie bereits so gut, dass ich weiß, dass sie an Jason denkt und zeitgleich tänzelt das Bild ihres Abschiedskusses vor meinem Blick, welches heiß durch meinen Magen sickert und sich, wenn ich menschlich wäre und fühlen könnte, als Wut entpuppen würde. Aber mein Wesen ist nicht befähigt dies zu tun, etwas Derartiges wahrzunehmen.

„Aber ihr, die die es hassen, vermeidet den Himmel...", schnell unterbreche ich sie: „Ich soll den, der mich erschuf leugnen?" ein Kopfschütteln von ihr zeigt, dass sie versteht, dass mein Leben ein Geschenk ist. Ich darf mich nicht auflehnen, gegen das was ich bin, denn wenn ich gewinne, besiege ich mich selbst.

„Denke nicht, dass ich dich verurteile, für das was du bist. Ich liebe dich dafür. Aber zu sehen wie du daran zerbrichst ist grausam", dann haucht sie einen Kuss auf meine Lippen.

„Ich lebe nur für dich. Ich gefalle dem Schöpfer so lange wie ich es möchte, sobald ich damit aufhöre seinem Weg zu folgen, werde ich dafür büßen. Und seine Wut möchte ich erst spüren, wenn du fort bist", ein Nicken von ihr aus, bedeutet mir, dass sie alles versteht, was ich ihr sage und darüber bin ich dankbar.

Als wir gerade wieder beginnen uns in unseren Küssen zu verlieren, höre ich den Klang den die Esctoiles ausstoßen um einander zu erkennen oder zusammen zu rufen.

„Wir müssen los", verdeutliche ich Racquel und reiche ihr ihre Unterwäsche und das schöne Kleid, während ich selbst in meine Hose steige und mein Hemd überwerfe.

An der einen Hand halte ich Racquel, während ich mit der anderen die Knöpfe schließe, so rennen wir nach draußen und folgen dem Strom der Esctoiles.

In der Menge erkenne ich Eloy, welcher sich zielstrebig den Weg zu mir erkämpft.

„Was ist passiert?" will ich völlig außer Atem wissen, weil ich etwas Grausames befürchte.

„Skylers Vision passiert heute", teilt er mir mit hängenden Schultern mit und mir wird klar, dass heute ein Esctoile aus unserer Gemeinschaft gehen wird.

Racquel blickt verängstigt zu mir.

„Heute wird auf natürliche Weise ein Esctoile sterben, das ist ein äußerst seltenes Ereignis, denn wenn Esctoiles normalerweise von dieser Erde gehen, dann auf dem Weg der Verbrennung", sie nickt nur und wir schreiten in den Raum in welchem die ungeborenen Esctoiles ruhen.

„Meine Kinder des Himmels, beruhigt euch bitte!" Sirius klare Stimme bringt uns alle zum Schweigen, sein Blick schweift durch die Menge, welches das Schauspiel der Farben uns zeigt. Seine weißen Strähnen werden immer wieder von anderen Farbtönen unterbrochen und auch die verschiedenen Dreiecke leuchten immer in abwechselnden Tönen.

„Skylers Vision hat sich erneut als wahr bewiesen, leider ist es dieses Mal eine traurige Situation die stattfinden wird", er geht ein paar Schritte nach vorne, hinein in die Menge der Esctoiles.

„Jene Vision besagt, dass ich heute von euch gehen werde", nach seinen Worten zerbricht meine Welt, denn dieser Satz bedeutet, dass wir alle Sirius das letzte Mal sehen werden.

„Ich habe mich lange vor diesem Tag gefürchtet, aber ihr alle wisst, dass es irgendwann Zeit wird, dass ein neuer Sirius am Himmel herrscht. Viele Jahrtausende wandle ich schon auf dieser Erde. Aber auch ihr wusstet, dass meine Zeit kommen würde. Und mein Tag ist heute", ein paar herzzerreißende Schreie durchbrechen die Stille, weil keiner seine Worte wahr haben will.

Niemand möchte ihn verlieren. Ein Blick rüber zu Racquel zeigt mir, dass auch in ihren blaugrünen Augen unzählige Tränen schwimmen, daraufhin ziehe ich sie in eine Umarmung.

„Aber mein Tod bedeutet auch, dass jemand neues unter euch der Sirius wird. Das jemand endlich seine Bestimmung auf dieser Erde erfährt", ein leises Schluchzen dringt an meiner Brust hervor, an welche Racquel ihr Gesicht presst.

„Gemma, darf ich dich nach vorne bitte um deinen neuen Miyakin zu empfangen", seine Worte brauchen lange bis ich deren Sinn begreife.

„Ich? Als neuer Sirius?" meine Stimme überschlägt sich, als die Esctoiles einen Spalt bilden und Sirius zu mir treten lassen.

„Als du vor vielen Jahrtausenden die Welt betreten hast, solltest du der neue Sirius werden, jedoch waren deine Haare pechschwarz wie die Nacht und nicht in einem grellen weiß. Vielleicht hast du dich manchmal gefragt, warum deine Augen in einem wässrigen Blau schimmern, während die deines Sektors eigentlich in einem starken Hellblau strahlen? Dies alles sind Merkmale deiner Bestimmung. Ich bin stolz dir meinen Miyakin zu übergeben", Eloy schleicht sich heran und zieht Racquel aus meinen Armen, damit sich niemand zwischen Sirius und mir befindet.

Mit bestimmten Griffen befreit er seinen Miyakin aus seiner Haut und hält ihn über meinen Kopf: „Mit der mir verliehenen Kraft gebe ich meinen Miyakin an den Esctoile Gemma und den Esctoile Alfecca Meridiana, seiner Partnerin, mit welchem der seine verbunden ist, weiter. Möge der mir gegenüberstehen Esctoile zu unserem neuen Sirius werden", daraufhin bricht Sirius ein winziges Stück von seinem Miyakin ab, welches er in meine Hände legt und lässt den Rest erneut in seiner Haut verschwinden.

Bestimmt öffnet er die unteren Knöpfe meines Hemdes, legt das winzige Stück an seine Lippen, küsst dieses und legt es dann an den Miyakin in meinem Bauch, daraufhin verschmelzen die Stücke.

Vor mir steht nun ein normaler Mensch, der für einen kurzen Moment leben wird ohne als Esctoile zu gelten.

Seine Gesichtszüge altern rapide, sein Haar wird grau, und seine Augen schimmern schwach in demselben Ton und auch sein Miyakin erscheint im selben Grau. Vor mir steht Iye, sein eigentlicher Name, welcher Rauch bedeutet.

Dann bemerke ich, wie sich die Strähnen vor meinen Augen in ein grelles weiß verwandeln und mir wird bewusst, dass auch meine Augen ihre Farbe verändert haben müssen.

„Lebt wohl", erhebt Sirius ein letztes Mal seine Stimme, nimmt meine Hand und zerfällt in der nächsten Sekunde zu Staub, welcher dann vom Wind davongetragen wird.

Alles was zurückbleibt bin ich und das winzige Stück seines Miyakins an dem meinen. Racquel kommt zu mir, mit tränennassen Wangen und haucht mir kleine Küsse auf die Lippen.

Nach und nach leert sich der Raum und nur sie und ich bleiben zurück.

„Nie hätte ich erwartet, dass er stirbt und ich an seine Stelle trete", flüstere ich ungläubig.

„Ich werde ihn nie wieder sehen", wispere ich und mich überkommt die Erkenntnis, dass dort wirklich nie wieder ein Wiedersehen stattfinden wird.

„Er war sehr wichtig für mich", Racquels Worte bringen mich zu einem Lächeln, zu einem schwachen zwar nur, aber sie erinnern mich an den letzten Moment mit Sirius vor seinem Tod.

„Du warst ihm ebenfalls wichtig, er hat dich wertgeschätzt", erläutere ich ihr, was bei ihr dazu führt, dass sie fragend eine Augenbraue hebt.

„Die Umarmung, in welche er dich vor kurzem geschlossen hat, ist ein untypisches Verhalten für ihn, er ist ein klarer Gegner jeglicher Nähe und Emotionen, dass er selbst eine Umarmung beginnt ist äußerst ungewöhnlich. Du scheinst ihn dennoch davon überzeugt zu haben".

„Aber vor allem seine letzten Worte zu mir bedeuten mir viel, darf ich sie dir erzählen damit du mich daran erinnerst, falls mein Gedächtnis sich dazu entschlossen hat, diese zu vergessen?" mit einem Nicken gebe ich ihr also jenes Versprechen.

„Er sagte, dass ich so bleiben soll wie ich bin und das ich auf dich aufpassen soll, weil du ihm der am engsten verbundene Esctoile bist. Er hat gesagt ich bin dein Glück", ihre Augen strahlen unter den

Tränen hervor, wer hätte gedacht, dass jemand Verstorbenes ein Lächeln auf das Gesicht einer Person zaubern kann?
Im Stummen danke ich ihm für seine schönen Worte und bedanke mich auch für sein letztes privates Gespräch, welches er mit mir und Racquel in unseren vier Wänden geführt hat.

„Ich muss mich jetzt erstmal an deine neue Haarfarbe gewöhnen", ein Grinsen ziert ihr Gesicht.
„Sieht es gut aus?" will ich wissen und werfe das Haar zurück.
„Was wäre jetzt wohl die richtige Antwort?" sie tippt sich gespielt grüblerisch an die Unterlippe, kann jedoch nicht lange ihre Fassade aufrechterhalten und lächelt dann etwas.
Daraufhin entschuldigt sie sich bei mir, weil sie etwas Hunger bekommen hat, während ich ihr mitteile, dass ich noch etwas hierbleiben werde.

Nie habe ich mir erträumt, dass dies meine Bestimmung ist, dass mich der Schöpfer dazu geschaffen hat der neue Sirius zu werden.
Ein Esctoile mit solch einer starken Präsens, wie sie kein anderer besitzt.
Dennoch fehlt jemand, welchem ich diese Nachricht gern erzählen würde. Lyl.
Gerne würde ich wissen wie sie auf jenes Ereignis reagieren würde.
Immerhin erinnere ich mich noch gut an das erste Treffen von Sirius und ihr, als würde dieses gerade vor meinen Augen stattfinden.

„Sirius, das ist Lyl", hatte ich sie ihm vorgestellt, während sie mutig auf ihn zuging und ihm die Hand entgegen streckte.
Im Gegensatz zu Racquel ist Lyl immer direkt gewesen und mutig. Sie hat ihre Gedanken immer laut ausgesprochen und sich vor nichts gescheut.
Und dafür habe ich sie so sehr geliebt, denn wäre sie nicht solch ein kühner Charakter gewesen, so hätten wir uns damals nie kennengelernt.
An jenem wunderschönen Abend.
An dem Abend der mein Leben verändert hat.
„Sehr erfreut Sie kennenzulernen", ein Lächeln hat sein gesamtes Gesicht erhellt, weil er gemerkt hat, dass sie mein Glück ist. Weil er wusste, was sie mit mir anstellt, denn das Gleiche richtete sie auch in ihm an und in jedem anderen Esctoile.
Ein Gefühl, welchem man sich geschlagen geben musste, weil es derart Überwältigenden war.
Daraufhin habe ich ihr mein Zimmer gezeigt, weil sie so gespannt darauf gewesen ist es zu sehen.
Sirius hat Lyl und mein gemeinsames Leben immer beobachtet, weil er stolz gewesen ist, dass auch Esctoiles dem Schicksal trotzen können – wenn sie es wollen.
Aber nachdem Lyl gestorben ist, hat er erkannt, dass Menschen die man einerseits furchtbar liebt, einen zeitgleich grausam verletzen können.
Deswegen denke ich, dass er am Anfang nicht die gleiche Freude über Racquels Ankunft gezeigt hat wie bei Lyl, weil er erstmal die Entwicklung betrachten wollte, von welcher er im Endeffekt auch sehr überzeugt zu sein schien.

„Du bist immer noch hier?" Racquels zarte Stimme bahnt sich zu meinem Gehör.

„Ich habe darüber nachgedacht, ob du wohl noch gerne in meine Augen blickst, jetzt wo sie nicht mehr denselben wässrigen Blauton besitzen, der ihnen früher angehörte", sie tritt näher zu mir, stellt sich dann direkt vor mir auf die Zehenspitzen und mustert eingehend meine neue Iris.

In welcher die einzelnen bunten Dreiecke verborgen liegen.

Lange wandert ihr blaugrüner Blick durch meine Iris, scheint darin nach etwas zu suchen.

„Da ist es ja, was ich gesucht habe", ein Lächeln tritt auf ihr Gesicht.

„Dachte ich es mir doch", daraufhin ziehe ich meine Augenbrauen zusammen und somit legt sich meine Stirn in Falten.

„Es sind nach wie vor dieselben Augen in die ich mich verliebt habe".

Geburt

Die Geburt eines Esctoiles ist äußerst selten und findet nur alle paar Jahrhunderte statt, deswegen behaupten viele, dass es das schönste Erlebnis auf Erden sei.

Zunächst versammeln sich alle Esctoiles in der Geburtsstätte um jenes Erlebnis mit eigenen Augen zu sehen.

Daraufhin strahlt ein grelles Licht aus dem Wasser, in welchem der bald geborene Esctoile viele Jahrhunderte geruht hat.

Die Hülle erhebt sich in die Höhe, während der Esctoile darum kämpft, sich zu befreien, nach dem erfolgreichen Sieg zerspringt die Hülle in tausende Splitter und jene fügen sich zum Miyakin zusammen, welcher später dem Neugeborenen eingesetzt wird.

Bei einem männlichen Esctoile in der Nähe des Nabels und bei einem weiblichen Esctoile in den Nacken.

Mindesten ein Esctoile muss sich nun dazu bereit erklären, den Neugeborenen in diese Chroniken einzuweisen.

Meine Rückkehr auf die Erde ist nur wenige Minuten her, doch ich habe mich immer noch nicht dazu bewegen können, meine Liebe aus dem Traumland zu befreien, weil ich selbst noch zu beschäftigt damit bin, meine Überraschung zu begutachten.

Doch schließlich überwinde ich mich dazu, zu ihr zu treten und sie sanft aus den Schlingen des Schlafes zu entwinden.

„Guten Morgen, meine Elfe. Ich möchte dir etwas zeigen", müde reibt sie sich über die lieblichen Augen, schlägt dann die Decke zurück und nimmt meine Hand die ich ihr entgegenstrecke, damit ich sie zum Fenster führen kann.

Dann beobachte ich eingehend die Veränderung auf ihrem wundervollen Gesicht, dessen Geschichtszüge zu strahlen beginnen, als sie die weiße Schneepracht draußen bemerkt und erkennt, dass ich ein riesiges Herz auf den weißen Rasen gezeichnet habe.

Seit über einem halben Jahr lebt Racquel nun schon in meinem Schloss, atmet und lebt unmittelbar neben mir, verzaubert mich jeden Tag ein bisschen mehr.

„Wie wunderschön, danke", wispert sie, wendet sich mir zu und nimmt mein Gesicht in ihre kleinen Hände um mich dann zu küssen.

„Das ist nicht annähernd so wunderschön wie das, was ich jede Sekunde, seit mehreren Monaten direkt vor meinen Augen bestaunen darf", erläutere ich ihr, öffne dann meine Augen und erkenne deutlich, dass alles, was ich will, sie ist.

Denn wenn sie sich bei mir befindet brauche ich keine Emotionen zu empfinden, denn mir reicht die Gewissheit, dass sie bei mir bleiben wird.

Solange unsere Herzen mit einander verbunden bleiben

„Ich kann es kaum glauben, dass ich schon so viel Zeit mit dir verbracht habe, hier in deiner Welt", ihre Stimme umgibt mich, hüllt mich ein in Sicherheit und schenkt mir Vertrauen.

Denn sie hat nie von mir abgelassen, hat unseren Empfindungen und unserer Zweisamkeit immer eine neue Chance gegeben, hat immer wieder zugelassen, dass wir uns nicht aus den Augen verlieren und ständig beweisen können, dass wir einander brauchen.

Viele Tiefen haben wir überstanden, haben andere Menschen nicht das zerstören lassen, was wir uns mühsam erarbeitet haben.

Die Welt, die wir uns erschaffen haben, musste viele Erdbeben ertragen, aber jede Sekunde des Streits ist es wert gewesen, um zu erkennen, dass wir mehr sein können als eine Illusion, dass wir wertvoller sind als die Meinungen der anderen.

Wir haben erkannt, dass das Leben zu zweit deutlich intensiver und lebenswerter ist, da man, sobald man sein Glück teilen kann, weiß, dass da immer jemand ist, dem man alles erzählen will und kann.

Weil die Ohren des Gegenübers so gerne die Stimme von einem selbst hören wollen, wie jene sich verändert, sobald man voll Euphorie oder Trauer Bericht erstattet.

Und nun steht sie vor mir, der beste Mensch in meinem Leben. Der Mensch der alles verkörpert was mich glücklich macht und ergänzt.

Wie hätte ich nur weiter leben können, ohne sie an meiner Seite zu wissen?

Wie hätte ich das hier alles verkraften können, wenn sie mich nicht daran erinnert hätte, dass das Ziel *sie* ist. Ein Ziel, das ich jeden Tag aufs Neue erreichen kann.

Ihre blaugrünen Augen liegen in den meinen, die sich verändert haben, seitdem ich als Sirius am Himmel leuchte und meine Bestimmung gefunden habe.

Doch jede Veränderung, die in mein Leben getreten ist, seit sie bei mir ist, hat sie akzeptiert, weil tief in dem Gold meiner Venen immer noch derselbe Azul vorzufinden ist.

Nach wie vor bin ich der junge Mann, der sie damals vor Kalkew gerettet hat, der ihr beim Kampf der Elfenjäger gegen ihr Dorf Darja beigestanden hat.

Und schließlich bin ich auch der Azul, der sie jeden Tag mehr liebt, als den zuvor.

Ein junger Mann, der sich nie wird sattsehen können an diesem wundervollen Menschen.

Still stehen wir uns gegenüber, während sie mir lange in die Augen sieht, bevor ihr Blick sich verändert.

„Was ist passiert?" will ich wissen, während ihre Finger sich von meinem Gesicht lösen und sie zu der Schublade an meinem Schrank rast, in welcher sich ihre alten Klamotten befinden, welche sie getragen hat, bevor sie zu mir gekommen ist.

Ihre Finger wühlen bestimmt in den Stoffen, bis sie einen kleinen Zettel hervorzieht, vergilbtes Papier, welches sie vorsichtig entfaltet und dann ihren Blick darüber schweifen lässt.

Nervös bleibe ich am Fenster stehen, weil ich bemerke, dass ich sie erst alleine lassen muss, bis sie mich zu sich bittet.

Erneut erkenne ich, wie sich neue Strukturen in ihrer Iris bilden. Zum ersten Mal sehe ich direkt vor

meinen Augen, dass auch geschriebene Worte
Menschen ändern können.
Es sei dahingestellt, ob jene positiv oder negativ
ausgedrückt sind.
Schließlich beginnt sie zu schluchzen, woraufhin ich
zu ihr schreite, mich neben ihr niederlasse und
sie mir stillschweigend das Blatt überreicht.
Am linken Rand des Blattes erkenne ich, dass jemand
es in aller Eile von einem Buch abgerissen
haben muss, als hätte die Person etwas mitnehmen
wollen, aber keine Zeit gehabt es nochmal
durchzulesen.
Schließlich schlinge ich meinen linken Arm um ihren
Rücken hin zu ihrer Taille und beginne die
Zeilen zu lesen, die jemand auf diesem Papier
hinterlassen hat.

*Du bist das größte Glück in meinem Leben. Du bist
alles was ich je geschaffen habe und somit mein
einziger Stolz. So wie du gerade vor mir sitzt, in
deinem kleinen weißen Kleid, wie deine blaugrünen
Augen die ganze Umgebung in sich aufsaugen.
Hoffentlich wirst du nie erwachsen und bleibst für
immer meine kleine, glückliche Racquel.
Ich kann nur hoffen, dass die Welt da draußen, keine
zu tiefen Narben in deinem kleinen Herzen hinterlässt,
sodass du immer dieses wundervolle Lächeln auf
deinen Lippen tragen wirst.
Solange ich kann werde ich dich beschützen, vor
alldem, was da draußen darauf wartet dich zu
verschlingen.
Du bist mein Licht in der Dunkelheit und ich werde
dich für ewig lieben.
Egal was zwischen uns passieren wird, Racquel.*

Ich werde dich immer lieben.

Nach diesen Sätzen lege ich die Worte vor uns auf den Boden, damit ich Racquel richtig in meine Arme schließen kann.

„Ich habe das alles nicht gewusst", schluchzt sie unter Tränen, versucht die vollkommene Verzweiflung zu unterdrücken.

„Sie hat dir versprochen, dass sie dich für ewig lieben wird. Den Tod, den du an deiner Mutter verbrochen hast, wird sie dir verzeihen, weil sie weiß, dass sie dich damals zerbrochen hat.

Denn sie ist daran schuld, dass du ein Mädchen ohne Lachen geworden bist, sie hat dich zu dem gemacht, was sie nie in dir sehen wollte", zärtlich hebe ich ihren Kopf, wische ihr die Tränen von den Wangen und betrachte sie eingehend.

Halte ihren zerbrochenen Blick, versuche sie zu heilen mit all der Kraft die ich habe.

„Würde sie dich jetzt sehen, mit dem Bewusstsein, dass ihr Tod nötig gewesen ist um dein Lächeln zurückzuholen, glaube mir Racquel, sie würde dich mit ihrem ganzen Herzen lieben", ihre Mundwinkel heben sich und ihre Tränen versiegen.

„Mein Vater hätte dich über alles geliebt", mein Lächeln scheint ihr Antwort genug.

„So wie ich es tue", fügt sie hinzu, nimmt dann den Brief in ihre Hände, sowie ihre alte Kleidung und verschwindet aus dem Zimmer, schnell folge ich hier.

Kurz vor dem Kamin hole ich sie ein und stoppe sie mit meiner Hand an ihrer Schulter.

„Das willst du wirklich tun?" auf meine Frage an sie folgt ein Nicken von ihr.

„Irgendwann muss ich alles, was mich an meiner Vergangenheit hält, los lassen. Jetzt ist der richtige Zeitpunkt. Du bist meine Zukunft, du bist mein neues Zuhause", dann wirft sie all ihre alten Klamotten in den Kamin und hält nur die Zeilen ihrer Mutter in der Hand.

„Nirgends auf der Welt will ich lieber sein, als bei dir", mit diesen Worten segelt das vergilbte Papier ins Feuer, von dessen Flammen es sofort verschlungen wird.

Nachdem wir lange dem Feuer zugesehen haben, bemerke ich eine Veränderung in meinem Inneren und rufe somit alle Esctoiles zusammen, sich in Kürze vor unserer Geburtsstätte zu versammeln.

„Ich glaube unser Kind will mit seinen Augen die Welt erblicken", lächle ich und daraufhin ziehen Racquel und ich uns um.

Während sie im Bad verschwindet, öffne ich die Knöpfe von Lyls Hemd und streife es von meinen Schultern, denn auch für mich wird es Zeit die Vergangenheit hinter mir zu lassen.

Es ist Zeit Lyl freizugeben.

Ein für alle Mal.

Nach wenigen Minuten trage ich eine schwarze Hose und ein schwarzes Hemd, welches schon seit Ewigkeiten in meinem Schrank liegt, aber noch nie Verwendung gefunden hat, da ich seit Lyls Tod nichts anderes an meinem Körper getragen habe.

Ein Hemd, das mit keinen Erinnerungen verknüpft ist.

Dann tritt Racquel aus dem Badezimmer und mir stockt der Atem, sie trägt ein pastellblaues Kleid, welches bis zum Boden reicht und gänzlich mit Spitze überzogen ist. Diese zieht sich bis hinauf zu ihrem Hals, damit man ihre Narbe nicht erkennen kann.

„Wie gefalle ich dir?" fragt sie und dreht sich einmal vor mir um sich selbst, gewährt mir einen Blick auf ihren nackten Rücken, an welchem das Kleid ihre Haut nicht mit Spitze überdeckt.

„Du bist wundervoll", es muss ein helles Strahlen in meinem Blick liegen, welches jedoch nicht von meinem schwarzen Hemd abzulenken scheint.

„Wo ist dein weißes Hemd?" will sie wissen. Und dann weiß ich zum ersten Mal, wie es sich anfühlt, wenn der richtige Zeitpunkt kommt um die Wahrheit zu sagen.

„Die weißen, verzierten Hemden, die ich immer getragen habe, sind Werke meiner ersten richtigen Liebe. Lange galten meine Gedanken nur Lyl, aber ich habe mich von dir inspirieren lassen und erkannt, dass ich niemand anderen mehr brauche außer dich", sie tritt zu mir, stellt sich auf ihre Zehenspitzen und drückt mir einen Kuss auf die Lippen, bevor wir dann gemeinsam die Geburtsstätte aufsuchen, in welcher wohl der letzte prägende Moment Sirius Tod gewesen ist.

Der Raum ist voller Esctoiles, die gespannt auf den neuen in unserer Mitte warten. Ein neuer Esctoile, der meinen alten Platz am Himmel einnehmen wird. Es herrscht Stille als Racquel und ich uns zu dem neuen Esctoile bewegen, welcher nach wie vor in seiner Hülle schwimmt.

Dort verweilen wir mehrere Stunden, bis schließlich das grelle Licht aus dem Wasser strahlt, welches uns verkündet, dass der Esctoile gerade dabei ist, sich aus selner Hülle zu kämpfen.

Dann erhebt sich die Hülle aus dem Wasser und zerspringt in unzählige glitzernde Splitter, welche sich dann zu einem Miyakin zusammenfügen, zu jenem, welcher der neue Esctoile später tragen wird.

Ein Schrei offenbart uns, dass ein neuer Stern am Himmel geboren ist und somit bewege ich mich zu ihm und ziehe ihn aus dem Wasser, in welchem er viele Jahrhunderte auf diesen Moment gewartet hat. Dann überreiche ich das kleine Wesen Racquel und hebe den Miyakin vom Boden auf.

Mein Goldherz, wie Racquel es seit einiger Zeit zu sagen pflegt, pulsiert in meiner Brust, als ich mit dem Miyakin in meinen Händen zu meiner Familie schreite.

Der wunderschönen Elfe in dem pastellblauen Kleid, die auf ihren zarten Armen den neugeborenen Esctoile trägt, welcher von nun an unser Kind sein wird.

Dieser Moment wird für ewig in meinem Gedächtnis verweilen. Ein Moment, in dem ich gelernt habe, dass egal wie viele Jahre man auf dieser Erde wandelt, jener einzelne Augenblick doch immer noch der Schönste auf Erden ist.

Und zwar jeder Moment in seiner einzelnen Präsens wahrzunehmen und zu genießen.

Mein Leben wird von nun an dieser wundervollen Frau und dem Kind in ihren Armen gelten, jede Sekunde werde ich für die beiden leben.

Nach wenigen Schritten erreiche ich die beiden, lege dann den Miyakin auf den Nabel des kleinen Wesens, weil ein männlicher Esctoile soeben das Licht der Welt erblickt hat. Dann erhebe ich meine Stimme, um den anderen den Namen des Neugeborenen zu verkünden.

„Liebe Esctoiles, ich heiße hiermit den neuen Esctoile in unserer Welt willkommen. Sein Miyakin wird meinen alten Platz am Himmelszelt einnehmen. Vor euren Augen befindet sich der neue Gemma und sein Menschenname lautet:", mein Blick schweift hinüber zu Racquel, welche sich im geheimen einen Jungen- und Mädchennamen für unser Kind überlegt hat, doch ihre Gesichtszüge scheinen, als würde sie alle ihre Überlegungen mit einem Blick in die eben geöffneten Augen des Neugeborenen in ihren Armen über Bord werfen.

„Azul", bei jenem Namen schießen mir tausende Erinnerungen in den Kopf, welche alle nur mit ihr verbunden sind, mit der wundervollen Frau vor mir, die unseren Azul in den Armen wiegt.

Kurze Zeit später betrachten alle Esctoiles noch einmal Azul, bevor sie uns gratulieren und dann den Raum verlassen.

„Du hattest Recht", beginnt Racquel als nur noch wir uns in dem Raum befinden.

„Die Geburt eines Esctoiles ist wirklich das Schönste, was ich je gesehen habe auf dieser Welt", nach meinem Kopfschütteln jedoch scheint sie verwirrt.

„Das war nicht mein direkter Wortlaut, mein Liebes. Ich sagte, dass es fast das Schönste auf Erden ist".

„Und was ist dann das Schönste auf der Welt?" will sie herausfordernd wissen.

„Du", lächle ich, als ihre Augen beginnen Funken zu sprühen und eine sachte Röte ihre Wangen erklimmt. Dann schiebt sie ihn mir nach meinem Nicken sacht in die Arme.

Zuerst hält das kleine Wesen in meinen Armen seine Augen fest verschlossen, bis es sie schließlich öffnet und mir den Blick auf die blauen Augen gewährt.

In jenem Augenblick erkenne ich, dass mein Dasein als Sirius, meine Präsens, auf den kleinen Azul einwirkt. Wohingegen seine Präsens das blaue Dreieck in meinen Augen aufleuchten lässt und schwarze Strähnen mein weißes Haar unterbrechen.

Um 19:15 Uhr wurde unser neuer Esctoile an unserem Himmel geboren.